Le fardeau de Jacob

Guy Saint-Jean Éditeur
4490, rue Garand
Laval (Québec) Canada H7L 5Z6
450 663-1777
info@saint-jeanediteur.com
saint-jeanediteur.com

• • • • • • • • • • • • • • • • •

Données de catalogage avant publication disponibles à Bibliothèque et Archives nationales du Québec et à Bibliothèque et Archives Canada

• • • • • • • • • • • • • • • • •

Nous reconnaissons l'aide financière du gouvernement du Canada par l'entremise du Fonds du livre du Canada (FLC) ainsi que celle de la SODEC pour nos activités d'édition. Nous remercions le Conseil des arts du Canada de l'aide accordée à notre programme de publication.

Financé par le gouvernement du Canada | Canada SODEC Québec Conseil des Arts du Canada Canada Council for the Arts

Gouvernement du Québec – Programme de crédit d'impôt pour l'édition de livres – Gestion SODEC

Révision : Isabelle Pauzé
Correction : Johanne Hamel
Conception graphique et mise en pages : Christiane Séguin
Photographie de la page couverture : © The_Pixel/shutterstock.com

Dépôt légal – Bibliothèque et Archives nationales du Québec, Bibliothèque et Archives Canada, 2019

ISBN : 978-2-89758-602-7
ISBN EPUB : 978-2-89758-603-4
ISBN PDF : 978-2-89758-604-1

Imprimé et relié au Canada
1re impression, février 2019

ASSOCIATION NATIONALE DES ÉDITEURS DE LIVRES Guy Saint-Jean Éditeur est membre de l'Association nationale des éditeurs de livres (ANEL).

LISE BERGERON

Le fardeau de Jacob

Guy Saint-Jean
ÉDITEUR

Prologue

Cap-Santé, 14 octobre 1996

Les bruits de la maisonnée s'étaient tus en même temps que la porte d'entrée s'était refermée. Un silence lourd et inhabituel enveloppait la spacieuse résidence en pierre, dont les volets peints en jaune resplendissaient sous la lumière du soleil. Tout autour, les feuilles mortes jonchaient le sol comme un immense patchwork où s'emmêlaient les magnifiques couleurs de l'automne. Venant du fleuve, le vent soufflait légèrement, transportant avec lui la fraîche odeur de la rosée matinale. À peine voilé par quelques nuages effilochés, le ciel exposait sans contrainte la promesse d'une splendide journée. Située sur un vaste terrain boisé où se côtoyaient les érables, les chênes et les ormes, la demeure ancestrale des Lamontagne se dressait, fière et accueillante, à quelques mètres seulement du majestueux fleuve Saint-Laurent. Déjà protégée pour l'hiver par une corde de jardin, une haie de cèdres longeait la façade ainsi que le côté ouest de la maison. Sur le mur arrière, un lierre centenaire s'agrippait jusqu'au toit en contournant la grande fenêtre du salon. En pleine floraison, il semblait narguer ses pauvres congénères dénudés, dont les feuilles voltigeaient d'une branche à l'autre, pour finalement se poser sur la pelouse et y mourir.

Provenant de la cuisine se mélangeait encore l'arôme du café matinal bu à la sauvette avec celui des rôties à peine grignotées, abandonnées sur le bout du comptoir. Demeurée entrouverte, la porte-fenêtre de la salle à manger jetait de l'ombre sur le grand escalier conduisant à l'étage, d'où aucun son ne parvenait, comme si toute vie avait quitté les lieux. Pourtant, dans la chambre au bout du couloir, derrière la porte close, Jacob, un jeune homme de dix-sept ans coiffé d'écouteurs, écoutait à plein volume un succès de Nirvana. Les paroles de la chanson résonnaient dans sa tête: *Everything is my fault, I'll take all the blame, All apologies*. Les yeux fermés, les poings serrés, son torse se soulevait légèrement à chaque inspiration. Les battements frénétiques de son cœur s'atténuaient peu à peu à mesure que la peur cédait la place à la résignation. Son choix était fait; il ne reviendrait pas sur sa décision. Lorsque Kurt Cobain exécuta son dernier accord de guitare, en terminant sa chanson par ces mots, *All in all is all we are*, Jacob enleva les écouteurs et les déposa sur le lit. Lentement il se leva, enfila ses baskets, qu'il ne se donna pas la peine de lacer, puis se dirigea vers la fenêtre. Avant la nuit, il n'avait pas pris soin de baisser le store, sachant qu'il ne dormirait pas, de toute façon. La première lueur du jour n'aurait donc aucun effet sur son sommeil. Ses cours au cégep faisant relâche, il pouvait se lever à l'heure qui lui plaisait. Ses parents ne s'inquiéteraient pas de son absence au petit-déjeuner.

Son regard embrassa la cour arrière, où il avait passé son enfance à s'amuser avec sa petite sœur Lucie et son ami Zack, s'imaginant que tous les enfants du monde étaient aussi heureux qu'eux. Le carré de sable, dans lequel il avait tant de fois construit des routes pour y faire circuler ses camions Tonka, s'était transformé au cours du temps. Sa mère en avait fait un jardinet de fleurs qu'elle avait cultivées avec amour jusqu'au jour du drame. Abandonné par la suite, l'endroit n'était plus que broussailles.

Le visage inexpressif, Jacob contemplait l'univers dans lequel il avait vécu et qu'il se préparait à fuir, la mort dans l'âme. Sa place n'était plus parmi eux, il leur avait fait trop de mal. L'heure était venue de mettre son projet à exécution. Personne ne le regretterait. Au début, ils auraient de la peine, surtout sa mère qui, depuis ce jour maudit, tentait par tous les moyens de le protéger et de l'encourager à reprendre sa vie en main. Il n'avait plus de vie, tout le monde le considérait maintenant comme un criminel. C'était ce qu'il était, sans aucun doute possible. Par sa faute, quelqu'un était mort, il ne méritait donc pas mieux que de mourir à son tour. Son père, le notaire, l'homme fort et sans reproche, s'était écroulé devant la gravité de son geste insensé. Depuis ce jour, son regard, lorsqu'il le posait sur lui, dévoilait tous les sentiments qu'il n'arrivait pas à dissimuler : la honte, la colère, la déception devant ce fils en qui il avait mis tant d'espoir et qui, par son comportement irréfléchi, avait tout détruit.

Jacob s'éloigna de la fenêtre pour revenir sur ses pas, mettant ainsi fin à sa contemplation. Un grattement derrière la porte attira son attention. L'ombre d'un sourire illumina une fraction de seconde son beau visage triste. Il ouvrit, pour permettre à la chienne d'entrer. Truffe, le beagle obèse aux grands yeux larmoyants, se précipita sur son maître en grognant de plaisir. Le jeune homme s'accroupit et serra tendrement l'animal dans ses bras, tout en lui caressant gentiment le dos. Comme si elle comprenait les tourments de son ami, Truffe fit entendre un faible gémissement. Jacob lui murmura à l'oreille :

— Tu es la seule qui ne m'a jamais jugé ni condamné. Merci d'avoir veillé sur moi pendant toutes ces années.

Quand je ne serai plus là, je veux que tu prennes soin de Lucie. Elle ne méritait pas d'avoir un frère comme moi. J'aurais dû être un exemple pour elle et au lieu de ça, je me suis conduit comme un imbécile !

Fermement, Jacob repoussa l'animal, qui le fixait comme s'il ne reconnaissait plus son maître. Il se releva, lui tourna le dos et se dirigea vers la sortie d'un pas rapide. Avant de quitter la chambre, il jeta un dernier regard sur ce qu'il appelait, il n'y avait pas si longtemps, son royaume. Au fil des ans, cet espace qui n'appartenait qu'à lui s'était modifié au même rythme qu'il avait grandi. Au début, les peluches, les blocs Lego, les livres de Disney occupaient toute la place. À l'adolescence, tous ces objets tant aimés avaient été remplacés par un ballon de soccer, une canne à pêche, un équipement complet de hockey, la collection des *Astérix* et, bien sûr, des vêtements éparpillés un peu partout. Peu à peu, son domaine s'était transformé en un vrai capharnaüm, au grand dam de sa mère, qui, finalement, avait renoncé à faire le ménage. Cette tâche était devenue la sienne, mais il s'en acquittait avec plus ou moins de diligence. Les murs étaient couverts de posters représentant des groupes rock, des vedettes de cinéma et, surtout, de photos de sa chanteuse préférée, Julie Masse. Sur la porte de la penderie, Che Guevara surveillait cet univers de son regard de braise.

La veille, il avait soigneusement rangé sa chambre. Il avait même fait son lit avant de s'y étendre, tout habillé. Dans le but d'éviter une corvée à sa mère, il avait passé la nuit sur l'édredon. Jamais il ne pourrait réparer le mal qu'il lui avait fait, mais il se disait que ce petit geste de gentillesse envers elle adoucirait peut-être sa peine de le voir partir. Depuis qu'il avait pris sa décision d'en finir,

Jacob ressentait une grande paix intérieure. Le poids de sa souffrance s'était allégé pour disparaître presque complètement. Les cauchemars se faisaient de plus en plus rares, il arrivait même à dormir quelques heures d'affilée sans se réveiller, horrifié par les images qui défilaient devant ses yeux. Tout son entourage, rempli de bonnes intentions, lui avait expliqué qu'il était le seul à pouvoir contrôler ses peurs, que la réponse se trouvait en lui, que ce qui était fait était fait et qu'il devait regarder vers l'avenir. Il lui faudrait apprendre à se pardonner, même si ceux à qui il avait causé préjudice refusaient de le faire à son égard. Il avait essayé, mais il n'y parvenait pas.

L'interrogatoire que l'enquêteur lui avait fait subir quelques heures après sa sortie de l'hôpital ne s'était jamais effacé de sa mémoire. D'une voix dure, le regard accusateur, il l'avait bombardé de questions, lui donnant à peine le temps de répondre. Alors qu'il était encore sous le choc, tout se confondait dans sa tête. Les images horribles de l'accident s'embrouillaient dans ses souvenirs, lui subtilisant ses repères. Tout ce qu'il parvenait à dire se résumait en quelques mots: *C'est ma faute! C'est ma faute!*

Présent à ses côtés, son père était demeuré silencieux, les mains croisées sur les genoux, levant de temps en temps les yeux vers la porte, comme s'il cherchait à fuir, refusant d'entendre ce qui allait suivre. Son parrain, Étienne Labrie, avocat et meilleur ami de la famille, était accouru dès qu'il avait été prévenu du drame.

Le policier s'était acharné sur lui jusqu'à ce qu'il obtienne ce qu'il cherchait à savoir. Après avoir relaté d'une voix tremblante ce qu'il se rappelait des événements, Jacob s'était effondré en pleurs. Sur un ton adouci, le détective lui avait balancé en pleine figure sa part de responsabilité dans toute cette tragédie. Tout ça, causé en grande partie par son manque de jugement. Après le départ d'Étienne et de l'enquêteur, brisé par le chagrin, son père avait laissé éclater sa colère. Leur confrontation était restée gravée dans sa mémoire. Dans sa tête retentissaient encore les mots cruels qu'ils avaient échangés.

— Je n'ai jamais eu aussi honte de toute ma vie! Des fois je me demande si...

Brusquement, Jacob lui avait coupé la parole. En hurlant, il avait riposté:

— Tu te demandes si je n'aurais pas dû crever dans l'accident? Hein! C'est ça que tu as voulu dire? Surtout ne te gêne pas, avoue-le!

Stupéfait, Luc était demeuré pétrifié devant la tirade brutale du jeune homme. L'incrédulité et la douleur déformaient ses traits dans un masque d'incompréhension. Lentement, il s'était approché et l'avait serré dans ses bras. Pour la première fois, Jacob avait vu pleurer son père et c'était sa faute à lui.

Leur relation s'était alors détériorée, malgré leurs efforts mutuels pour recoller les morceaux. Quatre mois s'étaient écoulés depuis la tragédie qui avait bouleversé sa famille. Son départ arrangerait les choses, car il ne serait plus là pour leur rappeler, jour après jour, qu'il était l'unique responsable de ce chaos.

Enfoncé dans ses pensées, Jacob descendit le grand escalier de chêne, suivi par Truffe. Avec précaution, comme s'il ne voulait pas déranger le silence qui régnait dans la grande maison vide, il referma la porte-fenêtre de la salle à manger avant de se diriger vers le vestibule, où il savait trouver les clés de la voiture de sa mère. Mireille les suspendait toujours sur un crochet derrière la porte afin de se rappeler où elle les avait laissées. D'un geste machinal, il s'en saisit et les glissa prestement dans la poche de son pantalon. Ce matin-là, sa mère accompagnait son mari, car ils avaient un rendez-vous avec le directeur de l'école secondaire que fréquentait Lucie. Sa sœur cadette vivait les affres de l'adolescence, ce qui causait bien des soucis à ses parents et à ses professeurs.

Ils ne seraient pas de retour avant la fin de la journée, car après leur rencontre, ils devaient se rendre à Québec. Jacob connaissait leur horaire; tout était inscrit sur une feuille qu'ils avaient fixée avec un aimant sur la porte du réfrigérateur. Cette pratique utilisée par chaque membre de la famille permettait ainsi de se repérer rapidement en cas de besoin. Lucie terminait ses cours à 16 heures, il avait donc toute la journée devant lui. Aujourd'hui, il n'informerait personne de son emploi du temps. Il déposerait simplement une courte lettre sur le bureau de son père, expliquant son geste. Il voulait que ce soit lui qui découvre son cadavre, évitant ainsi le triste spectacle à sa mère ou à sa sœur. La missive était brève:

Papa, maman, Lucie,

Ne m'en veuillez pas de vous abandonner, mais je ne suis plus capable. J'ai trop mal. Je vous aime.

Jacob

Il avait pensé à tout. Son cerveau fonctionnait avec une cohérence surprenante. L'impression de ne plus habiter son corps l'étonnait, comme si son esprit voyageait déjà dans un univers parallèle. L'urgence de passer à l'acte se faisait sentir. Il se préparait à plonger dans l'inconnu sans espoir de retour. Soudain, une crainte insidieuse ouvrit une brèche dans la structure fragile de son scénario. *Et si tu ne rencontrais que le néant? Si ta douleur se décuplait au lieu de disparaître?*

Jacob saisit sa tête entre ses mains et hurla de toutes ses forces:

— Non! Je ne vais pas reculer maintenant! Je veux mourir!

Son cri de désespoir fit sursauter Truffe, qui se réfugia sous la table de la cuisine. Jacob se précipita vers le salon. Il devait une dernière fois serrer contre son cœur ceux qu'il aimait. Sur le manteau de la cheminée trônait la photo encadrée prise lors de son dernier anniversaire et sur laquelle figurait toute la famille. Les mains tremblantes, il la souleva avec précaution et la pressa sur sa poitrine. Le court moment d'effroi qui l'avait assailli plus tôt s'envola pour être remplacé par un état de bien-être. Il n'allait pas flancher. Avec tendresse, il regarda les visages souriants qui le fixaient avec affection.

Sur ce cliché, ils y étaient tous: Luc, son père, le respectable notaire arborant son sourire ravageur, Mireille, sa chère maman, qui avait renoncé à sa carrière d'enseignante pour rester à la maison avec ses enfants. La délicatesse de ses traits et son corps menu lui dessinaient une allure juvénile qui, souvent, faisait dire aux gens qu'elle paraissait la sœur de sa fille, ce qui flattait sa vanité. Entre les deux, avec son appareil dentaire bien caché derrière ses lèvres pincées, Lucie affichait une moue boudeuse. Elle appelait ça son sourire de circonstance. Âgée de treize ans, sa cadette naviguait encore entre l'enfance et l'adolescence. Jacob l'adorait depuis l'instant où il l'avait prise dans ses bras. De quatre ans son aîné, il lui avait tout appris : à ramper, à faire ses premiers pas, à dire son premier mot. Ce souvenir l'attendrit. Il revit l'expression de surprise de son père lorsqu'il avait entendu, venant de la jolie petite bouche de son bébé chéri, le mot « caca ».

Debout derrière sa sœur, il entourait affectueusement les épaules de son père et de sa mère. C'était le jour avant l'accident. Il venait de fêter ses dix-sept ans et tout son être resplendissait de bonheur. Ce jeune homme sur la photo, avec son sourire épanoui, ses cheveux bruns bouclés, ses grands yeux noisette et son allure athlétique, lui apparaissait comme un étranger. Il n'avait plus rien en commun avec ce type qui respirait la joie de vivre. Avec des gestes empreints de respect, il remit la photo à sa place, au-dessus du foyer.

Sur le pas de la porte, Jacob se retourna un court instant dans un geste d'adieu à cet immense salon où il avait connu de si beaux moments. L'ameublement et la décoration de la pièce s'étaient défraîchis avec les années. Sur le plancher de bois verni, on pouvait voir les égratignures causées par les jeux parfois trop intenses auxquels il s'adonnait avec son ami Zack. Les griffes de la chienne qui participait souvent à leurs ébats avaient aussi laissé leurs empreintes. Le fauteuil modulaire en cuir brun usé qui avait si souvent servi de théâtre pour des batailles de coussins semblait s'ennuyer dans son coin. Les soirs d'hiver, toute la famille s'empilait dessus pour regarder un film à la télévision. Peu importait son intérêt pour le déroulement de l'intrigue, il finissait toujours par s'endormir, la tête appuyée sur les genoux de son père, pendant que Lucie sommeillait dans les bras de Mireille. Les ronflements de Truffe agaçaient

Luc, qui lui lançait les coussins l'un après l'autre jusqu'au moment où, offusquée, les oreilles basses, elle parte s'étendre ailleurs. Les souvenirs déferlaient dans l'esprit de Jacob, comme une vague sur la plage en plein ouragan. Il ne partirait pas seul, il les emmènerait tous avec lui.

Le temps filait, il devait se hâter. Le bureau de son père se trouvait à droite de la porte d'entrée. Comme s'il craignait de déranger un occupant invisible, l'adolescent y pénétra sur la pointe des pieds. Sans hésitation, il déposa sa lettre d'adieu sur le clavier de l'ordinateur et, toujours aussi silencieux, il quitta la pièce. Machinalement, il prit sa veste à capuchon suspendue sur la patère près de l'entrée, l'enfila et sortit de la maison, Truffe sur les talons.

Malgré le soleil qui réchauffait l'atmosphère, Jacob frissonna de tous ses membres. À longues enjambées, il se dirigea vers le garage situé à quelques mètres de la résidence. Noyé dans ses pensées, imperméable à toute vie autour, il ne répondit pas au salut de monsieur Bruneau, le voisin d'en face. Affairé à ratisser les feuilles mortes, le vieux médecin retraité semblait vouloir engager la conversation.

Jacob s'empressa d'ouvrir la porte coulissante, qui n'était pas verrouillée. Aussitôt entré dans le garage, il referma derrière lui. Ses yeux s'embuèrent en apercevant, tout au fond, la vieille table aux pattes chromées devant laquelle son père s'assoyait souvent pour s'adonner à son passe-temps. Tout autour, le sol était jonché de dominos éparpillés par un geste rageur de Luc. Le souvenir de cette querelle entre ses parents avait fait son nid dans sa mémoire. Avec une clarté inouïe, il revoyait chaque geste, il entendait chaque mot, et c'était sa faute à lui. Il était entièrement responsable de tout ce bordel.

Comme un automate, il continua d'avancer. Garée à l'endroit habituel, la voiture de Mireille semblait l'attendre. Étincelante de propreté, elle donnait l'impression de sortir tout droit de l'usine, car sa mère en prenait soin jusqu'à la manie. Les passagers devaient respecter les règles établies, aucune nourriture ni boisson n'étaient tolérées à l'intérieur, même Truffe n'avait pas le droit d'y monter. La chienne devait voyager dans la mini-fourgonnette de Luc.

Brièvement, Jacob caressa le capot, agissant comme un robot dans une sorte de brouillard, dans lequel chaque geste était calculé. D'une main assurée, il ouvrit la portière et s'installa derrière le volant. L'odeur subtile du parfum de sa mère flottait encore dans l'habitacle. Les yeux mi-clos, l'adolescent respira profondément afin de s'imprégner de toutes les réminiscences que l'arôme transportait. Il mit la clé dans le contact, démarra le moteur, puis activa la commande électrique pour baisser les vitres. Il croisa les bras sur sa poitrine, ferma les yeux et s'appuya au dossier du siège du conducteur.

Le destin amorça alors sa marche inexorable.

Chapitre 1

Juché sur un escabeau branlant, Luc finissait d'accrocher, au-dessus de la porte d'entrée, la bannière d'accueil, sur laquelle était écrit, au crayon-feutre :

« BIENVENUE DANS LA MAISON DU BONHEUR ! AU CIEL, IL N'Y A PAS DE BIÈRE. PROFITEZ-EN SUR LA TERRE ! »

Vêtu d'un bermuda kaki multipoches et d'un t-shirt rouge délavé avec, au dos, l'effigie de Mickey Mouse, il portait, pour couronner le tout, une casquette de la brasserie Molson, la visière sur la nuque. Une barbe de trois jours envahissait ses joues, ce qui lui donnait une allure négligée qu'il aimait bien afficher lorsqu'il était en vacances. Le bureau du notaire Lamontagne était fermé pour les trois prochaines semaines, et il avait bien l'intention de profiter de sa liberté. Son installation terminée, il descendit de son perchoir et recula de quelques mètres afin d'admirer son œuvre. Satisfait, il se félicita à haute voix :

— Pas mal, mon vieux, pour un tabellion ! Qu'est-ce que tu en dis, toi, ma belle Truffe ? s'informa-t-il auprès de la chienne, qui se roulait dans la pelouse en grognant de plaisir.

— Voilà que tu sollicites l'avis du chien maintenant ! le taquina Mireille, qui venait d'arriver derrière lui, encore vêtue de son pyjama, pieds nus, les cheveux en bataille, avec un café dans chaque main.

— C'est pour moi ? s'enquit-il en tendant la main pour saisir la tasse qu'elle lui offrait.

— Bien sûr ! répondit sa femme avec un léger sourire aux lèvres. Quand j'ai vu que tu étais sorti sans prendre ton petit-déjeuner, j'ai pensé que ça te ferait plaisir.

Luc entoura la taille de Mireille avec son bras droit, tout en posant un léger baiser sur son front. Il avala une gorgée de la boisson fumante avant de proposer à son épouse :

— Viens t'asseoir avec moi sur la terrasse. Nous avons le temps de boire notre café avant que les enfants se lèvent. Il nous reste encore tout l'avant-midi pour préparer notre dix-septième barbecue traditionnel. Sais-tu que depuis le baptême de Jacob, nous n'en avons jamais raté un ?

Il venait de commettre une bourde monumentale qui le ramena des années en arrière lors d'un voyage d'affaires à Montréal. Après une soirée bien arrosée en compagnie de collègues, il s'était retrouvé au lit avec une sculpturale jeune femme dont il avait oublié le nom à son réveil. Consterné, repentant, il s'était habillé en évitant de faire du bruit et, comme un voleur, il avait payé la note de l'hôtel avant de filer à l'anglaise. De retour à la maison, Mireille lui avait signifié sèchement qu'il avait un message sur le répondeur. La voix disait : « Monsieur Lamontagne, votre femme a oublié sa montre dans votre chambre. Nous allons la mettre dans notre coffre de sûreté et vous pourrez la récupérer lors de votre prochain séjour à notre hôtel. Ou, si vous préférez, nous pouvons vous la retourner par poste prioritaire... »

Même après toutes ces années, chaque mot était demeuré imprégné dans sa mémoire. Cette aventure stupide avait pourri leur vie pendant des mois. Mireille avait fini par lui pardonner son écart de conduite, à condition que jamais une telle incartade ne se reproduise. Pour retrouver son bonheur d'avant, il avait promis. Et il était sincère. Le cinquième anniversaire de Jacob avait eu lieu dans les jours qui avaient suivi son égarement. Mireille l'avait abandonné seul à la maison pour aller célébrer chez sa mère. C'est alors qu'il avait réalisé que sa famille était son bien le plus précieux. Il s'était juré que jamais plus il ne la mettrait en danger.

Embarrassé, Luc voulut s'excuser de sa bévue, mais Mireille fit comme si elle n'avait rien entendu. Gentiment, elle le prit par la main.

En discutant de l'organisation de la journée, le couple se dirigea vers l'arrière de la maison, où une magnifique terrasse en cèdre occupait à elle seule une importante partie de la cour. On y accédait par un escalier composé de quelques marches sur lesquelles des bacs remplis de géraniums d'une panoplie de couleurs décoraient chaque extrémité. Les arbres qui l'entouraient de toutes parts offraient une ombre bienfaisante. À travers les branches, les quelques rayons de soleil qui réussissaient à s'y infiltrer déposaient comme une pluie de lumière sur les meubles de patio. Un ancien carré de sable, maintenant aménagé en jardinet, dévoilait aux regards une image champêtre de fleurs frissonnant au rythme du vent. L'odeur de l'herbe fraîchement coupée flottait dans l'air matinal.

Luc tira une chaise à Mireille, qui s'y installa en position tailleur. L'aspect flâneur que sa femme affichait le matin au lever lui avait toujours plu, parfois même jusqu'à en perdre la tête. Le souvenir de plusieurs courtes explorations coquines contre le comptoir ou sur la table de la cuisine lui chatouilla la mémoire. Il sentit son corps réagir effrontément, ce qui amena sur ses lèvres un sourire qui révélait impunément ses intentions. Mireille partageait sa vie depuis plus de vingt-deux ans et jamais le désir qu'il éprouvait pour elle ne s'était atténué. Son corps aux rondeurs délicates et fermes qu'il connaissait par cœur l'excitait encore comme au premier jour. Sa chevelure rousse, indocile et coupée au ras des épaules, n'obéissait à aucune règle. Peu importait le style de coiffure qu'elle essayait, une mèche rebelle finissait toujours par bousiller les efforts qu'elle avait accomplis pour la discipliner. Le bleu vert de ses yeux s'harmonisait parfaitement avec la teinte de ses cheveux et la blancheur de sa peau. Lorsqu'elle s'abandonnait dans leur étreinte, il avait l'impression de tenir dans ses bras le bonheur à l'état pur.

Leur première rencontre à l'Université Laval n'avait pourtant rien eu de très romantique. Un geste maladroit de sa part à la cafétéria avait failli entraîner des conséquences fâcheuses. En s'assoyant près de son ami Étienne, Luc avait heurté le bord de la table avec son plateau, dont tout le contenu s'était répandu sur le sol. La jeune fille qui le suivait n'avait pas réussi à éviter la catastrophe. Elle avait glissé dans la soupe et perdu pied. Luc l'avait rattrapée in extremis avant qu'elle ne s'étale de tout son long. Le regard noir qu'elle avait posé sur lui l'avait sidéré. Le ton de sa voix l'avait ensuite frigorifié.

— Veux-tu me lâcher, s'il te plaît !

C'est alors qu'il s'était rendu compte qu'il la serrait très fort contre lui. Immédiatement, il l'avait libérée du carcan de ses bras.

— Excuse-moi, je voulais juste t'éviter une chute.

Le sourire ravageur de Luc n'avait pas fonctionné, cette fois-là. Mireille avait repris contenance et s'était éloignée du jeune homme, qui venait, lui, de sentir une brèche s'ouvrir dans son cœur. Captivé, il avait accompagné du regard la mince silhouette, qui avait fini par s'évanouir au fond de la salle. L'ondulation de ses hanches et le mouvement rythmé de sa chevelure rousse retenue en queue de cheval l'avaient conquis à tout jamais. Luc, le séducteur reconnu depuis l'école primaire, venait de tomber dans les filets du grand amour. La conquête de la belle ne s'était pas faite sans heurts, car sa réputation de don Juan le précédait. Très vite, il avait compris que celle qu'il considérait comme une jolie petite fée n'était pas une jeune fille docile. À chacune de ses tentatives pour l'approcher, elle lui avait opposé un refus catégorique, ne se donnant même pas la peine de lui adresser la parole. Un simple signe de la tête et un regard furibond suffisaient à le mettre en déroute. Jamais il ne s'était senti aussi stupide devant une fille. Sa persévérance avait quand même fini par porter fruit.

Le jour où, enfin, il avait réussi à obtenir un rendez-vous avec elle, il s'y était présenté avec un énorme bouquet de fleurs. Lorsqu'il avait posé sa main sur celle de Mireille, s'attendant à être repoussé, elle n'avait pas bougé. Un courant électrique les avait soudés. Sans même avoir terminé leurs études, ils s'étaient mariés, pour le meilleur et pour le pire.

À la naissance de Jacob, Mireille avait délaissé sa profession d'enseignante pour s'occuper elle-même des soins et de l'éducation de leur fils. Ses revenus à lui suffisaient amplement à les faire vivre. L'arrivée de leur fille Lucie l'avait définitivement clouée à la maison, disait-elle en plaisantant. Aujourd'hui, les enfants étaient tous les deux adolescents et sa femme prévoyait un retour éventuel dans un emploi à mi-temps, un projet qui ne lui plaisait guère. Il s'était juré de l'en dissuader par tous les moyens possibles.

Issu d'une famille aisée, Luc était fils unique. Sa mère étant décédée après une longue maladie, il s'était retrouvé seul avec son père, qui ne s'était jamais remarié. Médecin de campagne, il devait s'absenter souvent et les soins du petit garçon avaient été confiés à une gouvernante froide et austère. Souvent, jeune enfant, il rêvait d'une famille comme celle de son ami Étienne. Une famille avec une maman qui dorlote ses enfants, un papa qui revient le soir à la maison pour souper et qui prend le temps de jouer avec eux. Il s'était juré qu'un jour il connaîtrait un tel bonheur. C'est ce qu'il avait trouvé avec Mireille. Conscient qu'il était parfois trop possessif, même un peu jaloux, Luc s'efforçait néanmoins de contrôler de son mieux ses penchants pernicieux qui exaspéraient sa femme. S'il voulait la garder à la maison, il devrait faire preuve de diplomatie, car Mireille détestait qu'on prenne des décisions à sa place. Indépendante, même un peu réfractaire à l'ordre établi, elle organisait sa vie à sa manière, toujours attentive à ne pas empiéter sur la liberté d'autrui. Cette facette de sa personnalité avait plu d'emblée à son homme, mais parfois, elle le préoccupait, comme maintenant. Qu'allait-il advenir de leur belle complicité si elle retournait travailler à l'extérieur ? Son esprit vagabonderait ailleurs, elle n'aurait plus de temps pour s'occuper d'eux, même les enfants souffriraient de son absence. Surtout qu'il travaillait sérieusement à un projet en collaboration avec son ami Étienne. Cette idée, qui, au début, n'était qu'une ébauche amenée sur le tapis par son vieux camarade, était sur le point de se concrétiser.

L'avocat lui avait parlé de la création d'un Club sélect qui regrouperait des professionnels et d'influents hommes d'affaires de la région. Cette guilde investirait dans un magnifique chalet situé aux abords de la rivière Jacques-Cartier et nouvellement mis en vente. Leur dessein était de le transformer afin d'y aménager un bar ainsi qu'un casse-croûte. À quelques kilomètres seulement s'étendait un splendide terrain de golf, où ils pourraient organiser des tournois privés. La rivière coulerait à leurs pieds, les pêcheurs aguerris n'auraient qu'à lancer leur ligne à l'eau pour profiter d'une pêche miraculeuse.

Luc connaissait l'opinion de son épouse sur ce genre de cercle, qu'elle qualifiait d'association de snobs et d'arrivistes. La prudence s'imposait donc pour l'amener à accepter leur projet. Il choisirait le bon moment, lorsqu'il la sentirait plus vulnérable. Après l'amour, peut-être ?

Durant cet afflux de pensées entremêlées de souvenirs, pas une seule fois Luc n'avait détourné son regard de Mireille. *Elle devrait au moins attendre que les enfants soient adultes avant d'envisager un tel changement dans leur vie !* songeait-il, en tentant de réprimer l'envie qu'il avait de la posséder là, tout de suite, sans attendre. D'un regard lubrique, il fixait son épouse, qui buvait son café à petites gorgées, les yeux mi-clos.

Mireille réfléchissait tout en contemplant son mari au travers du mince rideau roux de ses cils. Déjà vingt-deux ans qu'il était dans sa vie. Par excès de méfiance, elle avait bien failli se priver de cet homme merveilleux qu'elle chérissait maintenant de tout son être. Lorsque Luc, le tombeur de ces dames, avait jeté son dévolu sur elle, son cœur s'était emballé, la rendant soudainement muette. Certaine qu'il ne cherchait qu'une nouvelle aventure pour ensuite la larguer dès qu'il aurait obtenu ses faveurs, elle lui avait opposé une résistance intraitable jusqu'au moment où il avait posé sa main sur la sienne et qu'elle avait vu briller au fond de ses yeux une étincelle qui ne mentait pas. Toutes ses barrières s'étaient écroulées devant ce regard dévastateur qui venait de l'emprisonner pour toujours dans ses profondeurs. Quelques jours plus tard, Mireille connaissait déjà chaque partie de ce vigoureux corps masculin qui la troublait jusqu'à en perdre la tête. Après l'amour, pendant le sommeil de son amant, elle se plaisait à admirer la courbe puissante de ses reins, qui se soulevaient légèrement au rythme de sa respiration. Avec tendresse, elle déposait un baiser sur sa joue et, langoureusement, elle se glissait contre son flanc encore humide de plaisir.

Le désir charnel qui éveillait ses sens chaque fois que Luc posait sur elle son regard de velours était demeuré toujours aussi puissant. Impossible de lui résister, comme maintenant ! Une exquise sensation de chaleur se répandit à l'intérieur de son ventre et, furtivement, s'insinua dans chaque fibre de son corps, pour finalement se faufiler jusqu'à son sexe. Mireille ouvrit tout grand les yeux pour les poser sur son mari, qui, dans un silence complice, enserra sa main dans la sienne. Sans un mot, elle le suivit jusque dans la chambre à coucher, située à l'étage. Le lit encore défait les accueillit dans ses draps froissés et imprégnés de leur odeur familière. Un enchaînement de soupirs, de murmures et de cris étouffés envahit l'atmosphère silencieuse de la pièce. Les tentures demeurées entrouvertes laissaient filtrer la lumière insolente du dehors qui caressait leurs corps nus. Après l'extase, ils demeurèrent enlacés, permettant à leurs sens de s'apaiser. Mireille parla la première, d'une voix enrouée :

— Est-ce que votre séduisant corps d'Apollon peut me libérer maintenant, maître Lamontagne ?

Les coudes appuyés sur le matelas et le visage enfoui dans la chevelure emmêlée de sa femme, Luc murmura :

— Je t'aime, petite sorcière ! Tu ne finiras donc jamais de m'ensorceler !

— Alors, fais ce que je t'ordonne, ou je te jette un mauvais sort !

— Encore un baiser et je te délivre de ta prison.

Sans attendre que son épouse lui accorde ses lèvres, il s'en empara avec avidité. Sentant que la passion de son mari exigeait davantage, de nouveau, elle s'abandonna. Une fois assouvi, Luc roula sur le dos, croisa les mains derrière sa tête et baissa les paupières, ne laissant passer qu'un mince filet de clarté. Le ventilateur du plafond tournait à toute vitesse, soulevant une mèche de ses cheveux qu'il tentait vainement de remettre en place. La quiétude voluptueuse de l'amour accompli enveloppait l'espace. Mireille s'assit sur le bord du lit et contempla son mari qui, bien à l'aise, exhibait sa nudité. Grand et mince, les muscles saillant sous sa peau, la poitrine couverte d'une toison brune sur laquelle elle adorait poser sa joue, Luc était le plus bel homme qu'elle avait connu. Ses tempes maintenant devenues grises le rendaient encore plus attirant. Sa voix grave et posée exerçait sur les autres un pouvoir de persuasion auquel elle seule parvenait à résister.

Avec le départ de Jacob pour le cégep, prévu cet automne, une nouvelle perspective s'ouvrait devant elle. Son désir d'occuper un emploi à mi-temps allait se concrétiser dès la prochaine rentrée. Après vingt ans de pause de l'enseignement et à la suite de tous les changements survenus dans le milieu à cause de la réforme scolaire, l'ancienne institutrice ne se sentait plus à la hauteur du professorat. C'est alors qu'une ancienne collègue croisée par hasard au supermarché lui avait suggéré d'offrir ses services pour un poste de surveillante à la bibliothèque de l'école du Bon-Pasteur. Sagement, Mireille y avait réfléchi, pour en venir à la conclusion que ces quelques heures passées en dehors de la maison seraient suffisantes pour lui changer les idées. En même temps, elle évoluerait dans un monde connu et captivant. La rencontre avec la directrice s'était déroulée dans l'harmonie et l'évocation de souvenirs partagés, du temps où toutes les deux faisaient leurs premiers pas dans l'enseignement. Avec confiance, Mireille avait attendu une réponse qui s'était révélée positive dans les jours qui avaient suivi. La réserve dont elle avait fait preuve dans ses démarches put éviter les affrontements avec Luc. Connaissant l'opinion de son mari au sujet de son retour sur le marché du travail, elle avait préféré lui annoncer la nouvelle une fois l'affaire réglée. Elle allait devoir s'y résoudre bientôt, car l'été filait à la vitesse de l'éclair.

La mère de famille avait besoin de son indépendance, et la monotonie de son existence l'amenait de plus en plus à réfléchir à son avenir. Les enfants grandissaient trop vite, tout en devenant de jour en jour plus autonomes.

— Qu'est-ce qui te tracasse, ma chérie ? Tu as l'air bien préoccupée.

Les sourcils froncés, Luc se questionnait sur l'air songeur de sa femme. Mireille esquissa un sourire en se rapprochant de lui. Tendrement, elle appuya sa tête sur son épaule et lui confia :

— Je pensais aux enfants. J'ai l'impression parfois de m'être endormie pendant des années. Je ferme les yeux et je revois Jacob tout petit, qui apprend à marcher, à parler, à faire de la bicyclette. Je les ouvre et je vois devant moi un jeune homme presque aussi grand que son père. Mon oisillon s'apprête à quitter le nid et j'ai peur qu'il brise ses ailes.

— Tu n'as aucune raison de t'inquiéter. Jacob est un adolescent responsable qui, à part quelques fredaines comme font tous les jeunes de son âge, n'a jamais rien eu à se faire reprocher. Ton oisillon, comme tu dis, n'est pas en danger, il est simplement arrivé à un carrefour de sa vie. Il fait ses premiers pas dans le monde des adultes et il aura à prendre ses responsabilités. Si je n'avais pas confiance en lui, je ne lui offrirais pas une bagnole pour son anniversaire, n'est-ce pas ?

Luc effleura d'un baiser le front de Mireille. Sur un ton taquin, il lui souffla à l'oreille :

— La maman oiseau s'affole pour rien !

— Justement, je ne suis plus certaine que ce soit une bonne idée de lui donner une voiture. Il a seulement dix-sept ans !

Avec un brin d'irritation dans la voix, Luc rétorqua :

— Nous avons pris la décision ensemble, si je me rappelle bien. C'est toi qui voulais qu'il revienne à la maison tous les jours après ses cours. Tu refusais qu'il demeure en résidence, invoquant le fait que tu t'ennuierais trop. Nous étions tous les deux d'accord. Ce n'est plus le temps de changer d'idée maintenant !

D'un bond, il sauta du lit, souffla un baiser à Mireille du bout des doigts et se dirigea vers la salle de bain contiguë à la chambre à coucher.

— Je m'en vais prendre une douche ! Viens-tu avec moi ?

— J'irai tantôt, je vais relaxer encore un peu.

— Comme tu voudras, mais tu te prives d'un divertissement des plus agréables ! plaisanta Luc, en jetant un coup d'œil concupiscent dans sa direction.

— Veux-tu bien disparaître, je ne suis pas un buffet à volonté ! répliqua sa femme en lui lançant un oreiller, qu'il évita de justesse.

Le rire joyeux de son mari retentit dans l'air jusqu'à ce qu'il soit estompé par celui du jet de la douche. Mireille enfila un jean et une chemise légère qui flottait librement sur ses hanches, avant de se diriger vers la porte-fenêtre qui donnait sur l'extérieur. Les reliquats de la veille jonchaient encore la table en polypropylène, qui, à elle seule, occupait presque tout l'espace sur le minuscule balcon. Verres vides, croustilles ramollies au fond d'un bol, planchette de Monopoly abandonnée sur une chaise avec ses dollars éparpillés autour, tous ces objets pêle-mêle offraient un spectacle déplaisant qui fit soupirer la belle rousse. Lucie avait oublié son chandail, qui gisait par terre, roulé en boule, tandis que Jacob avait, comme d'habitude, enlevé ses chaussures pour se promener pieds nus.

— Je ne peux pas lui en vouloir, il suit mon exemple. Mais moi, je ne les laisse pas traîner partout, marmonna la mère de famille, en se penchant pour les ramasser.

Chaque vendredi, ils se rassemblaient tous les quatre pour partager les anecdotes des derniers jours, tout en jouant une partie de Monopoly. C'était l'unique soir de la semaine où Zack n'était pas des leurs. Luc tenait mordicus à ce que ce rendez-vous se déroule juste en famille. Durant les beaux soirs d'été, ils privilégiaient ce balcon, qui permettait d'accéder à la chambre des parents, tout en leur offrant une vue imprenable sur le fleuve. Cette idée venait de Luc, qui réalisait ainsi un de ses rêves les plus chers: avoir une vraie tribu, où les parents se préoccupaient de leurs enfants en leur consacrant du temps. Tous les Lamontagne s'accommodaient très bien de la formule, même si, parfois, une dispute éclatait entre Lucie et Jacob. Le garçon aimait asticoter sa sœur, dont la patience avait des limites, surtout depuis que les affres de l'adolescence s'abattaient sur elle. Dans ces rares moments de discorde, Mireille servait de conciliatrice, car Luc avait tendance à prendre le parti de sa fille, qui, selon lui, n'avait aucun défaut. Dès la naissance de l'ange blond, Luc avait ressenti pour l'enfant un attachement viscéral.

Avant d'entreprendre la journée qui s'annonçait bien remplie, Mireille s'appuya à la rambarde du balcon et admira le décor pittoresque qui se dévoilait à son regard. Couvertes de minuscules perles de lumière diffusées par les rayons du soleil, les eaux du grand fleuve semblaient émerger du sommeil. Un subtil frémissement en agitait la surface, sur laquelle se reflétaient les longues branches des arbres qui avaient poussé trop près du rivage. Juste en face, sur la rive sud, les deux clochers de l'église de Sainte-Croix se découpaient, dignes et fiers, dans un ciel bleu sans nuages. Un catamaran glissait doucement sur l'onde en direction de Québec. Un léger souffle de vent arrivait à peine à gonfler la grande voile. Les quatre passagers, le visage rayonnant de plaisir, lui envoyèrent joyeusement la main. À son tour, Mireille répondit à leur salut en remuant les bras au-dessus de sa tête. À mi-voix, elle se passa cette réflexion :

— Comme ces gens semblent heureux de se faire ainsi ballotter par les vagues sans autre souci que de savourer l'instant présent !

En rigolant, elle se complimenta :

— Me voilà devenue poète !

Luc se tenait derrière elle, les cheveux humides pointant dans tous les sens, et la taille entourée d'une serviette. Amoureusement, il appuya son menton sur l'épaule de son épouse, qui sursauta en poussant un cri de surprise.

— Tu parles toute seule, maintenant ?

— Je déteste quand tu me fais ça ! On dirait que ça t'amuse de me faire peur ! Tu te comportes comme un vrai gamin, des fois ! le réprimanda Mireille en secouant la tête.

Fermement, Luc l'attira vers lui et la maintint contre sa poitrine.

— J'ai entendu ce que tu marmonnais. Qu'en dirais-tu si nous partions en croisière pour fêter notre anniversaire de mariage ? Pour le congé des Fêtes, on demande à ta mère de venir surveiller les enfants et nous, pendant toute une semaine, nous voguons sur la mer des Caraïbes au gré du vent.

Sur un ton moqueur, Mireille répliqua à son mari :

— Je ne crois pas qu'un bateau de croisière ait besoin de vent pour voguer, mais je vais réfléchir sérieusement à ta proposition.

— Quelle proposition ? émit une petite voix ensommeillée venant de derrière la porte-fenêtre, demeurée entrouverte.

— Que fais-tu là, toi ? s'exclama Luc en vérifiant si la serviette entourant sa taille était bien en place.

— Jacob est sur le trône depuis une demi-heure. Je ne pouvais plus attendre ! Alors, j'ai décidé de venir emprunter le vôtre, lui répliqua Lucie en se dirigeant vers la salle de bain, ses parents sur les talons.

La jeune fille ferma la porte derrière elle pour la rouvrir aussitôt.

— C'est quoi la proposition dont vous parliez tout à l'heure ?

Luc, qui venait de dénouer sa serviette, sursauta et échappa un juron.

— Calvaire, Lucie, veux-tu bien fermer cette porte !

— Quand vous aurez répondu à ma question. C'est quoi la proposition ? À part ça, tu n'as pas le droit de dire des gros mots !

— Va aux toilettes, et je t'expliquerai ensuite, lui suggéra Mireille, en se retenant pour ne pas éclater de rire.

— Tu sais, papa, je sais comment c'est fait, un homme ! nargua l'adolescente en dardant sur son père un regard insolent.

Elle s'enferma dans la salle de bain, abandonnant son paternel bouche bée devant une telle audace.

— Des fois, je ne reconnais plus ma petite chérie ! déplora Luc en se laissant choir au pied du lit.

— C'est que ta petite chérie a maintenant treize ans et qu'elle aussi se transforme en adulte. Comme toutes les adolescentes, elle cherchera à faire sa place dans un cafouillis de peurs, de provocations, entremêlées d'arrogance. Et je sais de quoi je parle, confessa Mireille, en pressant la main de son mari dans la sienne.

— J'aimerais tant la garder toute petite, continuer de voir dans ses yeux l'innocence de l'enfance, pouvoir lui éviter les souffrances qui, inévitablement, paveront sa route, murmura Luc dans un soupir.

— Ce n'est pas ainsi que les choses fonctionnent, papa gâteau ! Tu devras te faire à l'idée que ta fille est en train de se métamorphoser en femme. Et un jour, c'est dans d'autres bras que les tiens qu'elle se fera bercer.

Un silence s'ensuivit, puis Luc déclara d'une voix grave :

— Alors, tout ce que je lui souhaite, c'est de devenir aussi belle que sa maman !

En laissant glisser sa serviette par terre, il se mit debout devant sa femme. D'une voix maintenant grivoise, il susurra :

— Elle pourra alors rencontrer un homme aussi merveilleux que son père !

— Espèce d'idiot, pouffa Mireille. Habille-toi, elle peut surgir de la salle de bain à tout instant. Moi, je descends à la cuisine préparer le petit-déjeuner. Tu me rejoindras quand tu seras plus présentable.

* * *

Vêtu d'un simple boxer, Jacob paressait au lit. Étendu par-dessus les draps, les yeux mi-clos, il savourait ces instants de pure liberté : se lever tard, écouter sa musique préférée à satiété, rêvasser à sa guise sans être dérangé. Aujourd'hui, en particulier, la journée s'annonçait des plus agréables. C'était celle de son anniversaire et, par hasard, il connaissait déjà tous les secrets de son déroulement. Quelques jours auparavant, se croyant seuls, ses parents en avaient discuté sur la terrasse. Assailli par une fringale nocturne, il s'était glissé sans bruit dans la cuisine pour y glaner quelque chose à se mettre sous la dent. Discrètement, silencieux comme un fantôme, il avait écouté, incrédule, leur conversation. Lorsque son père avait dévoilé le pot aux roses, la jubilation avait bien failli l'emporter sur la discrétion. Les deux mains sur la bouche pour ne pas laisser éclater sa joie, il était remonté à l'étage sur la pointe des pieds, sa faim reléguée aux oubliettes. Une auto ! Ses parents allaient lui offrir une auto pour qu'il puisse revenir à la maison après ses cours. Enfin ! Il ne serait plus obligé de suivre la famille dans la grosse bagnole à papa ! Avec Zack, ils pourraient aller partout où ils auraient envie. Le petit confort douillet dont il était entouré commençait à lui peser. Il rêvait d'aventures et de nouvelles expériences.

Depuis, l'adolescent attendait le grand jour avec fébrilité. Et voilà qu'il y était ! Son copain de toujours, Zack, était le seul à qui il avait parlé de son secret. Les jeunes étaient complices depuis la maternelle, alors Jacob avait en lui une confiance absolue. Pour la première fois, lors de la prochaine rentrée, ils allaient être séparés. Jacob amorçait son parcours collégial, pour ensuite continuer en droit à l'université, tandis que Zack terminait ses études secondaires pour travailler au garage de son oncle. C'est ce qui, dans le monde parfait et bien calculé des parents, devait se produire, mais les deux compères caressaient depuis des mois un autre plan dans la plus stricte clandestinité.

Peu apprécié par Luc, qui aurait préféré pour son fils des fréquentations plus intéressantes, tant du point de vue du rang social que de celui du parcours académique, Zack était parfois un sujet de discorde entre le notaire et son épouse, car, de son côté, Mireille l'aimait bien.

Jacob s'étira longuement avant de se décider à poser un pied par terre. Comme tous les matins, s'ensuivit une courte séance d'exercices. Cent redressements assis, cent pompes, une douche rapide, un short et un débardeur enfilés promptement et l'adolescent était prêt pour fêter ses dix-sept ans. En sifflotant, il quitta sa chambre et descendit l'escalier au pas de course. Arrivé au rez-de-chaussée, il croisa Lucie, qui se dirigeait vers le salon, un verre de jus d'orange à la main. Jacob étendit les bras afin de lui couper le passage. D'une voix enjouée, il l'interpella :

— Qu'est-ce qu'on dit à son grand frère ce matin ?

Sa sœur posa sur lui un regard étonné. Faisant mine de ne pas comprendre sa question, elle l'avertit :

— Enlève-toi de mon chemin ! Tu vas me faire manquer le début de mon émission de télé !

— Tu n'as pas honte? Préférer une vulgaire émission de télé à ton grand frère adoré dont c'est l'anniversaire aujourd'hui? À la place, tu devrais me sauter dans les bras pour me souhaiter bonne fête!

Lucie tenta de se faufiler, mais Jacob l'attrapa par la taille et l'attira vers lui. L'adolescente renversa son verre de jus en cherchant à se défendre. Un fou rire s'empara d'eux pendant que le garçon entraînait sa sœur vers le divan, au fond de la pièce. La jeune fille parvint à se libérer de l'emprise fraternelle et lui lança un coussin, qu'il reçut en plein sur le nez. Venant de la cuisine, la voix forte de Luc retentit:

— Arrêtez de vous conduire comme des gamins et venez déjeuner!

Une cascade de rires et de cris lui fit écho. Lorsque le père se pointa à la porte du salon, Lucie tenait son frère en joue, braquant vers lui un briquet revolver acheté quelques années auparavant, lors d'un voyage en Floride. Les mains levées au-dessus de la tête, Jacob la suppliait de ne pas tirer. Luc ne put s'empêcher de sourire devant ce spectacle improvisé. Il entra dans le jeu.

— Je suis le shérif Lamontagne et je vous somme, mademoiselle, de cesser immédiatement ces menaces envers votre frère! Laissez tomber votre arme et suivez-moi dans la cuisine. Puis-je savoir la raison du conflit?

— Elle ne veut pas me souhaiter bonne fête! gémit Jacob.

Luc regarda sa fille et son cœur se gonfla d'amour. Toute menue face à son aîné, elle ressemblait à une gamine, malgré ses treize ans. Pourtant, au travers du léger pyjama qui la couvrait, déjà il pouvait deviner les formes délicates de son futur corps de femme. Lucie se révélait un curieux mélange de sa mère et de lui-même. Elle avait son caractère, c'était sûr: un peu soupe au lait, légèrement rancunière, ordonnée et travaillante jusqu'à l'épuisement. Par contre, elle tenait de Mireille ses caractéristiques physiques, dont ses magnifiques yeux pers, sa taille frêle et ses cheveux blond roux en bataille. Lentement, il s'approcha de sa fille et la désarma en s'adressant à ses deux enfants:

— Venez déjeuner, votre mère vous attend. Elle a même fait des gaufres accompagnées de sirop d'érable pour souligner ton anniversaire.

En disant ces mots, il tendit la main à son fils et l'attira vigoureusement dans ses bras.

— Bonne fête, mon homme! Je suis très fier de toi, énonça-t-il d'une voix émue.

Presque aussi grand que son père, Jacob lui retournait indubitablement sa propre image. Le jeune homme lui ressemblait à s'y méprendre, sauf qu'il avait le tempérament calme et un peu bohème de Mireille. En se tortillant, Lucie s'interposa entre les deux. D'une légère poussée, elle éloigna son frère en lui balançant:

— Puisqu'il le faut, je te souhaite donc une bonne fête, mais ça ne m'empêche pas de te trouver idiot, malgré tes dix-sept ans!

Sans attendre sa réaction, la coquine se sauva vers la cuisine en sautillant. Au même moment, la voix de Mireille se fit entendre:

— Allez-vous finir par arriver? Les gaufres vont refroidir!

Finalement, chacun se retrouva assis à sa place bien définie autour de la table. Dans l'assiette de Jacob, une enveloppe bleue portant son prénom attira tous les regards. Sans attendre, il l'ouvrit et fit semblant d'être étonné. À l'intérieur de la carte de souhaits s'alignaient ces quelques mots.

Pour ton anniversaire, il y aura cet après-midi un barbecue ainsi qu'une surprise. Ton parrain, ta grand-mère et aussi quelques amis seront présents. En attendant, sois patient et mange tes gaufres. Signé, Papa et Maman.

Sur un ton narquois, Lucie ne put résister à l'envie de passer une remarque, tout en surveillant avec impertinence la réaction de son frère.

— J'imagine que la prétentieuse Jennifer fait partie des invités ? Elle est tellement collante que…

Les dernières paroles de la phrase furent enterrées par un cri de surprise. Lancée par Jacob, une gaufre venait d'atterrir dans l'assiette de la petite sœur, faisant gicler le sirop sur son pyjama.

— Hé ! Espèce de malade !

— Tu vois ! Toi aussi, t'es collante maintenant ! se moqua son frère.

— Voulez-vous bien arrêter de vous asticoter et de vous lancer par la tête tout ce qui vous tombe sous la main ! Ça devient agaçant à la longue ! leur signifia Mireille d'une voix impatiente. On dirait des vrais enfants de la maternelle. Est-ce qu'on peut manger en paix ?

La tête basse, les deux coupables se tirèrent la langue et commencèrent à engloutir leur déjeuner avec appétit.

Seul le bruit des ustensiles grattant la porcelaine troublait le silence.

L'évanescente lumière du jour qui pénétrait par les immenses fenêtres donnant sur la terrasse colorait d'or les portes d'armoires faites de chêne blond. De vaporeux rideaux blancs adoucissaient l'ambiance dans la grande cuisine aux murs peints en vert. Un comptoir en forme de L recouvert de Formica blanc antique délavé par le temps séparait la pièce en deux. Un four à micro-ondes, une cafetière des plus modernes, un robot culinaire puissant ainsi qu'une panoplie d'ustensiles trônaient sur une bonne partie de la surface. D'un côté, une table ronde et quatre chaises ainsi qu'un buffet surmonté d'un vaisselier occupaient presque tout l'espace. Derrière, on retrouvait les électroménagers dernier cri, dont une plaque vitrocéramique et un lave-vaisselle flambant neuf. Cet endroit de la maison appartenait à Mireille, qui en avait revendiqué les droits. Excellente cuisinière, elle acceptait difficilement les intrus dans son univers, sauf à de rares occasions, et pour l'aider lors du grand ménage.

Chacun se restaurait lentement, perdu dans ses pensées, lorsque le téléphone sonna. Laissant tomber sa fourchette sur la nappe, la bouche pleine, Jacob repoussa sa chaise, qui émit un bruit grinçant sur le plancher. Il se rua sur l'appareil déposé sur le comptoir par son dernier utilisateur.

— Allô !

La voix de son interlocutrice résonna à ses oreilles comme une musique. Avec une légère rougeur aux joues, il tourna le dos aux autres occupants de la cuisine qui le scrutaient, un sourire amusé sur les lèvres.

— C'est sûrement Jennifer Pot de colle qui lui souhaite bonne fête ! gloussa Lucie en se levant pour aller déposer son assiette dans l'évier.

— Cesse de te moquer de ton frère et va t'habiller ! Ensuite, tu viendras m'aider à préparer les hors-d'œuvre, lui intima sa mère.

À voix basse, elle s'adressa à son mari :

— Maman devrait arriver bientôt avec le gâteau. Est-ce que tu peux le cacher dans ton bureau en attendant les invités ?

— Pas de problème ! lui répondit Luc en frôlant son front d'un baiser, juste à la naissance de ses cheveux. Je retourne terminer mon installation dehors. Il reste à monter les tables et à fixer les parasols.

Il héla Truffe, qui dormait sous la table.

— Viens-tu avec moi, grosse paresseuse ? Un peu d'exercice ne te fera pas de tort !

Pour toute réponse, la chienne posa sur lui son regard mélancolique. Elle ne bougerait pas de son poste tant qu'il y aurait quelque chose à manger susceptible de tomber sur le plancher. Luc haussa les épaules et s'éloigna en sifflotant.

Toujours au téléphone, Jacob faisait entendre des petits rires étouffés. Mireille sortit discrètement sur la terrasse. Son grand garçon ressentait pour la première fois les frissons de l'amour, elle allait respecter son intimité. La veille, elle avait invité la jeune fille pour l'anniversaire de son fils, car, depuis la fin des classes, les deux adolescents s'étaient vus à quelques reprises. Mireille avait remarqué l'intérêt que Jacob portait à la demoiselle, qui semblait éprouver le même sentiment à son endroit. Si elle avait connu l'avenir, jamais elle n'aurait encouragé cette amourette.

Chapitre 2

L'atmosphère devenait de plus en plus accablante en ce début d'après-midi. Avec le haut taux d'humidité, la journée s'annonçait insoutenable pour Mireille, qui, depuis le début de sa ménopause, supportait de plus en plus difficilement la chaleur. Fouillant dans sa garde-robe depuis dix minutes sans parvenir à décider quoi porter, elle opta finalement pour ce qu'elle possédait de plus léger: une jupe paysanne multicolore, une blouse blanche sans manches au décolleté affriolant et de simples tongs aux pieds. Depuis toujours, elle préconisait le confort plutôt que l'apparence.

Alors qu'elle s'habillait, de joyeux souvenirs la ramenèrent dans sa jeunesse un peu débridée. Sa première nuit d'amour lui revint soudain à l'esprit.

Plutôt déçue par l'expérience, dès le lendemain, elle avait congédié son amant d'un soir. Étrangement, sa mère avait deviné sa déconvenue sans même qu'elle lui en parle. Avec sagesse, Marie lui avait conseillé de se méfier des relations frivoles qui ne mènent nulle part. Obéissante, Mireille avait suivi ces judicieux conseils. Ses aventures amoureuses avaient été par la suite bien protégées par la pilule anticonceptionnelle, nouvellement apparue sur le marché. *C'est sûrement à cause des premiers amours de Jacob que toute cette histoire me revient à la mémoire. Il a exactement le même âge que moi lorsque j'ai fait le grand saut. Pourvu que Jennifer ne lui brise pas le cœur! C'est tellement important, la première fois, pour un adolescent! Je n'arrive pas à croire que mon bébé est rendu là! Le temps a passé trop vite,* pensait-elle en remontant la fermeture Éclair de sa jupe.

Née d'une mère célibataire, Mireille avait été très tôt confrontée au jugement des autres. Curieusement, au lieu de l'affecter, cette situation, plutôt rare à l'époque, lui avait permis de s'affirmer. Mieux, elle avait commencé très tôt à provoquer les gens qui osaient les montrer du doigt, elle et sa mère.

Marie Beaudet, une femme courageuse et fière, l'avait mise au monde alors qu'elle était âgée de dix-neuf ans seulement. Demeurée célibataire, elle avait élevé sa fille toute seule en lui inculquant ses propres valeurs: l'honnêteté, la franchise et le respect pour tous les êtres vivants. Mireille avait hérité de cette femme admirable son goût pour l'enseignement. Sa mère était aussi sa meilleure amie. Elle connaissait tous ses secrets; ceux qui ne se dévoilent qu'à une seule personne en qui on place une confiance absolue et qui, jamais, ne porte de jugement.

Un coup de peigne inutile dans sa tignasse rebelle, une grimace à son miroir pour se venger et Mireille fut enfin prête à rejoindre son mari, qui l'attendait dans le jardin, bien installé sous le saule pleureur, une bière à la main.

— Tu commences tôt, il me semble! fit-elle remarquer à Luc, qui, d'un geste tendre, l'invita à venir s'asseoir près de lui.

— Ne t'inquiète pas pour moi, je n'ai nullement l'intention de m'enivrer. J'ai eu ma leçon après le tournoi de golf chez Étienne l'an passé, lorsque je me suis réveillé tout habillé sur le divan du salon. Tous les autres étaient partis. Même toi, tu m'avais abandonné !

Sur un ton penaud, il soupira :

— Sans même m'avoir souhaité bonne nuit ni embrassé avant de t'enfuir !

— C'était tout ce que tu méritais, riposta Mireille. À l'avenir, tu y songeras à deux fois avant de te saouler !

Sans un mot de plus, elle s'éloigna en faisant valser sa jupe sur ses mollets. Le balancement sensuel de ses hanches ramena Luc des années en arrière, quand ils allaient danser jusqu'au petit matin sur le rythme endiablé du rock and roll. Arrosées d'alcool, les fêtes se terminaient toujours par un slow voluptueux, qui les conduisait directement au lit, où toutes les audaces étaient permises. Dès sa première grossesse, Mireille avait renoncé à ces libations pour se consacrer au bien-être de ses enfants. Elle l'avait prié d'en faire autant, ce que le nouveau papa avait accepté sans l'ombre d'une hésitation. Parfois, il lui arrivait de manquer à sa parole, comme lors de cette soirée de l'année précédente où il avait vraiment dépassé les bornes. Sa femme lui pardonnait ses écarts de conduite, en autant que les enfants n'en soient pas témoins et que l'occasion se fasse rare.

Un bruit de moteur le tira de sa rêverie. Une Honda grise conduite par une dame à la chevelure poivre et sel entrait dans la cour. Accueillie par les jappements joyeux de Truffe, qui gambadait autour de la voiture, Marie arrêta le moteur, puis ouvrit la portière à demi, tentant de se protéger de l'assaut trop exubérant de la chienne.

— Truffe ! Veux-tu bien laisser grand-maman tranquille ! cria Lucie en se hâtant vers son aïeule, qui lui ouvrit tout grand les bras.

— Bonjour, ma chérie ! Comment va ma jolie petite-fille ? Je rêve ou tu as encore grandi ?

— Je t'en prie, trouve autre chose ! On s'est vues la semaine dernière. Je n'ai pas eu le temps de grandir, voyons !

— Alors, c'est moi qui rapetisse ! concéda Marie en éclatant de rire.

D'un pas nonchalant, Luc s'approcha de sa belle-mère et la serra dans ses bras.

— Bonjour, belle-maman ! Toujours aussi charmante, à ce que je vois !

Vêtue d'un jean roulé à la cheville et d'une chemise blanche en coton léger qui soulignait la finesse de sa taille, Marie montrait l'image d'une femme sur laquelle le passage du temps n'avait aucune emprise. Un sac en bandoulière rempli de petits présents pour chaque membre de la famille, un chapeau de paille d'où s'échappaient d'indomptables mèches de cheveux gris, des sandales attachées avec du Velcro, la mère de Mireille n'avait rien d'une dame qui allait bientôt recevoir sa pension de vieillesse du gouvernement fédéral.

— Veux-tu prendre la boîte dans le coffre arrière, s'il te plaît ? demanda Marie à son gendre en lui tendant les clés de sa voiture. Moi, je me charge du gâteau. Est-ce que Jacob est dans les environs ?

— Il est dans sa chambre à écouter de la musique. Tu n'as pas à t'en faire, il met le son tellement fort qu'il n'entend plus rien autour de lui, répliqua Lucie.

— C'est parfait ! Il me reste à emballer son cadeau. Je vais avoir besoin d'aide !

Un cri de surprise les fit sursauter toutes les deux.

— Voulez-vous bien me dire ce qu'il y a dans cette boîte ? Ça pèse une tonne ! rugit Luc en tentant d'extirper l'objet en question du coffre arrière.

— Justement, c'est le cadeau pour mon filleul ! répondit la grand-maman sur un ton amusé. Cet enfant a besoin de se faire des muscles, il pousse seulement en longueur. Alors, je lui ai acheté un kit de poids et haltères.

— Quelle bonne idée tu as eue, maman ! la félicita Mireille, qui venait de se joindre à eux.

Décochant un regard malicieux vers son mari, qui ployait les jambes sous le poids de son fardeau, elle renchérit :

— Jacob pourra même partager son cadeau avec son père, pour qui ce serait très bénéfique d'augmenter sa masse musculaire !

Le regard vexé que lui retourna Luc se passait de commentaire. À l'unisson, les deux femmes éclatèrent de rire. Bras dessus bras dessous, elles s'éloignèrent vers la maison en bavardant. Lucie les suivit de près, tout en taquinant la chienne.

* * *

Tous les invités étaient arrivés. Il ne manquait plus qu'Étienne, le parrain de Jacob. Sollicité par Luc afin de conduire la voiture enrubannée qu'il voulait offrir à son fils, son vieux copain se faisait attendre. Une vingtaine de personnes, amis, voisins, confrères de travail ainsi que les membres de la famille composaient le groupe. Tout le monde se connaissait, ce qui rendait l'ambiance des plus conviviales. Certains discutaient debout, un verre à la main, tandis que d'autres préféraient relaxer, dissimulés sous les parasols, pour se protéger des rayons trop intenses de l'astre du jour.

Assis sur une couverture étendue dans l'herbe, Jacob et ses amis se tenaient éloignés des croulants, ce qui, dans leur langage, désignait tout être humain âgé de plus de vingt-cinq ans. Vêtu d'un short, d'une veste en denim délavé et d'un gilet camisole orné d'une tête de mort, Zack savourait sa bière à petites gorgées. Les cheveux hérissés par du gel, la tête d'un dragon crachant le feu tatouée sur l'épaule, il projetait l'image d'un adolescent non conformiste. Ses études étant maintenant terminées, il pouvait enfin savourer son indépendance. Son récent tatouage en était la preuve flagrante. Encore deux ans à vivre avec sa mère, et ensuite, à lui la liberté! Avec Jacob, ils pourraient enfin mettre leur projet à exécution. En attendant, il n'avait pas le choix de travailler, s'il voulait ramasser ses sous pour la grande aventure. Par la suite, il déguerpirait sans regret de cet endroit malsain dans lequel il avait subi le va-et-vient incessant des nombreux amants d'une mère alcoolique.

Zack rêvait de ce moment depuis l'âge de douze ans. Depuis le jour où, en rentrant à la maison après l'école, il avait trouvé, assis à la table de la cuisine, vêtu d'un simple caleçon, le nouveau petit ami de sa mère.

L'intrus sirotait son café dans la tasse appartenant à son père. C'était l'unique souvenir que cet homme avait laissé à l'enfant avant de les abandonner, sa mère et lui, alors qu'il n'avait que quatre ans. Zack y tenait de toute son âme, et en voyant ce minable profaner cet objet précieux, il lui avait sauté dessus en le mordant très fort à la main. La punition qui s'était ensuivie ne s'était jamais effacée de sa mémoire. Le jeune garçon s'était juré de décamper de ce lieu dès qu'il aurait atteint sa majorité. Sa mère n'aurait qu'à s'arranger toute seule! Jamais elle n'avait été là pour lui quand il en avait tellement besoin. Cette femme avait préféré se vautrer dans les bras de ses amants au lieu de prendre soin de son fils. À son tour, il ne serait jamais là pour elle.

Les meilleurs moments de son enfance, Zack les avait connus dans la famille de Jacob, son seul ami. Mireille avait souvent remplacé sa mère dans les jours difficiles, en l'accueillant sous son toit et en le traitant avec gentillesse. En ce qui concernait Luc, leurs relations étaient plutôt distantes.

Le départ de Jacob pour le cégep l'affligeait davantage que Zack voulait le laisser paraître. Il ne verrait plus autant son ami, mais ce ne serait que temporaire. Ce projet d'évasion à l'autre bout du monde occupait toutes ses pensées. Depuis qu'il partageait ce secret avec son meilleur copain, il sentait qu'il allait enfin vivre des moments fabuleux. Son existence misérable se transformerait en conte de fées, même s'il n'avait jamais voulu croire à ces sornettes. Ils seraient alors majeurs tous les deux. Aussi, même le notaire devrait se plier à la volonté de son fils.

Derrière ses lunettes fumées, le jeune homme zieutait son camarade, qui, maladroitement, faisait ses premiers pas dans l'univers des relations amoureuses. Pour la première fois, une fille s'intéressait à Jacob. Jennifer, une magnifique adolescente de dix-sept ans à la taille fine, au regard couleur d'azur, première de classe, cherchait à lui voler son vieux complice. Malgré lui, Zack la détestait, car elle possédait tout ce qu'il n'avait pas. Fille unique de parents riches et bien en vue dans la région, l'adolescente était arrivée à l'école secondaire de Donnacona il y avait un an à peine. Élève brillante, athlète accomplie, toujours entourée par une cour d'admirateurs, à côté d'elle, Zack faisait figure de crapaud galeux. Jacob s'était amouraché de la belle sirène, qui semblait éprouver les mêmes sentiments à son égard. Mais lui connaissait bien la frivolité des femmes. Cet exemple, il l'avait eu sous les yeux toute sa chienne de vie. Il n'allait pas permettre à une femelle en rut de détruire la vie de son ami. Il se tourna vers la fille maigrichonne qui l'accompagnait et lui souffla à l'oreille :

— Va me chercher une autre bière ! Apporte-moi aussi…

Le son assourdissant d'un klaxon endiablé interrompit les conversations, faisant sursauter les plus nerveux, qui échappèrent un cri de surprise. S'ensuivit un tonnerre d'applaudissements pour accueillir la petite berline rouge surmontée d'un énorme chou de ruban blanc. Une fois le concert terminé, Étienne se stationna devant l'entrée du garage des Lamontagne en saluant l'assistance de sa main gantée. Pour l'occasion, l'avocat avait revêtu la livrée du chauffeur de limousine, qui lui seyait à merveille. Le sourire aux lèvres, il descendit et s'empressa d'ouvrir la portière à sa passagère. Une femme longiligne comme un roseau, avec des jambes de déesse, s'extirpa gracieusement de la voiture en s'appuyant sur le bras de son chevalier servant. Juchée sur des escarpins noirs, exhibant une jupe de cuir qui lui moulait audacieusement les fesses ainsi qu'un top dos nu en dentelle transparente, elle réduisit au silence par sa seule apparition le petit groupe d'invités. Sa magnifique chevelure noire flottant librement sur ses épaules et son visage parfaitement maquillé la faisaient ressembler à un top-modèle sorti tout droit de la prestigieuse revue *Vogue.*

— Je vous présente Anita Lemay, ma nouvelle flamme, annonça Étienne d'une voix fière, en s'adressant à l'assemblée médusée.

Luc fut le premier à réagir. Arborant son sourire dévastateur, il tendit la main à la ravissante créature, qui lui offrit mollement la sienne. Mireille s'approcha à son tour en lui souhaitant la bienvenue.

— Bonjour, Anita ! Je peux vous appeler par votre prénom ?

— Pas de problème ! Tu peux aussi me tutoyer, l'encouragea la jeune femme d'une voix rauque presque masculine. Étienne m'a dit que vous n'étiez pas du monde gênant.

Elle éclata de rire et embrassa l'avocat sur la bouche. Mal à l'aise, Étienne la repoussa gentiment.

— Veux-tu quelque chose à boire ? lui offrit-il en jetant un œil discret vers Mireille, qui semblait bien s'amuser de son malaise.

— Venez avec moi, offrit la maîtresse de maison à la pétulante séductrice, qui, aussitôt, la suivit en enfonçant à chaque pas les talons de ses souliers dans la pelouse.

Dès que les deux femmes se furent éloignées, Luc s'exclama, en entourant de son bras les épaules de son ami.

— Veux-tu bien me dire où tu as déniché ce pétard ?

— Je suis allé plaider à Québec il y a quelques semaines et en sortant du palais de justice, je me suis rendu dans un bar sur la rue Saint-Jean. C'est là que j'ai rencontré Anita. Immédiatement, nous avons fraternisé. Tu vois ce que je veux dire ?

Luc posa un regard rempli d'affection sur son ami. Après leurs études, les deux compères avaient continué de se fréquenter. L'avocat avait même été choisi comme parrain de son fils. Au fil du temps, Étienne était devenu une sommité dans son milieu. Il avait marié une avocate, mais sa relation n'avait duré qu'une année, ponctuée de batailles continuelles. Divorcé, il avait endossé le manteau du parfait don Juan, accumulant les conquêtes et les amours d'un soir. Luc se plaisait à l'asticoter en lui disant qu'il avait simplement récupéré la place que lui-même avait laissée vacante en épousant Mireille.

— Nous t'attendions avec impatience, surtout ton filleul, qui a bien hâte de recevoir son cadeau !

— Salut, parrain ! cria Jacob en fonçant vers eux. Pourquoi es-tu habillé en chauffeur de limousine ?

Le jeune homme feignait la surprise. En clignant de l'œil vers Luc, Étienne lui serra la main tout en lui souhaitant bon anniversaire. La voix de Mireille se fit entendre parmi le brouhaha des conversations.

— Approchez tout le monde, c'est l'heure des cadeaux !

Bientôt, tous les invités s'agglutinèrent autour de Jacob qui, la physionomie illuminée de plaisir, recevait des mains de chacun un présent soulignant cet anniversaire spécial. Luc et Mireille attendirent en dernier pour lui remettre celui qu'il attendait avec le plus d'impatience. En lui présentant les clés et le certificat d'immatriculation du véhicule, son père lui exprima, d'une voix solennelle :

— Aujourd'hui, mon fils, tu as dix-sept ans. Ta mère et moi considérons que tu disposes de la maturité et du jugement nécessaires pour posséder ta propre voiture. Pour nous, ce cadeau démontre toute la confiance que nous avons en toi. Tu pourras ainsi suivre tes cours au cégep tout en revenant à la maison chaque jour. Ce qui rendra ta maman poule très heureuse, plaisanta-t-il en serrant sa femme dans ses bras.

Un tonnerre d'applaudissements conclut le laïus de Luc. Les yeux brillant d'excitation, Jacob remercia ses parents en s'emparant des clés que son père lui tendait. Vivement, il se tourna vers Zack, l'attrapa par le bras et l'entraîna vers la bagnole enrubannée. Soudain, il réalisa qu'il avait oublié la présence de Jennifer, qui, la mine crispée d'indignation, le fixait d'un air mauvais. Penaud, le coupable revint sur ses pas et tenta de lui prendre la main, ce qu'elle refusa avec une moue boudeuse.

— Viens avec nous, nous allons essayer mon bolide !

Derrière lui, la voix de son père retentit, empreinte de sévérité.

— Tu respectes les limites de vitesse en tout temps et tu ne permets à personne de conduire ton auto. Tu es responsable de ton véhicule, tu m'as bien compris ?

— Ben oui, papa, c'était juste une façon de parler ! s'empressa de rectifier Jacob.

— Tu ne prends jamais le volant après avoir consommé de l'alcool ou toute autre substance illicite. Tu n'as rien bu, j'espère.

— Seulement un Pepsi !

— C'est correct ! Ne restez pas trop longtemps partis, nous allons passer à table sous peu.

D'un hochement de tête, Jacob signala à son père qu'il avait compris. Survolté, l'adolescent empoigna le bras de sa copine et, sans lui laisser davantage le temps de s'offusquer, il l'obligea à le suivre. Il proposa à Zack :

— Va chercher ta blonde, on va aller faire un tour !

— Ce n'est pas ma blonde, je ne voulais pas venir tout seul, c'est tout ! Je ne me rappelle même pas son nom de famille. Elle s'appelle Sophie, c'est tout ce que je sais. Je l'ai rencontrée hier soir à la discothèque.

Il jeta un regard autour de lui et, n'apercevant la jeune fille nulle part, il haussa les épaules en marmonnant, sur un ton déçu :

— On y va ? Je n'attendrai pas après elle, certain !

Zack aurait préféré être seul avec son ami pour cette journée d'anniversaire. La présence de Jennifer le dérangeait, le mettait même en colère. À contrecœur, il suivit Jacob, qui lui signifia de s'asseoir sur la banquette arrière, puisque sa compagne prenait place à ses côtés sur le siège avant. Sans même penser à enlever le ruban sur le toit, le trio s'installa à l'intérieur et Jacob démarra le moteur en même temps qu'il lançait un hourra retentissant.

Saisis par l'émotion, Mireille et Luc suivirent des yeux la petite voiture rouge qui s'éloignait sur la rue Notre-Dame, en direction du village.

Le père ressentait une grande fierté: son fils s'épanouissait et devenait un homme. Dans quelques années, il serait un brillant avocat qui défendrait haut et fort les droits du citoyen. Il fonderait une famille qui perpétuerait le nom des Lamontagne. Un frisson d'orgueil l'enveloppa. Le notaire enserra la main de sa femme dans la sienne, comme pour lui transmettre le trop-plein de bonheur qu'il éprouvait.

De son côté, la mère sentait une déchirure dans son être. Son petit garçon s'éloignait de son giron pour faire ses premiers pas dans un monde souvent hostile dans lequel elle n'occuperait plus la première place. Un bel avenir s'ouvrait devant lui, mais saurait-il faire face à toutes les contraintes et les déceptions qu'il trouverait sur sa route? L'amour, ce merveilleux sentiment qui pouvait sans l'ombre d'un remords déchirer le plus beau des romans de façon impitoyable, briserait-il le cœur de son fils?

Mireille appuya sa tête sur l'épaule de son mari, tout en se pressant très fort contre lui. Durant quelques instants encore, ils demeurèrent ainsi soudés l'un à l'autre, fixant la route devant eux. Une présence derrière leur dos les fit se retourner d'un même mouvement.

— C'est assez, les parents angoissés ! Votre trésor est juste parti faire une balade avec sa blonde et son *chum* ! Connaissant son appétit d'ogre, il va revenir bientôt pour s'empiffrer. En attendant, on joue une partie de fers ? suggéra Étienne en offrant une bière à son ami, qui l'accepta avec plaisir.

— Pourquoi pas ? Tu joues avec nous ? proposa Luc à Mireille, qui refusa gentiment.

— Non, je vais m'occuper des autres invités. Dès que les jeunes seront revenus, tu feras cuire les brochettes. D'accord ?

— C'est parfait ! J'ai juste le temps de battre maître Labrie à plate couture, répondit Luc en assénant une bourrade amicale à son adversaire, qui partit en courant planter son piquet un peu plus loin.

— On dirait des enfants d'école, murmura Mireille en se dirigeant vers sa mère, qui discutait avec la sulfureuse petite amie d'Étienne.

En voyant approcher sa fille, Marie s'excusa auprès de la demoiselle, qui en profita pour aller remplir son verre.

Dans le regard de son unique enfant, Marie pouvait sans l'ombre d'un doute y déceler l'empreinte de la tristesse.

— Comment ça va, ma chérie ?

— Je ne sais pas, maman ! Tout va trop vite ! Mon fils, qui, encore hier, n'était qu'un tout petit garçon, va entrer au cégep dans quelques semaines. Maintenant, il possède son auto, ce qui n'a pas fini de m'inquiéter, et en plus, il est amoureux ! J'ai l'impression de voir un film se dérouler devant moi, comme si j'étais devenue une spectatrice dans la vie de mon propre enfant.

Un sourire de connivence égaya le doux visage de Marie. Elle passa son bras sous celui de sa fille et répondit :

— Je me croirais revenue plus de vingt-cinq ans en arrière, quand toi aussi, tu m'as relayée au second rang afin de vivre ta propre vie. C'est normal de s'inquiéter pour ceux qu'on aime. Je n'ai jamais cessé de le faire pour toi. Et ça recommence avec les petits-enfants !

— Tu as raison, il faut avoir des enfants pour comprendre ce que notre mère a dû supporter pour nous emmener là où nous sommes. Je me souviens de mon adolescence rebelle. Comment as-tu fait pour m'endurer ?

— Je t'aime, c'est tout !

Mireille sentit un léger picotement dans ses yeux. Vitement, elle se ressaisit. La journée était à la fête, pas aux larmes.

— Viens, maman ! On va aller s'occuper de nos invités !

* * *

Après avoir paradé sur le Vieux Chemin, fait le tour de la place de l'Église et contourné l'école du Bon-Pasteur, Jacob entraîna ses passagers vers le fleuve, en empruntant la descente abrupte derrière le presbytère. Le pied sur le frein, il parvint jusqu'au quai sans encombre. Profitant de cette belle journée d'été, plusieurs personnes avaient eu la même idée et se prélassaient au soleil. Assis au bout de l'appontement, les jambes pendantes dans le vide, des pêcheurs lançaient patiemment leurs lignes à l'eau. Puisqu'ils portaient des chapeaux à larges bords, on distinguait à peine leurs visages figés dans un profond recueillement. D'autres avaient apporté des chaises pliantes, qu'ils avaient installées le plus près possible de l'eau pour en apprécier toute la fraîcheur et respirer l'étrange odeur de varech.

Profitant de la marée basse, un grand héron, immobile, le cou tendu, surveillait la surface de l'onde. Son long corps filiforme au plumage gris bleu et à la poitrine blanche semblait coulé dans la pierre. Seuls la tête et les yeux jaunes de l'oiseau bougeaient, à la recherche d'une proie. Faisant preuve d'une patience inébranlable, le volatile attendait son déjeuner. Au bout de quelques minutes, rien n'étant apparu dans son champ de vision, il se déplaça un peu plus loin et reprit son manège. Soudain, son cou se replia vers l'arrière, son corps se détendit et, sans pitié, il plongea sur sa victime.

Fascinés, les gens contemplaient en silence le spectacle magnifique se déroulant sous leurs yeux. Nullement troublé par l'intérêt qu'il suscitait, le bel oiseau termina son repas avant de s'envoler dans un vigoureux battement d'ailes. Demeurés dans la voiture, Jacob et ses amis eurent à peine le temps de le voir disparaître dans la masse cotonneuse d'un cumulus.

— On pourrait aller marcher sur la grève, suggéra Jennifer d'une voix engageante.

— Pas maintenant, répondit Jacob, surpris par l'idée de sa compagne. Mes parents nous attendent pour le barbecue. Je me ferais sermonner si je leur faisais faux bond. C'est ma fête, c'est pour moi qu'ils ont organisé tout ça.

Ne voulant pas la décevoir et risquer de la mettre en rogne, l'adolescent opta pour un compromis :

— Si on venait demain à la place ?

Une voix bourrue émanant du siège arrière brisa le charme.

— Demain, on va à la pêche ensemble, tu t'en souviens, Jab ? Ça fait une semaine qu'on en parle. C'est ce qu'on fait chaque année le lendemain de ta fête. Pourquoi ça serait différent cette fois ?

Pris entre deux feux, Jacob ne savait plus quoi faire. La tentation était forte d'opter pour une promenade au bord du fleuve avec Jennifer, juste eux deux. Peut-être qu'elle lui permettrait de l'embrasser ? Pas juste un petit bec sur les lèvres, mais un vrai *french kiss* ? Il en rêvait depuis si longtemps. Par contre, sa journée de pêche sur la rivière Jacques-Cartier avec son vieux copain Zack était un rituel. Depuis plus de dix ans, le lendemain de son anniversaire, beau temps mauvais temps, ils s'adonnaient à ce sport. Au début, son père les accompagnait, mais depuis deux ans, Luc leur permettait d'y aller seuls avec leurs vélos. Acculé devant un choix déchirant, un peu mal à l'aise, ne voulant blesser personne, il proposa :

— On va retourner à la maison. Tout le monde nous attend. On en reparlera une autre fois.

Un silence désagréable s'installa dans l'habitacle de la petite voiture rouge. Jennifer démontra encore une fois son caractère boudeur d'enfant gâtée. Les lèvres crispées de déception, elle n'ajouta pas un mot. Le regard tourné vers l'extérieur, la jeune fille exhala un long soupir d'ennui. Une sensation d'impuissance dans laquelle s'entremêlaient la colère et une pointe de jalousie s'abattit sur Zack, qui serra les poings de toutes ses forces. Son ami serait-il en train de le larguer ? La gorge nouée, il sentit monter de son ventre jusqu'à ses yeux une folle envie de pleurer. Incapable de continuer, il toucha l'épaule de Jacob et lui ordonna :

— Laisse-moi ici, je vais marcher jusqu'au garage de mon oncle, j'ai une *job* à finir. J'irai peut-être vous rejoindre tantôt.

Déconcerté par cette requête, Jacob immobilisa la voiture et se tourna vers son ami :

— Mais qu'est-ce qui t'arrive, Zack ? Le *party* n'est pas fini ! On est juste venus faire une balade. Tu ne peux pas t'en aller comme ça ! En plus, ta blonde est restée à la maison. Qu'est-ce qu'elle va penser ?

— Je t'ai dit que ce n'était pas ma blonde, juste une fille rencontrée hier soir. Je m'en fous de ce qu'elle peut penser !

— Laisse-le donc partir si c'est ce qu'il veut, marmonna Jennifer d'une voix agacée en plongeant son aguichant regard bleu dans celui de Jacob.

Écartelé entre son amitié pour Zack et le sentiment nouveau qu'il éprouvait envers la jeune fille, Jacob hésitait. Le comportement de son copain, d'habitude si accommodant, le prenait au dépourvu. Avec diplomatie, il risqua une suggestion à l'intention de Zach :

— Qu'est-ce que tu dirais si on allait faire un tour à la discothèque tous les quatre ce soir ? Tu pourrais ainsi faire mieux connaissance avec Sophie ? Je la trouve plutôt sympathique, moi.

Sans attendre la réponse, Jacob se tourna vers sa compagne pour avoir son approbation. Jennifer, qui adorait danser, ne se fit pas prier pour accepter l'invitation.

— C'est une excellente idée! Tu pourrais venir me reconduire après la veillée? Mes parents m'ont donné la permission d'aller coucher chez mon amie, qui demeure à Donnacona. Maintenant que tu as une auto, nous allons pouvoir aller partout sans avoir besoin de compter sur les parents.

Émoustillée par l'expectative de cette sortie improvisée, l'adolescente embrassa Jacob sur les lèvres avec fougue. Malgré lui, le jeune homme sentit ses joues s'empourprer. Mal à l'aise, il bredouilla en s'adressant à Zach, qui n'avait pas encore réagi à sa suggestion.

— Alors, tu viens avec nous? Dis oui, on va s'amuser. C'est mon anniversaire, tu n'as pas le droit de me laisser tomber!

Devant l'insistance de son ami, Zack accepta, même si la perspective de passer toute une soirée avec la maigrelette Sophie ne l'enchantait guère.

— C'est beau! Je vous accompagne! Mais je te rappelle que demain, c'est notre partie de pêche. Nous devons nous lever à l'aube.

Le silence gêné de son interlocuteur l'amena à réitérer la question posée précédemment.

— On y va toujours, n'est-ce pas?

Croyant pouvoir régler le conflit, Jacob soumit une solution qui provoqua des conséquences inattendues.

— Et si on emmenait Jennifer avec nous?

La portière arrière de la voiture claqua et Zack s'éloigna, oubliant derrière lui son vieux copain sidéré. À longues enjambées, il attaqua la côte du Quai en direction de la place de l'Église. Lorsque la voiture de Jacob passa près de lui, il l'ignora. Son copain klaxonna à son intention, mais il ne leva même pas les yeux. Épuisé, incapable de poursuivre sa route, il s'assit sur le bord de la fontaine située au milieu du parvis pour donner la chance à son cœur de retrouver un rythme normal. Déjà, il regrettait de s'être emporté de cette façon. Ce comportement était indigne de lui. L'idée de retourner au barbecue ne lui souriait guère. Il se sentait honteux et n'avait aucune envie de faire semblant.

D'un geste machinal, le garçon sortit un paquet de cigarettes dissimulé dans la poche intérieure de sa veste en denim. Lentement, il en glissa une entre ses lèvres, l'alluma, abaissa les paupières et, avec une satisfaction évidente, aspira profondément la fumée. Jamais il n'aurait osé agir ainsi en présence des Lamontagne; ce plaisir appartenait à ses moments de solitude et de réflexion. Seuls sa mère et ses amants de passage étaient au courant, mais d'eux, Zack se fichait éperdument. Après la dernière bouffée inhalée, d'une pichenette, il expédia son mégot aux pieds de la statue du Sacré-Cœur située en face de l'église Sainte-Famille. Le magnifique édifice aux proportions imposantes dominait le paysage. Érigé au milieu du dix-huitième siècle, il était depuis dix ans classé monument historique, ce qui faisait la fierté de tous les citoyens de Cap-Santé, pratiquants ou non.

Pour Zack, qui n'avait aucune connaissance de la religion catholique, la maison du Seigneur n'était qu'un endroit comme un autre. Ses parents avaient refusé de le faire baptiser, le privant ainsi de recevoir l'Eucharistie ainsi que la confirmation, comme la plupart des autres enfants de son âge. À l'école, il suivait les cours de morale au lieu de ceux d'éducation religieuse, comme son ami Jacob. Pourtant, il aimait venir ici, s'asseoir sur le bord de la fontaine ou tout simplement dans la pelouse et fermer les yeux. Une grande paix l'envahissait alors, et sa solitude lui faisait moins mal. Enfant unique, abandonné par son père, délaissé par une mère indigne, une seule personne comptait vraiment pour lui : son ami Jacob. C'était dans l'ordre des choses que son copain tombe amoureux, mais jamais il n'aurait pensé ressentir une telle tristesse à l'idée de le voir s'éloigner de lui. Ce qu'il éprouvait allait au-delà du simple chagrin et ressemblait davantage à de la jalousie. Il devait reprendre le contrôle de ses sentiments et attendre simplement que la belle Jennifer se fatigue de sa nouvelle conquête.

Les horaires chargés au garage de son oncle lui permettraient d'occuper son temps tous les jours de la semaine pendant que Jacob serait au cégep. Les week-ends, ils en profiteraient pour sortir ensemble. Surtout maintenant que son ami possédait une voiture, ils pourraient se permettre des virées mémorables !

Zack ne possédait pas encore son permis de conduire, mais dès qu'il aurait accumulé la somme nécessaire, il suivrait le cours de conduite obligatoire, même s'il savait depuis longtemps manœuvrer un véhicule. Depuis l'âge de quinze ans, c'était lui qui allait récupérer sa mère au bar lorsqu'elle était trop ivre pour conduire. Souvent, le garçon dormait lorsque le téléphone sonnait interminablement, jusqu'au moment où, bien réveillé et exaspéré, il décroche le combiné. Une voix pâteuse implorait alors :

— Viens me chercher, mon Ti-Loup !

Incapable de refuser et connaissant les risques que sa mère encourait si elle conduisait dans cet état, Zack s'habillait, puis enfourchait sa bicyclette pour parcourir les deux kilomètres qui le séparaient du tripot. Une fois sa passagère avachie sur le siège avant et son vélo dans le coffre arrière, l'adolescent s'installait au volant de la bagnole de sa mère démunie. Lentement, afin de ne pas éveiller les soupçons des policiers qu'il croisait régulièrement dans le secteur, il ramenait l'ivrognesse à la maison. Parfois, sa mère était tellement saoule qu'elle s'endormait dans la voiture. Sans avoir échangé une seule parole avec elle, Zack retournait se coucher, la laissant seule cuver son vin. L'hiver, le barman lui-même la raccompagnait après la fermeture du bar. Le quidam en profitait alors pour se payer en nature. Le jeune homme alluma une autre cigarette tout en se dirigeant vers le Vieux Chemin. Il ne retournerait pas chez les Lamontagne pour le barbecue. Durant la soirée, il appellerait Jacob pour organiser leur journée de pêche traditionnelle, en espérant que son ami aurait changé d'idée concernant Jennifer. Sinon, il ne lui pardonnerait pas cette trahison. Il ne se gênerait pas alors pour dévoiler ce qu'il savait sur les fréquentations et sur certaines habitudes de Jennifer Leblond. Jamais le notaire n'accepterait que son fils sorte avec ce type de fille.

Chapitre 3

Jacob conduisait lentement, les yeux fixés sur la route. Un étrange malaise lui tiraillait l'estomac, comme si une main invisible s'amusait à le lui pétrir. L'euphorie qui s'était emparée de lui quand il avait reçu son cadeau d'anniversaire cédait maintenant la place à l'affliction. Depuis le jour de leur rencontre à la maternelle, c'était la première fois qu'un différend se glissait entre lui et son ami. Zack était plus qu'un simple copain. Le souvenir d'un soir où, dissimulés sous la galerie, tous deux âgés de dix ans, ils étaient devenus frères de sang, remonta soudain à sa mémoire. Avec un canif, ils s'étaient entaillé les poignets, qu'ils avaient méticuleusement posés l'un sur l'autre en psalmodiant, d'une voix solennelle :

— Je jure que je serai toujours ton frère de sang ! Jamais je ne t'abandonnerai ! Pompeusement, ils avaient clamé :

— Même pas pour une fille !

Leur promesse avait été tenue jusqu'à aujourd'hui. Zack avait eu des copines, mais ces relations éphémères n'avaient jamais porté atteinte à leur amitié. Ainsi, pour lui, c'était la première fois qu'une fille entrait dans leur bulle. Et cette demoiselle n'était pas n'importe qui, mais la plus convoitée de toute l'école. L'espace de quelques secondes, Jacob délaissa la route des yeux pour les poser sur sa passagère. L'adolescente le détaillait d'un air indécent qui le fit frissonner des pieds à la tête. Un courant électrique lui parcourut le corps tout entier et il sentit son sexe se gonfler impudemment. Lorsque la main de Jennifer s'aventura entre ses jambes, le jouvenceau poussa un cri de stupeur et appuya de toutes ses forces sur le frein, ce qui propulsa la coquine contre le tableau de bord. Ahurie, surtout vexée, l'audacieuse jeune fille l'apostropha sans retenue.

— Tu ne sais donc pas conduire, espèce d'idiot!

Encore sous le choc, Jacob reprit prudemment le contrôle de la voiture. D'une voix tremblante, il bredouilla:

— Je m'excuse, tu m'as pris par surprise!

Étonné, il remarqua que sa passagère n'avait pas bouclé sa ceinture de sécurité. D'une voix chargée de reproches, il lui signala:

— Tu aurais pu être blessée, pourquoi tu ne t'attaches pas? C'est obligatoire!

La coupable demeura muette un court instant, mais ses yeux lançaient des éclairs. Les lèvres pincées, elle rétorqua:

— Ce n'est sûrement pas toi qui vas me dire quoi faire! Je déteste mettre cette fichue ceinture qui m'écrase les seins. Je pense que je suis assez vieille pour faire ce qui me plaît, non? J'ai assez de mes parents qui veulent m'imposer leurs lois, je n'ai pas besoin d'un *chum* pour prendre la relève quand ils ne sont pas là!

Jennifer n'avait pas l'habitude de voir ses avances être repoussées ainsi. Tous les autres garçons qu'elle avait fréquentés se seraient empressés de dénicher un endroit à l'abri des regards afin de profiter du cadeau qu'elle leur offrait. Dès les débuts de son adolescence, le sexe était devenu pour elle un besoin insatiable. À quatorze ans, sa virginité était déjà chose du passé et aujourd'hui, à l'aube de sa majorité, elle avait l'intuition que les ébats amoureux n'avaient plus aucun secret pour elle.

Depuis ses études primaires, Jennifer avait toujours fréquenté l'école privée jusqu'au moment où, par son comportement inadéquat, elle en avait été expulsée. Lorsque son père avait voulu l'inscrire dans un autre établissement du même genre à Québec, elle l'avait menacé de fuguer s'il ne se pliait pas à sa volonté de fréquenter l'école publique. Vaincus, ses parents avaient capitulé devant leur fille unique à qui ils ne pouvaient rien refuser. Cette année, dès les premiers jours de la rentrée, tous les yeux s'étaient tournés vers cette superbe créature. Certains pour l'admirer, d'autres pour la condamner. Aucune fille n'était devenue son amie, mais cela lui était égal, même que la situation l'amusait. Elle voyait la crainte et la jalousie dans leurs regards lorsqu'elle s'approchait trop près de leurs petits copains.

C'était une élève brillante, première de classe. Le principal rival de Jennifer pour l'obtention des meilleures notes s'était révélé être Jacob. Il s'agissait d'une saine compétition qui, au fil du temps, les avait rapprochés. Autant que son intelligence, le corps musclé de son émule l'attirait, ainsi que son innocence. Très vite, elle avait compris que l'adolescent n'avait aucune expérience amoureuse ni sexuelle. La perspective d'être celle qui lui ferait découvrir tous les plaisirs de la luxure lui donnait presque le vertige. Pour Jennifer, il s'agissait davantage d'une prise de pouvoir que d'amour.

Lentement, elle retrouva son calme. Un sourire presque angélique effleura ses lèvres pulpeuses, tout en découvrant une rangée de parfaites dents blanches.

Consciente de son pouvoir de séduction, la belle intrigante se pencha vers Jacob et appuya sa tête sur son épaule. D'une toute petite voix repentante, elle susurra :

— Je ne voulais pas te faire peur, juste te faire plaisir.

Les mains du jeune conducteur tremblaient légèrement sur le volant. Ne sachant trop quoi répondre, de peur de dire une bêtise qui pourrait offenser de nouveau la jeune fille, Jacob préféra se taire. Plusieurs idées se bousculaient dans sa tête et dans son corps. Une envie folle d'arrêter la voiture et de prendre ce merveilleux trésor qui s'exhibait à lui sans aucune pudeur se heurtait à celle de fuir le plus loin possible ce monde inconnu qui le chamboulait. La figure de sa mère surgit tout à coup dans son esprit, comme lorsqu'il était enfant et qu'il se retrouvait incapable de régler seul son problème. Un nuage de honte lui rosit le visage en imaginant ce que Mireille penserait de la situation actuelle. Très vite, il ramena son attention sur la route, mais la douceur des cheveux de Jennifer lui effleurant la joue l'empêchait de se concentrer. La maison n'était plus très loin. D'une légère pression du pied, le conducteur novice appuya sur l'accélérateur. Ce qu'il ressentait en ce moment le troublait au point de lui faire oublier toute prudence.

* * *

Une fois leur compétition de fers terminée, Luc et Étienne se dirigèrent vers les autres personnes présentes au barbecue, le front ruisselant de sueur, tout en s'accusant mutuellement d'avoir triché.

— Tu es juste un mauvais perdant ! se moqua Étienne, en s'essuyant le front du revers de sa manche.

— Et toi, tu n'es qu'un vil tricheur qui profite du moment où j'ai le dos tourné pour changer son fer de place ! riposta son adversaire en lui administrant une tape sur l'épaule du plat de la main.

Mireille s'avançait vers eux en souriant, portant un plateau d'amuse-gueules.

— Un petit hors-d'œuvre pour vous redonner des forces avant le souper ?

— Avec une bonne bière froide, ce serait excellent ! s'exclama Étienne en s'approchant de la glacière.

— Il y a plus d'une heure que les jeunes sont partis et ils ne sont pas encore revenus, chuchota Mireille à l'oreille de son mari.

— Ne t'inquiète donc pas ! la rassura Luc en décapsulant la bouteille qu'Étienne venait de lui déposer dans la main. Il faut bien qu'il essaie son super cadeau ! En plus, sa petite amie l'accompagne. Il va peut-être en profiter pour…

— Je te rappelle que Zack est avec eux, lui fit remarquer sa femme en lui coupant sèchement la parole.

— Celui-là est à la veille de se faire remplacer par une jolie demoiselle, et ce n'est pas moi qui vais le regretter !

Mireille soupira en s'éloignant des deux hommes. L'antipathie que Luc nourrissait envers l'ami de son fils la chagrinait. Ce garçon n'était pas responsable des agissements déplorables de sa mère. Au contraire, Zack était une malheureuse victime, qu'il fallait protéger au lieu de condamner. *De toute façon, ils vont suivre des routes différentes. Zack a toujours voulu être mécanicien, il trouvera sûrement le bonheur en réalisant son rêve. Pour Jacob, c'est la même chose: depuis qu'il est petit qu'il veut devenir avocat comme son parrain. Ce ne serait pas la première fois que des amis d'enfance se perdraient dans le tourbillon de la vie,* pensa-t-elle.

Une voix timide derrière elle la fit se retourner.

— Je m'en vais, madame Lamontagne. Ma mère s'en vient me chercher.

Sophie, la jeune fille qui accompagnait Zack, se tenait devant elle, les joues empourprées par la gêne. Mireille lui encercla les épaules d'un geste réconfortant tout en lui suggérant:

— Attends encore un peu, Zack va bientôt revenir. Nous allons souper, ce ne sera pas long, reste avec nous.

— Non, je vous remercie. Je préfère m'en aller.

Mireille n'insista pas. À pas lents, elle pénétra dans la maison par la porte-fenêtre qui s'ouvrait sur la cuisine. Assises à la table, sa mère et Lucie s'affairaient à emballer des pommes de terre dans du papier d'aluminium.

— Avez-vous besoin d'aide? proposa-t-elle sur un ton machinal.

— Retourne t'occuper de tes invités, lui suggéra Marie. Nous nous débrouillons très bien toutes les deux. N'est-ce pas, Lucie?

— Grand-maman a raison, nous n'avons pas besoin de toi.

— Alors, je vous laisse à vos patates et je retourne dehors.

La phrase lancée sans méchanceté par sa fille attrista Mireille. Une impression étrange d'abandon la taraudait depuis l'instant où Jacob avait pris possession des clés de sa voiture. Comme si son fils n'aurait plus jamais besoin de son aide ! En effet, le plus souvent, c'était elle qui le conduisait à ses activités sportives ou qui faisait office de taxi le soir, lorsqu'il sortait avec ses copains. Luc préférait demeurer à la maison avec Lucie et confier cette tâche à sa femme, qui s'en chargeait avec plaisir. *C'est le début d'une nouvelle vie et je vais devoir m'y habituer,* songea-t-elle, le cœur lourd.

Avant de rejoindre les fêtards, Murielle s'attribua quelques minutes de solitude, appuyée sur la main courante de la terrasse. Assis ou debout, tous les invités étaient bien installés un peu partout sur le terrain, un verre à la main, et semblaient s'amuser ferme. Malgré elle, son regard ne s'éloignait pas de l'entrée de la cour. L'espoir de voir apparaître une petite voiture rouge au tournant l'obsédait. Son attente fut de courte durée, car au moment où elle se préparait à rejoindre le groupe, Jacob klaxonna pour annoncer son retour. Un soupir de soulagement la libéra de son malaise. *J'espère que je ne m'inquiéterai pas comme ça chaque fois qu'il va partir en voiture ! Je vais devenir folle !*

Sans attendre, elle se précipita à leur rencontre. Surprise par l'absence de Zack, elle s'informa auprès de son fils.

— As-tu perdu un passager ?

Jacob s'empressa d'affirmer, tout en jetant un regard oblique à sa compagne :

— Zack s'est rappelé tout à coup qu'il avait un travail à finir au garage de son oncle.

— Est-ce qu'il va venir nous rejoindre pour le souper ? insista Mireille tout en scrutant son garçon d'un œil dubitatif.

L'absence du copain de Jacob la déroutait. Ces deux jeunes traînaient la même ombre derrière eux depuis qu'ils se connaissaient. Il y avait anguille sous roche, juste à voir l'expression de son fils. La lueur canaille qui brillait dans les yeux de Jennifer lui dévoila une partie de la réponse. Luc avait sans doute raison : les amoureux avaient eu besoin d'intimité et Zack les avait laissés seuls.

La répartie vint de la jolie bouche de Jennifer.

— Non, il ne viendra pas. Et demain, à marée basse, on va aller se promener sur la grève, Jacob et moi. On pourrait aussi faire un pique-nique. Qu'en dis-tu, mon chéri ?

Interloquée devant cette familiarité, Mireille demeura bouche bée. Le regard enamouré que son fils posa sur la belle ensorceleuse lui ravit ses dernières illusions : son fils ne lui appartenait plus. Ébranlée par cette évidence, elle demeura muette. Main dans la main, les deux tourtereaux s'éloignèrent, l'abandonnant seule devant l'inéluctable passage du temps.

En entendant la voix de sa mère, Mireille sursauta.

— C'est normal qu'un jour nos enfants ouvrent leur cœur à d'autres que nous. C'est le début d'une nouvelle vie pour eux autant que pour leurs parents. Lorsque tu as eu tes premières aventures amoureuses, j'ai bien cru que je n'y survivrais pas. Je n'avais que toi, tu étais l'être que je chérissais le plus au monde. J'ai détesté tous tes copains jusqu'au jour où tu m'as amené Luc. Je savais que c'était l'homme de ta vie, celui qui te protégerait et me donnerait de magnifiques petits-enfants.

— Que fais-tu là ? Je te croyais dans la maison avec Lucie !

Tendrement, Marie serra sa fille dans ses bras.

— J'avais remarqué ta tristesse lorsque tu es venue offrir ton aide. Alors, je t'ai suivie.

— Merci ! Je ne me comprends plus. Ce que je ressens, c'est plus que la tristesse de voir Jacob s'éloigner de moi ! Je savais qu'un jour ça arriverait et je suis contente pour lui. Il est heureux et c'est tout ce que je désire.

Mireille réfléchit quelques instants avant de continuer, d'une voix hachurée.

— J'ai peur, maman ! Je ne sais pas de quoi, mais j'ai peur. Comme si un drame planait au-dessus de nos têtes.

— Tu t'inquiètes pour rien. Jacob est un adolescent responsable. Tu peux lui faire confiance.

— Tu as sûrement raison. C'est ce que Luc me répète continuellement.

— Alors, si ton mari le dit, tu dois le croire, lui souffla sa mère, à l'oreille. Viens, nous allons immortaliser cette belle journée, j'ai apporté ma caméra !

* * *

Les uns après les autres, tous les convives étaient partis. Seuls Marie, Étienne et sa copine étaient restés pour prendre un dernier verre. Marie sirotait un savoureux thé à la menthe avec sa fille, alors que les autres se délectaient d'un cognac bien corsé. Installé à l'intérieur de l'abri de jardin, pour éviter la compagnie désagréable des moustiques, le petit groupe jouissait de la douce fraîcheur du crépuscule. Après la chaleur presque insupportable de la journée, la légère brise venant du fleuve leur procurait un état de bien-être très apprécié.

Étienne posa ses coudes sur la table, croisa ses mains sous son menton, puis s'adressa à son vis-à-vis.

— Tu sais, Luc, le projet dont je t'ai parlé l'autre fois tient toujours. J'aimerais vraiment que tu te joignes à moi pour faire du recrutement pour notre Club social. J'ai déjà plusieurs gros noms qui sont intéressés, le député fédéral du comté, entre autres. Le docteur Fradette et sa femme m'ont confirmé leur adhésion hier. Toi, je veux que tu sois mon vice-président, et si, de ton côté, tu commences à inviter des prospects parmi ta clientèle, en un court laps de temps, je te garantis que nous allons avoir nos cent membres. Il resterait juste à acquérir le chalet, lequel en passant va nous filer sous le nez si on ne se presse pas. Dès que l'affaire sera conclue, je me charge de réclamer un permis d'alcool. J'ai les contacts qu'il faut, ça va se faire en criant bingo!

Emporté par son élan, Étienne commença à hausser le ton.

Mal à l'aise, Luc jeta un regard en coin à sa femme, qui discutait avec sa mère du dernier roman qu'elle avait lu. Absorbée par sa conversation avec Marie, Mireille ne semblait pas avoir entendu l'envolée du parrain de son fils. Anita feuilletait une revue de mode, l'esprit ailleurs. Un soupir de soulagement chassa les papillons qui virevoltaient dans le ventre de Luc. Il répondit à son ami, en lui signifiant d'un geste de la main de ne pas aborder le sujet devant Mireille.

— On s'en reparle plus tard. Je ne l'ai pas encore mise au courant de nos intentions. Tu connais son opinion sur ce genre d'association. Je vais devoir vendre ma salade avec persuasion.

— J'ai une solution, chuchota Étienne. Offrons-lui d'être notre secrétaire. Tu m'as dit l'autre jour qu'elle avait l'intention de se trouver une petite *job* à temps partiel. Qu'est-ce que t'en penses ? Ça réglerait ton problème, et en plus, ta jolie moitié resterait à tes côtés.

Le petit sourire moqueur d'Étienne agaça Luc qui, pourtant, trouva la proposition excellente.

— Je pense que ton idée est pleine de bon sens…

Un cri venant de la maison l'empêcha de terminer sa phrase.

— Téléphone ! C'est Zack ! Il veut parler à maman ! hurla Lucie.

— Qu'est-ce qu'il lui veut, à ta mère ? s'enquit son père.

— Je ne sais pas ! Je ne lui ai pas demandé.

— J'y vais ! Dis-lui que j'arrive dans une minute.

Mireille savait qu'elle allait faire de la peine au garçon, car avant de partir pour la discothèque, Jacob lui avait avoué qu'il laissait tomber leur excursion du lendemain pour aller pique-niquer avec Jennifer. Elle avait tenté de l'en dissuader, en lui rappelant combien cette aventure était importante pour Zack. Son fils n'avait rien voulu entendre, et elle n'avait pas insisté. Elle l'avait cependant invité à prévenir son ami, ce qui semblait bien ne pas avoir été fait. Le compte à rebours de leur amitié d'enfance venait de s'enclencher. *Allait-elle survivre comme celle de Luc et Étienne? Dans l'état actuel des choses, les chances étaient minces.*

Dès qu'elle entra dans la maison, Lucie lui tendit le téléphone.

— Il n'a pas l'air de bonne humeur! Quand je lui ai dit que Jacob était à la discothèque avec sa blonde, il m'a crié: « Passe-moi ta mère! » répéta l'adolescente.

La voix de Zack vibrait dans l'appareil lorsqu'il commanda à Mireille.

— Dis à Jab que je vais venir le rejoindre demain matin à 6 heures pour notre partie de pêche!

Embarrassée, Mireille lui dévoila avec tact le choix de son fils. La réaction de son interlocuteur la consterna. Une volée de jurons suivie du bruit sec du combiné raccroché avec rage termina la conversation. Lucie s'approcha lentement de sa mère. Curieuse, elle l'interrogea:

— Est-ce que ça veut dire que Jacob est en amour avec Pot de colle et qu'il va laisser tomber son meilleur ami?

— Fais-moi d'abord le plaisir de ne plus appeler Jennifer ainsi, ce n'est pas très poli. Ton frère ne laisse pas tomber son ami, il a simplement choisi de sortir avec sa copine au lieu d'aller à la pêche, c'est tout!

— Mais ils vont à la pêche chaque année le jour suivant l'anniversaire de Jacob! Je comprends Zack d'être en maudit.

— Veux-tu bien soigner ton langage, ce n'est pas une façon de parler pour une jeune fille bien élevée. En plus, les choix de ton aîné ne te regardent pas.

Lucie haussa les épaules, prit une pomme dans le plateau de fruits sur le comptoir et retourna s'étendre sur le divan pour regarder la suite de son film préféré. Mireille s'apprêtait à rejoindre les autres quand Luc entra dans la cuisine, suivi d'Étienne et d'Anita, qui venaient la saluer avant de partir.

— Merci pour tout ! Salue le filleul pour moi et dis-lui que l'an prochain, pour fêter sa majorité, je lui réserve toute une surprise ! dévoila l'avocat en embrassant son hôtesse sur les deux joues.

Puis, ce fut le tour de Marie de quitter la famille de sa fille, refusant l'invitation à coucher, prétextant un rendez-vous important très tôt le lendemain. Se retrouvant seuls, Luc et sa femme sortirent sur la terrasse prendre une dernière bouffée d'air pur avant d'aller dormir. Le regard de Mireille balaya la cour pour revenir se poser dans les yeux de son mari.

— As-tu vu le bordel ? gémit-elle.

Des assiettes contenant des restes de nourriture, des verres vides et des ustensiles de plastique éparpillés sur les tables affichaient un spectacle désolant. Comme toujours, certains invités avaient manqué de savoir-vivre en n'utilisant pas les poubelles mises à leur disposition.

— Ne te préoccupe pas du ménage pour ce soir ! implora Luc en la prenant par la main, et viens te coucher avec moi. Nous nettoierons tout ça ensemble demain matin.

Mireille savait très bien que la tâche lui incomberait, car elle était la seule à se lever tôt. Cela lui était égal. Elle aimait travailler en solitaire.

* * *

Enlacés, Jacob et Jennifer bougeaient légèrement au rythme d'un slow sensuel. La tête blonde de la jeune fille était appuyée sur la poitrine de son partenaire qui, les yeux mi-clos, respirait les effluves envoûtants de sa chevelure. L'adolescent ressentait dans chaque fibre de son être une telle excitation qu'il osa glisser sa main sur la fesse rebondie de la tentatrice, qui, en réponse à son geste, lui présenta sa bouche. Avec avidité, il s'empara des lèvres roses qu'il convoitait depuis si longtemps. La langue de Jennifer s'enroula autour de la sienne, ce qui produisit dans son bas-ventre une explosion de désir incontrôlable. En gémissant, indifférent aux autres danseurs qui évoluaient autour d'eux, il poussa l'adolescente vers la sortie. Toujours soudés l'un à l'autre, ils foncèrent vers la voiture de Jacob et s'engouffrèrent sur le siège arrière, après que le jeune homme eut réussi, en frémissant d'impatience, à déverrouiller la portière. Pour Jacob, le temps s'arrêta. Lorsque l'extase vint, puissante, exquise et presque douloureuse, il ne put retenir ses larmes. Ébranlé, presque en état de choc, avec ses deux mains, il cacha son visage déformé par l'intensité de l'émotion. La voix caressante de Jennifer le ramena dans la réalité.

— C'était la première fois ? susurra-t-elle comme si elle l'ignorait.

Jacob la serra si fort dans ses bras qu'elle s'écria, surprise :

— Fais attention ! Tu vas m'étouffer !

L'adolescent desserra son étreinte, mais ne se résignait pas à la voir s'éloigner de lui. Doucement d'abord, puis plus fortement, sa prisonnière appuya sur sa poitrine pour se libérer.

— Lâche-moi! Quelqu'un pourrait arriver et nous surprendre.

Ces mots à peine prononcés, un coup frappé sur le toit de la voiture les fit sursauter. Une voix bourrue les interpella:

— Si vous voulez vous peloter, les jeunes, allez ailleurs!

Le portier de la discothèque les détaillait de son regard noir. Ancien boxeur à la retraite, il avait une taille imposante et des bras aussi gros qu'un tronc d'arbre, qui décourageaient quiconque aurait eu l'idée de s'opposer à ses directives. Jacob s'empressa de lui dire:

— On partait justement.

Le colosse fixait le jeune homme sans être dupe de ce qui venait de se passer. Sa tenue en désordre et son pantalon sous les hanches le trahissaient.

— Je vous donne deux minutes pour disparaître. Sinon, c'est moi qui vais m'occuper de vous autres!

Sans un mot de plus, il s'éloigna, en faisant crisser le gravier sous ses pas. Vivement, Jacob rajusta ses vêtements et s'installa sur le siège avant, derrière le volant. Ne sachant plus s'il devait avoir honte ou hurler de joie, il jeta un coup d'œil à Jennifer, qui venait de se glisser doucement à ses côtés. La jeune fille éclata de rire, ce qui eut pour effet de détendre l'atmosphère. À son tour, il s'esclaffa. L'impression d'avoir vécu le plus beau moment de son adolescence déclencha chez lui un fou rire interminable. En hoquetant, il parvint à mettre la voiture en marche afin de s'éloigner avant le retour du sbire.

— On fait quoi maintenant ? minauda sa passagère.

— On recommence ? suggéra Jacob, la voix tamisée par le désir.

— Comme tu veux ! On se trouve un endroit à l'abri des grosses brutes ! gloussa Jennifer.

— Je connais une place où personne ne viendra nous espionner. Ce n'est pas loin d'ici, sur le chemin du Bois-de-l'Ail.

Jacob posa une main sur le genou dénudé de la jeune fille et l'autre sur le volant. Un frisson de plaisir anticipé lui chatouilla le bas-ventre.

* * *

Une heure plus tard, sur la pointe des pieds pour ne pas réveiller ses parents, Jacob monta à l'étage en évitant d'allumer la lampe au bas de l'escalier. Encore sous le charme de la soirée fabuleuse qu'il venait de vivre, il ne remarqua pas, dans la pénombre, la chienne allongée sur le palier. Malencontreusement, il heurta l'animal, qui exprima sa surprise par un grognement contrarié.

— Chut ! Truffe, c'est moi !

Avant qu'elle ne perturbe toute la maisonnée, l'adolescent la saisit par le collier et l'entraîna dans sa chambre avec lui. Sans même se déshabiller, il s'élança sur son lit. La lumière qui brillait dans ses yeux ensoleillait tout l'espace. Comme un chapelet que l'on égrène, les souvenirs de la journée se succédaient l'un derrière l'autre dans son esprit. Amoureux, il était amoureux ! La douceur de la peau de Jennifer, son intimité chaude et palpitante hantaient encore tous ses sens. Ce qu'il ressentait dans chaque fibre de son être s'apparentait à un sortilège jeté par une fée faite de chair et de sang.

Une sensation de puissance et de liberté l'avait habité tout le temps qu'il était au volant, comme s'il était devenu invulnérable. La présence de Jennifer à ses côtés avait éveillé en lui un sentiment de protection. L'impression de faire son entrée dans le monde des hommes avait flatté sa vanité. Au moment de s'endormir, une pensée fugitive pour son ami Zack le troubla dans son envoûtement. *Je vais l'appeler demain matin pour lui dire que notre partie de pêche est remise à un autre jour.*

* * *

Les yeux grands ouverts, Mireille fixait le plafond. Depuis le départ de son fils pour la discothèque, pas une minute l'image du jeune homme entourant de son bras la taille gracieuse de sa compagne n'avait quitté son esprit. Une impression de fierté l'avait envahie malgré elle, en dépit aussi de l'inquiétude que provoquait cette nouvelle relation dans son cœur de mère. Elle devait voir le bon côté des choses au lieu de se tracasser pour rien. Un flash soudain la propulsa en position assise. *Mon Dieu ! J'espère qu'il s'est protégé s'il a eu des relations sexuelles !*

Le bruit de porte que l'on referme avec précaution, les pas légers dans l'escalier et le gémissement inopiné de Truffe l'avaient rassurée, il y a quelques instants, sur le retour discret de son fils. Pour la première fois depuis qu'il avait la permission de sortir le soir, Jacob avait dépassé l'heure permise. Une envie folle d'aller le rejoindre, histoire de s'informer de sa soirée, s'empara de Mireille. Un effort de volonté surhumain l'empêcha d'obéir à son désir d'aller vérifier si tout allait bien, s'il n'avait pas besoin d'elle, et, surtout, s'il avait pris ses précautions. Soucieuse de ne pas réveiller son mari, elle se tourna lentement sur le côté, après quoi, elle enfouit sa tête dans l'oreiller.

Luc non plus ne dormait pas: il repassait en boucle les dernières heures. La figure rayonnante de son fils lorsqu'il lui avait remis les clefs de sa voiture était imprégnée dans ses souvenirs comme le plus beau de la journée. Après sa discussion avec Mireille, le matin même, il s'était questionné à savoir si donner une voiture à un adolescent de dix-sept ans n'était pas un peu prématuré. Très vite, le père de Jacob avait chassé ce doute, car il avait une confiance absolue en son fils. Doté d'un caractère facile, le jeune homme avait toujours obéi aux consignes sans trop rouspéter, à l'inverse de Lucie, qui protestait sur tout. Venait ensuite son entretien avec Étienne. Leur projet de Club sélect l'emballait de plus en plus, surtout depuis que son vieux pote avait trouvé ce qui s'avérait la solution idéale à son problème vis-à-vis de Mireille. *Je vais lui en parler dès demain. Je suis certain que notre idée de lui offrir le secrétariat va lui plaire.*

Toute la famille était là, en sécurité. Sentant enfin le sommeil s'emparer de lui, il releva le drap sur ses épaules, enlaça tendrement sa femme, puis appuya sa tête derrière son cou, qui sentait si bon. Jamais une autre femme, si belle soit-elle, ne prendrait sa place.

Chapitre 4

14 juillet

Son attirail de pêche à la main, vêtu d'un jean et d'un t-shirt délavé, et coiffé d'un vieux chapeau de paille, Zack parcourait à pied la courte distance qui séparait sa maison de celle des Lamontagne. Refusant d'accepter le choix de Jacob, il s'était dit que son ami avait sûrement changé d'idée et qu'il attendait son arrivée, assis sur le perron avec tout son gréement.

Cette année, pensait-il, ils pourraient aller à Pont-Rouge, vu qu'ils avaient maintenant accès à une voiture. Ce serait vraiment super de tirer sa ligne à l'eau, debout sur les énormes rochers avançant dans la rivière Jacques-Cartier !

Lors de ses premières excursions de pêche avec Jacob, la présence de Luc le comblait de bonheur. Il avait l'impression lui aussi d'avoir un père. Un jour, son copain lui avait dit : « Parce que tu es mon meilleur ami, je te prête mon papa ! » À l'évocation de ce souvenir, une émotion singulière troubla le fil des pensées de l'adolescent tourmenté. Tellement souvent, il avait rêvé de faire partie de cette famille, mais les années avaient passé, lui volant ses chimères. Son enfance maintenant derrière lui, le garçon avait vite compris que Luc n'avait nullement l'intention de jouer à son égard le rôle que son paternel avait refusé d'accomplir.

La grande maison en pierre dormait encore. Personne n'était assis sur le perron. Personne ne l'attendait. Une douleur subite lui tordit l'estomac, lui faisant remonter un goût de fiel dans la bouche. Jusqu'à la dernière seconde, il avait espéré un miracle. Il s'était trompé : Jacob avait choisi Jennifer Leblond. Une impression de vide l'envahit, comme le jour où, à son réveil, il avait réalisé que plus jamais il ne reverrait son père. Sa mère lui avait crié à tue-tête : « Le salaud nous a abandonnés ! » Zack n'avait que quatre ans, mais jamais il n'avait oublié le moment.

Un mince filet d'espoir de voir la porte s'ouvrir et surgir son ami l'habitait encore. Lentement, il contourna la terrasse et se dirigea vers la fenêtre de la chambre de Jacob. L'idée de lancer des petites pierres sur la vitre afin de réveiller le dormeur lui traversa l'esprit, mais très vite, il en réalisa l'inutilité. Il n'allait pas s'abaisser jusqu'à supplier quelqu'un qui ne voulait plus de lui. Déception, frustration, colère : le jeune homme parvenait difficilement à mettre un nom sur le sentiment qu'il éprouvait. La solitude ! C'était le mot qu'il cherchait. Planté là, dans le doux silence de l'aurore, devant cette immense demeure endormie, il ressentait un grand vide. Fermant les yeux et serrant les poings, il tenta d'être plus rationnel.

C'est stupide de m'en faire pour ça. Jab ne me laisse pas tomber, il est juste tombé en amour avec une fille. On se reprendra dimanche prochain pour la pêche. Je ne suis quand même plus un bébé pour brailler parce que je suis contrarié. Je vais lui laisser vivre sa petite histoire d'amour qui ne sera sûrement pas très longue avec Jennifer.

— Zack, veux-tu prendre un café avec moi ?

La voix ensommeillée de Mireille le tira brusquement de sa réflexion. Comme pris en faute, il bredouilla :

— J'espère que ce n'est pas moi qui t'ai réveillée ?

— Pas du tout ! Je ne dors plus depuis longtemps. Ce sont les gémissements de Truffe qui m'ont attirée dehors. Elle avait flairé ta présence. Je lui ai ouvert la porte de la chambre de Jacob et elle m'a suivie.

En entendant son nom, la chienne, qui furetait partout à la recherche d'un écureuil à poursuivre, se précipita sur Zack. L'adolescent la flatta machinalement, tout en répondant à l'invitation de la mère de son ami.

— J'accepte, merci ! Je n'ai pas voulu déranger ma mère, qui cuvait son vin avec son nouveau *chum*. Alors, je suis parti sans manger.

Que d'amertume dans la voix de ce pauvre enfant ! pensa Mireille en saisissant Zack par le bras pour le diriger vers la table sur la terrasse.

— Viens t'asseoir, nous allons prendre le petit-déjeuner ensemble. Un muffin aux bananes avec un café, ça te va ?

— Tu pourrais m'en apporter deux ? J'ai faim !

— À votre service, monsieur ! approuva Mireille en souriant.

Le jeune homme déposa par terre son attirail de pêche et s'installa à la table en attendant le retour de son hôtesse. Truffe appuya sa tête sur ses genoux en quête de caresses, ce qui raviva en lui le souvenir d'un autre anniversaire, où Jacob avait reçu un chiot en cadeau. Déjà dix ans ! Presque une éternité ! Son regard balaya la cour pour finalement se poser sur le joli jardinet de fleurs créé par les mains magiques de Mireille. D'un mouvement des épaules, Zack se débarrassa de son sac à dos. Il fouilla à l'intérieur à la recherche de son canif, et, discrètement, il alla couper quelques œillets, dont il confectionna une gerbe.

Portant un plateau, Mireille apparut à la porte-fenêtre. Son bouquet dissimulé derrière le dos, Zack s'empressa de lui ouvrir. Lorsqu'elle eut déposé les cafés, le beurre et les pâtisseries sur la table, il lui tendit les fleurs.

— Comme c'est gentil ! Tu peux commencer à manger, je vais chercher un vase dans la maison.

Sans se faire prier davantage, l'adolescent se saisit d'un muffin, qu'il avala en trois bouchées. Au retour de Mireille, il achevait déjà le deuxième. Son regard gourmand contemplait avec convoitise ceux qui se trouvaient encore dans l'assiette.

— Tu peux les prendre, si tu veux, lui offrit-elle. Je n'ai pas faim pour le moment. Je vais commencer le ménage de la cour en attendant que les autres se lèvent.

— Je vais t'aider ! s'exclama Zack, en faillant s'étouffer avec sa gorgée de café. Je vais attendre que Jab se réveille pour voir s'il n'a pas changé d'idée.

Le regard nuancé d'affection, Mireille le pria de se rasseoir. L'attitude du jeune homme la chagrinait. Elle savait que Jacob ne modifierait pas ses plans pour la journée. Tout ce qu'elle tenterait de faire, c'était d'en minimiser les conséquences pour Zack. Elle allait reprendre la parole lorsque l'adolescent la devança.

— Pourquoi ce n'est pas lui qui me l'a dit hier soir ? Il aurait pu m'appeler, il me semble.

— Tu as raison, ce n'était pas gentil de sa part. Mais tu n'aurais pas dû me crier après comme tu l'as fait. Ce n'était pas très poli, et tu devrais soigner ton langage.

— Je m'excuse, murmura le coupable. Je me suis laissé emporter.

— Écoute, Zack, tu peux l'attendre si tu préfères, mais tu risques d'attendre longtemps pour rien. Jacob est rentré tard hier soir et il m'a collé un avis sur la porte du réfrigérateur.

En prononçant ces paroles, elle fourra sa main dans la poche de son pantalon ouatiné et en extirpa une feuille pliée en deux. Elle la tendit à l'adolescent, qui s'empressa de la lire à voix basse. Mireille pouvait voir les mots se former sur ses lèvres.

Réveille-moi demain matin à 10 heures. Je dois aller prendre Jennifer chez son amie à Donnacona. Pourrais-tu aussi, petite maman chérie, nous préparer un lunch ? On va pique-niquer au bord du fleuve.

Zack redonna le message à Mireille, ramassa son sac à dos ainsi que son attirail de pêche et, sans un autre commentaire, repartit la tête basse.

— Pauvre garçon ! Faudrait qu'il se trouve une petite amie, lui aussi. J'aimais bien celle d'hier, moi, se dit Mireille à mi-voix. Les deux couples pourraient sortir ensemble, comme Luc et moi faisions avec Étienne et sa copine de l'époque.

Puis, en turlutant, elle attaqua le ménage de la cour.

La fraîche et odorante rosée du matin avait cédé ses droits à l'accablante chaleur du soleil, qui, goulûment, avait asséché les plantes du potager. Un arrosoir à la main, Mireille parcourait les sillons en versant à la base de chacune une giclée d'eau, dans laquelle elle avait détrempé une pincée d'engrais. Pieds nus dans l'allée, elle savourait l'agréable sensation de la terre sèche glissant entre ses orteils. Le silence matinal, à peine troublé par le chant mélodieux d'un oiseau, agissait sur Mireille tel un envoûtement. À voix basse, elle se mit à fredonner sa chanson d'amour préférée de Michel Sardou.

— *Et mourir de plaisir, et mourir de plaisir, Poser les mains sur un visage, Vouloir et ne pas oser, puis s'aventurer davantage. Au risque de tout briser. Souffrir à force de s'étreindre et se confondre dans la nuit, Souffrir sans gémir ou se plaindre sans un cri. Et mourir de plaisir, et mourir de plaisir*[1]...

Le bruit assourdissant de la tondeuse du voisin mit fin brusquement à son enchantement. Malgré elle, un juron lui échappa :

— Maudit fatigant ! Il ne pourrait pas se reposer comme tout l'monde le dimanche matin ? Il me semble qu'il pourrait tondre sa pelouse un peu plus tard !

Agacée par le boucan, elle retourna à l'intérieur de la maison et s'installa à la table de la cuisine pour faire des mots croisés en attendant que le reste de la famille sorte du lit.

* * *

Vêtue d'un bikini réduit à sa plus simple expression, le dos appuyé sur un énorme rocher, Jennifer exposait son corps magnifique à la brise marine venant du fleuve. Les yeux mi-clos, le visage tendu vers le ciel, elle jouissait de l'ardente chaleur du soleil sur sa peau.

---

1 *Et mourir de plaisir*, Michel Sardou, 1970.

Son attrayante poitrine se soulevait voluptueusement au rythme de sa respiration. De fines gouttelettes de sueur perlaient entre ses seins et sur son ventre dénudé. L'attitude lascive de sa compagne embrasait tous les sens de Jacob. Subjugué, il n'osait pas prononcer un mot, de peur de briser le charme de cet instant sublime. Les gens circulaient autour d'eux, mais il ne les voyait pas, ne les entendait pas; il n'avait d'yeux que pour la déesse qui lui dévoilait ses trésors sans pudeur.

En arrivant sur la grève, lorsque la jeune fille avait retiré ses vêtements, Jacob avait failli s'étouffer en avalant sa salive. N'ayant pas été prévenu qu'elle porterait un maillot de bain, il avait cru pour un instant qu'elle se retrouverait toute nue devant lui. La veille, dans la pénombre, il avait posé ses mains sur ses seins et enfoui maladroitement son sexe dans son intimité, mais il n'avait pas pu admirer toute sa beauté.

— Tu devrais te déshabiller toi aussi, on est tellement bien, lui susurra Jennifer en posant sur lui un regard provocant.

Mal à l'aise, Jacob se défila:

— Je n'ai pas de maillot.

En jetant un coup d'œil embarrassé autour de lui, il souffla:

— Il y a plein de gens qui passent et qui nous regardent.

— Et après? soupira la belle en se retournant sur le ventre. On est dans un pays libre, non? Je n'enfreins aucune loi. Et puis, fais comme tu veux! Si tu préfères crever de chaleur, garde tes vêtements!

— Si on mangeait notre lunch ? proposa Jacob, pour changer de sujet. Viens, nous allons nous installer un peu plus loin. Il y a une grosse roche plate sur laquelle on peut s'asseoir.

Ils attaquèrent leur gueuleton en s'amusant à se lancer des raisins dans la bouche. Entrecoupé de fous rires et de baisers lascifs, le repas se termina par une course effrénée sur le sable humide jonché d'algues rejetées sur la rive par la marée. À bout de souffle, les tourtereaux se laissèrent tomber dans l'eau peu profonde du grand fleuve qui, lentement, reprenait possession de son territoire. Les cheveux collés sur la figure, le corps recouvert de sable gris, Jennifer ressemblait à une sirène émergeant de l'onde. Ébloui, Jacob lui tendit la main pour l'aider à se relever. Dès qu'ils furent debout, il l'enlaça en lui murmurant à l'oreille :

— Je t'aime !

La jolie nymphe éclata de rire. Elle quémanda, d'une voix câline :

— Veux-tu m'aider à enlever tout ce sable ? Ça me pique la peau.

Avec célérité, un sourire béat sur les lèvres, l'adolescent s'exécuta en s'attardant sur les parties les plus rebondies de l'anatomie de la jeune fille, qui semblait apprécier son audace.

Sur le chemin du retour, Jacob, qui sentait son cœur battre de plus en plus fort pour Jennifer, engagea la conversation sur les projets futurs de sa compagne. L'adolescent réalisait qu'il n'avait aucune idée dans quelle discipline académique elle voulait se diriger.

— À quel cégep vas-tu aller l'an prochain ?

— Je n'irai pas au cégep.

— Tu vas aller où, alors ? s'écria Jacob, surpris par sa réponse.

— Je suis inscrite à l'Université du Nouveau-Brunswick, à Fredericton. En ELP, lui apprit Jennifer d'une voix teintée de prétention.

— Et c'est quoi, l'ELP ?

— Ça signifie *English Language Program*. Ma mère a une cousine qui habite tout près du campus. Je vais rester chez elle en pension.

— Mais ça veut dire qu'on ne se verra plus ?

Abasourdi par ce qu'il venait d'entendre, Jacob avait posé la première question qui lui était venue à l'esprit. À peine venait-il de tomber amoureux qu'il apprenait que sa bien-aimée le quitterait pour toute une année. Il n'eut pas à s'apitoyer longtemps sur son sort, Jennifer lui asséna le coup fatal.

— Tu ne t'imaginais tout de même pas que j'étais devenue ta blonde ad vitam aeternam ? Je sors avec toi parce que je te trouve *cute*. Et, maintenant que tu as une voiture, on va pouvoir se balader partout sans avoir besoin des parents.

Devant l'expression déconfite de Jacob, la jeune fille se radoucit.

— Je t'aime bien moi aussi, mais quand les vacances seront terminées, on va prendre chacun des chemins différents.

— Es-tu obligée d'aller étudier à Fredericton ?

— Je ne suis pas obligée, c'est mon choix, tout simplement. Je suis tannée de me faire surveiller par mes parents, qui ont toujours peur qu'il m'arrive quelque chose. Depuis la mort de mon frère aîné, ils me surprotègent. Mon père refuse de me prêter sa voiture sous prétexte que je manque de maturité. Il me paye tout ce que je veux, sauf mon permis de conduire. Il craint qu'il m'arrive la même chose qu'à mon frère Steve.

— Je ne savais pas que tu avais un frère. Qu'est-ce qui lui est arrivé ?

— Il s'est tué avec sa moto. Il roulait à deux cents kilomètres à l'heure. Il venait d'avoir dix-huit ans.

D'une voix triste, Jennifer murmura :

— On demeurait à Matane à ce moment-là. Peu de temps après, nous avons déménagé par ici. Nous avions presque treize ans de différence, mon frère et moi, je m'en souviens vaguement. Si la maison n'était pas envahie par les photos de Steve à tous les âges de sa vie, je n'aurais aucune idée à quoi il ressemblait.

D'une voix remplie d'amertume, elle continua :

— J'en ai assez de vivre dans l'ombre de ce frère que j'ai si peu connu, qui est mort voilà plus de douze ans et qui prend toute la place. J'ai besoin d'air, comprends-tu ?

Déconcerté par les révélations de sa compagne, Jacob bredouilla :

— Je suis désolé pour toi, mais moi, je t'aime et je veux que tu restes ici.

N'obtenant aucune réaction de sa passagère, qui avait la tête tournée vers la fenêtre et regardait dehors, il s'enhardit.

— Tu pourrais apprendre l'anglais en restant au Québec. Il y a d'excellentes écoles et nous pourrions continuer de sortir ensemble.

Sèchement, elle rétorqua :

— Tu n'as rien compris ! Ramène-moi à la maison, je suis fatiguée !

Déçu et éprouvant un étrange pincement au cœur, Jacob n'osa pas refuser, même s'il ne saisissait pas les motifs de son amie. Il aurait bien aimé passer le reste de la journée avec elle et, surtout, répéter l'expérience de la veille. À cette seule idée, il sentit un frisson le parcourir des pieds à la tête.

Aucune parole ne fut échangée entre les deux adolescents tout au long du parcours vers Neuville, où résidait la famille de Ludger Leblond. Un silence troublant régnait à l'intérieur de la voiture. Arrivé à destination, Jacob voulut embrasser Jennifer, qui refusa son approche en le repoussant fermement avec la main.

— Pas ici, mes parents pourraient nous voir.

Au même moment, la porte de la maison s'ouvrit toute grande. Un homme corpulent, presque chauve, vêtu d'une chemise blanche et d'un pantalon noir au pli impeccable, sortit sur le perron. Sans être menaçante, l'expression de son faciès n'avait rien d'amicale. Jennifer s'empressa de descendre et s'avança vers lui.

— Viens, papa, je vais te présenter mon copain, il s'appelle Jacob. C'est le fils du notaire Lamontagne de Cap-Santé.

Peu impressionné, le père de Jennifer s'approcha de la voiture, posa son coude sur le toit, se pencha à la fenêtre et s'adressa au jeune homme :

— J'espère que tu sais conduire et que tu es responsable. Sinon, fiche le camp d'ici et tiens-toi loin de ma fille !

Pendant des secondes qui parurent interminables à Jacob, l'homme le fixa dans les yeux. Son regard perçant semblait fouiller dans le cerveau de l'adolescent, qui, mal à l'aise, n'osait pas bouger. Finalement, il bafouilla :

— J'ai passé mon permis avec des notes excellentes. Je suis très prudent et je ne bois pas.

Le père de Jennifer n'ajouta rien, mais avant de s'en retourner sur ses pas, du plat de la main, il frappa violemment sur la portière du véhicule. Jacob sursauta et tenta d'apercevoir Jennifer, mais la jeune fille avait disparu. Sans attendre, il fit marche arrière pour regagner la route. Il avala les kilomètres jusqu'à Cap-Santé et, une fois arrivé chez lui, il monta à l'étage en courant. Le cœur battant, il entra dans sa chambre et se jeta à plat ventre sur son lit. La journée avait pourtant si bien commencé ! Jacob ne comprenait plus rien.

— Je pensais qu'elle m'aimait autant que moi je l'aime ! Je ne veux pas qu'elle s'en aille, je ne le supporterais pas ! Je dois trouver une solution, murmura-t-il, sentant un picotement douloureux dans les yeux.

L'amour qu'il ressentait pour Jennifer prenait toute la place. L'avenir étant un secret inviolable, il ne pouvait pas se douter de ce que celui-ci lui réservait.

Chapitre 5

Occupé à bricoler dans son garage, Luc n'eut pas connaissance du retour de son fils. Quant à Mireille, elle était assise sur la terrasse, plongée dans la lecture d'un captivant roman policier lorsqu'elle entendit le bruit d'un moteur. Curieuse, elle voulut aller vérifier l'identité des arrivants, car elle n'attendait personne. Jacob lui avait précisé avant de partir qu'ils reviendraient en fin d'après-midi et qu'il inviterait Jennifer à souper. Aussitôt levée de sa chaise, elle entendit le bruit d'une porte de voiture que l'on referme avec force, suivi du crissement d'un pas rapide dans l'allée. Arrivée au coin de la maison, Mireille eut tout juste le temps d'apercevoir l'adolescent qui passait la porte d'entrée.

Son pressentiment de la veille revint la hanter. Incapable d'en préciser la nature, elle le chassa sans ménagement en se disant intérieurement: *Là, ma belle Mireille, tu vas arrêter de te tourmenter pour rien. Tu ne sais même pas de quoi tu as peur. Ton petit n'est pas en danger, il est en amour, point final!*

Ne pouvant s'en empêcher, la mère inquiète suivit son fils jusqu'à sa chambre. Au plus profond d'elle-même, elle avait deviné que quelque chose n'allait pas. Il s'agissait sûrement d'une simple querelle d'amoureux, mais la sensibilité d'un adolescent qui fait ses premiers pas dans l'aventure de l'amour est souvent mise à rude épreuve. Mireille patienta quelques minutes, puis, d'un poing léger, elle frappa sur la porte en interpellant Jacob d'une voix douce:

— Est-ce que je peux entrer ?

La réponse ne se fit pas attendre. Le ton de son fils semblait plus enthousiaste que contrarié.

— Viens, maman, j'ai une nouvelle à t'annoncer !

Ravie, Mireille entra, soulagée de la crainte que son garçon refuse de lui parler. Elle retira ses chaussures et s'installa confortablement sur le lit, les jambes étendues sur l'édredon. Jacob se plaça face à sa mère.

— J'ai décidé d'aller étudier l'anglais à Fredericton.

Devant le mutisme de sa vis-à-vis, il enchaîna, surexcité :

— Je veux devenir un avocat bilingue. Comme ça, je vais pouvoir plaider dans tout le Canada, pas juste au Québec. Qu'est-ce que t'en dis ?

Mireille sauta du lit pour faire face à son fils.

— Veux-tu bien me dire où tu as pêché cette idée farfelue ? Avant de vouloir plaider en anglais, tu serais peut-être mieux de réussir tes études en droit. Ton admission est faite au cégep de Sainte-Foy, on ne reviendra pas là-dessus !

— Et si je ne voulais pas y aller, moi ! J'ai quand même mon mot à dire, c'est de mon avenir qu'on parle !

— Exactement ! Et ton avenir, pour les deux prochaines années, est à Québec, au cégep de Sainte-Foy. *That's it, that's all !*

La voix puissante de Luc commanda le silence. Venu se chercher un verre d'eau dans la cuisine, il avait été attiré par le ton feutré d'une conversation à l'étage. En évitant de faire du bruit, il avait suivi la discussion derrière la porte. Étonné par l'idée subite de son fils d'aller étudier au Nouveau-Brunswick, il posa la seule question pertinente qui s'imposait :

— Qui t'a mis ça dans la tête ?

— Personne ! Jennifer y va et j'ai décidé de la suivre. Essaie de m'en empêcher pour voir !

Jacob s'était levé pour faire face à son père. Ses prunelles brillaient de détermination tout en frôlant l'insolence. C'était la première fois que l'adolescent affrontait l'autorité paternelle avec autant d'audace. Le regard de Luc se durcit en même temps qu'une sensation désagréable lui monta à la gorge. Il sentait la colère s'emparer de lui. Perspicace, Mireille appréhendait ce qui allait suivre. Délicatement, elle posa sa main sur le bras de son mari et, d'une voix calme, le pria d'être patient :

— Calme-toi, nous allons en discuter tous ensemble.

— Il n'y a rien à discuter, cette idée est complètement loufoque ! Notre don Juan en herbe va devoir se remettre les yeux en face des trous, il ne suivra pas sa dulcinée au Nouveau-Brunswick. Point final ! J'ose vous rappeler que c'est encore moi qui tiens les cordons de la bourse ici.

Sur ces mots, sans un regard pour Jacob, Luc quitta la pièce. Mireille ne fit rien pour le retenir, elle connaissait son homme : ses sautes d'humeur ne duraient jamais bien longtemps. Ce qui la troublait, par contre, c'était l'étincelle d'agressivité qui s'était produite entre le père et le fils. Une drôle de réflexion lui passa par l'esprit. *C'est comme si une louve était entrée dans la bergerie et qu'elle avait bouffé la douce quiétude qui y régnait avant.*

— Maman ! Dis quelque chose ! Vous n'avez pas le droit de m'empêcher de vivre ma vie ! Si Jennifer s'en va à Fredericton, je ne la verrai plus, et je l'aime. Si elle part pour un an, elle va m'oublier. Si toi, tu es d'accord, papa va accepter, il fait tout ce que tu désires. S'il te plaît, maman, plaide ma cause !

Le ton presque enfantin dont Jacob s'était servi pour la supplier l'attendrit au point qu'elle eut envie de le prendre dans ses bras pour le réconforter. Son apitoiement fut de courte durée ; son fils revint instantanément à la charge. La menace voilée qu'elle perçut dans sa voix ne lui plut guère.

— Je n'exige pas la lune, ce n'est pas comme si je voulais balancer mes études !

Sur un ton cynique, il raisonna :

— Ça serait peut-être le meilleur moyen pour que vous me permettiez de partir, finalement !

Les problèmes qui commencent ! C'était trop beau ! pensa Mireille devant le comportement inusité de Jacob. Sans être un modèle d'obéissance, l'adolescent avait toujours eu un caractère facile. Mais là, la mère était dépassée, ne s'attendant pas à une telle attitude de la part de son fils. Comment réagir sans empirer les choses ? Pour se donner le temps d'y réfléchir, Mireille opta pour la procrastination.

— Personne ne s'attendait à ce changement radical de ta part. Permets-nous d'analyser tout ça, et nous en reparlerons bientôt.

— En tout cas, moi, je ne changerai pas d'idée !

L'air boudeur, l'adolescent se jeta de nouveau sur son lit. Truffe se recroquevilla contre lui en soupirant, comme pour l'avertir qu'elle non plus n'était pas d'accord avec son choix de partir si loin.

— Vu que tu es revenu plus tôt de ta sortie, tu pourrais en profiter pour téléphoner à Zack, lui fit remarquer sa mère. Il est venu ce matin pour te voir et je lui ai remis la note que tu m'avais écrite.

Avant de sortir de la chambre, elle lui lança:

— Tu aurais au moins pu l'avertir toi-même que tu n'irais pas à votre partie de pêche.

Jacob haussa les épaules, puis tourna son visage vers le mur. Une fois le bruit des pas de sa mère remplacé par un silence lourd de malentendus, il posa ses écouteurs sur sa tête et mit le son à plein volume. Lorsqu'il était contrarié, face à un obstacle qui lui paraissait insurmontable, le jeune homme s'étourdissait en écoutant de la musique. Cette fois-ci, un sentiment méconnu se joignait à son désarroi: l'impuissance. Tout se confondait dans sa tête. En l'espace de quelques heures, il était passé de l'exaltation à l'abattement total. Son meilleur ami lui en voulait, et il serait mille fois plus en colère encore quand il apprendrait que leur projet de partir à l'aventure dans deux ans n'était plus qu'un rêve relégué aux oubliettes. Après une seule soirée d'amour, sa blonde parlait déjà de s'éloigner de lui et son père était furieux.

Son idée d'aller étudier à Fredericton lui semblait moins attrayante maintenant qu'il en avait parlé à ses parents. Il essaierait de convaincre Jennifer de rester au Québec. Elle semblait vraiment tenir à s'éloigner de l'autorité parentale, ce qui n'était pas son cas à lui, du moins, pas pour tout de suite. Ce qui comptait le plus, présentement, c'était son nouvel amour. Le reste n'avait pas d'importance. Ce qui s'était passé la veille avec Jennifer avait transformé en homme l'adolescent rêveur qu'il était. C'est ainsi qu'il se percevait maintenant. Certain qu'il allait réussir à la faire changer d'idée, il songea à s'excuser auprès de ses parents pour les avoir inquiétés inutilement. Il ne se voyait pas non plus vivre si loin de Lucie. Même s'il adorait la taquiner, sa petite sœur occupait une grande place dans son cœur. Jennifer lui avait semblé irritée lorsqu'il avait voulu l'embrasser, un peu plus tôt, comme si tout ce qu'elle voulait, c'était rentrer chez elle. Une heure à peine s'était écoulée depuis qu'il l'avait quittée, et déjà elle lui manquait. Vivre loin d'elle s'avérait inconcevable.

Étrangement, tout ce qui l'animait avant lui semblait fade maintenant; autant son goût pour le sport que la présence de Zack, avec qui il partageait pourtant presque tout son temps, ainsi que leur rêve de partir à l'aventure. Dans son esprit, il n'y avait place que pour le corps envoûtant de celle qu'il considérait désormais comme la femme de sa vie.

Sa rencontre avec le père de Jennifer l'avait presque terrorisé. Dans le regard de l'homme fouillant le sien, il avait décelé une ombre froide et comminatoire. Alors, il s'était enfui comme un froussard. *Peut-être est-ce à cause de la mort de son fils qu'il me scrutait comme ça ? Il craint que je sois un danger pour sa fille. Mais pourquoi Jennifer m'a-t-elle laissé tout seul avec lui ?*

Plus il cherchait des réponses, plus la confusion s'installait en lui. Énervé, le garçon enleva ses écouteurs, qu'il lança au pied du lit. Tirée de son sommeil, Truffe leva vers son maître ses grands yeux attendrissants. Avec affection, comme si elle pouvait lire dans ses pensées, elle lui lécha la joue pour le consoler. L'adolescent la repoussa gentiment, puis sauta sur ses pieds tout en lui expliquant :

— Je vais appeler Jennifer pour lui dire que je l'aime. Je suis sûr qu'elle va m'écouter et changer ses projets, car elle aussi m'aime. Elle me l'a prouvé hier soir, et quand on est amoureux, on ne veut pas se quitter, n'est-ce pas ? Je sais que tu ne comprends rien à ce que je te dis, mais toi, au moins, tu m'écoutes et tu ne cherches pas à m'imposer tes idées.

Se trouvant quelque peu ridicule de s'adresser ainsi à un animal comme lorsqu'il était gamin, il termina ses confidences par une promesse :

— Si jamais je pars avec Jennifer, je vais t'emmener avec moi.

Sous l'œil enamouré de Truffe, Jacob dévala l'escalier jusqu'au rez-de-chaussée. En passant devant la porte du salon, il entendit Lucie qui conversait au téléphone. Étendue sur le divan, les jambes posées sur l'appuie-bras, elle tenait dans sa main le combiné qu'il venait chercher. Sans attendre, il lui ordonna :

— Passe-moi le téléphone, j'ai un appel urgent à faire !

Comme si elle n'avait rien entendu, sa sœur continua sa causerie en laissant échapper des petits rires de connivence avec son interlocutrice. Impatienté, Jacob tenta de lui enlever l'appareil. Lucie se tortilla comme une anguille en criant :

— Maman !

Aussitôt, Mireille apparut dans l'encadrement de la porte.

— Qu'est-ce qui se passe, Lucie ?

— C'est Jacob, il veut m'enlever le téléphone. Il a juste à attendre que j'aie fini !

Pragmatique, Mireille l'avisa :

— Ça fait plus d'une demi-heure que tu parles avec ta copine. Donne le téléphone à ton frère.

— Ce n'est pas juste ! C'est toujours la même chose ! Parce qu'il est plus vieux, c'est tout le temps lui qui gagne ! Pourquoi ce n'est pas moi l'aînée ?

— Parce que tu es trop laide ! Ils n'auraient jamais voulu faire un autre enfant après avoir mis au monde un repoussoir pareil ! Et, le merveilleux, l'unique, l'adorable Jacob ne serait jamais né !

— Dis plutôt le crétin, le demeuré, le laideron qui me sert de frère !

— C'est assez ! Lucie, termine ta conversation immédiatement et donne-lui le téléphone ! ordonna Mireille, exaspérée. Ensuite, trouve-toi quelque chose à faire. Il doit bien exister une autre façon de passer le temps que de placoter sans arrêt !

Dès que Jacob eut récupéré l'appareil, il remonta à l'étage et s'enferma dans sa chambre. Pour protéger son intimité, il verrouilla la porte. Après plusieurs tentatives infructueuses pour joindre Jennifer, déçu, il décida d'aller voir Zack. Il avait besoin de parler à quelqu'un et son copain de toujours était le seul qui le comprendrait. Évidemment, il ne lui dirait pas toute la vérité, en tout cas, pas tout de suite. Zack ne devait pas savoir qu'il envisageait peut-être de partir avec Jennifer au Nouveau-Brunswick. Si jamais ce projet se concrétisait, il l'apprendrait bien assez vite.

Jacob enfourcha sa bicyclette pour parcourir les quelques centaines de mètres qui le menaient chez la mère de Zack. C'était dimanche, son ami ne travaillait pas au garage, il devrait donc être à la maison.

Située au fond d'un cul-de-sac, sale et négligée, la demeure des Langlois ressemblait à un furoncle émergé au milieu d'un beau visage de verdure. Encerclées d'arbres, de fleurs et de pelouses verdoyantes, les autres maisons de la rue resplendissaient de propreté.

Jacob savait où trouver son ami. Sans hésitation, il contourna le taudis pour se diriger vers la cour arrière, qui, envahie par les mauvaises herbes, servait aussi de dépotoir. Une vieille guimbarde rouillée, aux portières arrachées, trônait sur quatre blocs de bois en guise de roues. Empilés l'un sur l'autre, deux pneus séchaient au soleil. Le troisième avait disparu et le quatrième, transformé en balançoire, était suspendu par une corde à la branche d'un énorme chêne. L'adolescent se rappelait la joie qui brillait dans les yeux de Zack quand le petit ami de sa mère lui avait installé cette merveille. Il se souvenait aussi du chagrin de son copain lorsque cet amant de passage avait à son tour décampé.

Jacob savait que, encore aujourd'hui, lorsque son camarade traversait une épreuve ou vivait une frustration, c'était dans ce décor qu'il se réfugiait. Ayant perdu sa taille d'enfant, il se contentait maintenant de frapper sur le pneu à coups de pied afin de dissiper son tourment. Jacob avança lentement. Il appuya son vélo sur le treillis entourant la galerie tout en jetant un coup d'œil dans la cour. Son ami était bien là, le dos appuyé sur l'antique carrosserie rouillée. Les yeux mi-clos, il l'observait sans dire un mot.

— Salut, Zack !

Sans attendre de réponse, Jacob enchaîna :

— Je ne t'ai pas appelé hier soir parce que je suis rentré trop tard. Ma mère m'a dit que tu étais venu à la maison ce matin. Je m'excuse pour la partie de pêche, mais j'avais trop hâte de revoir Jennifer. Je suis tombé amoureux ! Je l'aime, tu ne peux pas imaginer comment !

Devant la froideur de Zack, son exaltation baissa d'un cran.

— Tu n'es quand même pas jaloux de moi parce que je sors avec la plus belle fille de l'école ?

La rancune de Zack commençait à s'effriter. La présence de son ami à ses côtés signifiait que sa sortie avec Jennifer avait duré beaucoup moins longtemps que prévu.

— Ce n'est pas parce que tu sors avec une fille que tu dois manquer à ta parole envers moi. Je veux qu'on remette notre excursion à dimanche prochain. Et cette fois-là, tu es mieux de ne pas me faire faux bond, sinon…

— Sinon quoi ? Tu me menaces, maintenant ?

Consterné par les paroles acerbes de son ami, Jacob ne savait plus quoi penser. Jamais il n'aurait cru que l'amitié qui les unissait depuis leur tendre enfance puisse être écorchée ainsi. C'était la première fois qu'un différend se dressait entre eux et la faute lui incombait.

La réaction de Zack le chagrinait, car il n'avait pas voulu le blesser. Son copain n'allait quand même pas l'obliger à choisir entre lui et Jennifer ? L'amitié et l'amour n'étaient pas des ennemis, ils pouvaient très bien cohabiter. *Je voulais juste lui raconter ma soirée d'hier, lui dire que j'étais amoureux et que Jennifer m'aimait aussi, puisqu'elle avait fait l'amour avec moi.*

Une impression de vide l'envahit. Tout allait trop vite ; en l'espace de vingt-quatre heures, toute sa vie se trouvait bouleversée. Il possédait maintenant sa propre voiture, il avait vieilli d'un an, avait enfin fait l'amour et l'amitié inconditionnelle qu'il partageait avec Zack subissait sa première fissure. Pour mieux contrôler ses émotions, Jacob ferma les yeux en prenant une profonde respiration.

— Je ne te menace pas, Jab, j'aimerais juste m'assurer que cette fois-là, tu tiendras parole. Tu as juste à sortir tous les soirs de la semaine avec ta blonde, car moi, je travaille. Mais le dimanche, je veux qu'on fasse quelque chose ensemble. Ce n'est pas trop exiger, il me semble ? déclara Zack, cherchant à contenir l'agressivité dans sa voix.

La proposition de son camarade prit Jacob par surprise, car le ton qu'il avait employé la faisait plutôt ressembler à un commandement. Connaissant sa susceptibilité, il n'osa pas refuser, de peur de l'irriter davantage. La position inconfortable dans laquelle le mettaient son amitié pour Zack et son amour pour Jennifer ne pourrait pas persister longtemps. Il devait donc faire des compromis.

— Je vais y penser sérieusement, vieux frère !

Pour faire plaisir à Zack, il suggéra :

— Il est à peine 3 heures. Qu'est-ce que tu dirais si on allait tirer notre ligne à l'eau avant le souper ?

La mine renfrognée du jeune homme s'illumina.

— C'est une maudite bonne idée !

— Attends-moi ici, je vais chercher mon attirail de pêche et je reviens te chercher.

Jacob sauta sur sa bicyclette et, en l'espace d'une minute, il était en route vers chez lui. Son cerveau fonctionnait à la vitesse de l'éclair. Incapable de supporter la tension que produisent les conflits, il se congratulait pour cette brillante initiative, qui allait tout réparer avec Zack. Ils étaient frères de sang, leur amitié était indestructible.

* * *

Après son altercation avec Jacob, Luc s'était réfugié sous l'abri de jardin afin de décompresser. La réaction de son fils l'avait carrément renversé. Pendant un instant, il avait eu l'impression de faire face à un étranger. Cette idée folle de suivre au Nouveau-Brunswick une fille qu'il commençait tout juste à fréquenter révélait chez l'adolescent un manque flagrant de maturité.

— Il devra descendre de son nuage au plus vite et revenir sur Terre, car il n'est pas question que j'embarque dans une telle aberration ! grommela-t-il.

Incapable de tenir en place, Luc s'assit, se releva et tourna en rond jusqu'au moment où Mireille vint le rejoindre. Sans dire un mot, elle s'approcha par derrière et l'entoura de ses bras. Le front appuyé entre ses omoplates, elle demeura immobile. Le contact chaleureux de sa femme apaisa peu à peu l'emportement de

Luc, qui exhala un soupir de désenchantement avant de murmurer :

— Jamais je ne me serais attendu à une chose pareille de la part de Jacob ! Qu'il soit amoureux, je comprends, mais qu'il perde la tête à ce point-là, ça me dépasse !

— C'est son premier amour, c'est normal qu'il soit un peu déstabilisé, souligna Mireille, circonspecte.

— Tu appelles ça déstabilisé ? Moi, j'utiliserais plutôt le mot déboussolé ; il est en train de perdre son jugement. Je l'imagine, tout seul, à Fredericton, une fois envolé l'attrait du nouveau et que la belle l'a laissé tomber pour un autre mec. Je ne me fais pas d'illusions, je connais ce genre de fille, pour en avoir fréquenté plusieurs dans mon jeune temps. Ce qu'elles recherchent, c'est de vivre de nouvelles expériences en accumulant le plus grand nombre d'amants possible.

— Wow ! Je parle avec un connaisseur ! s'exclama Mireille sur un ton moqueur.

— Ne ris pas de moi, tu sais très bien ce que je veux dire ! Il n'est pas question de se soumettre au caprice d'un jeune blanc-bec en chaleur !

— Luc ! Calme-toi, tu t'énerves pour rien. Nous allons prendre le temps de réfléchir avant d'en reparler avec Jacob.

— Ne me dis pas que tu es d'accord avec lui ?

Une lueur d'incompréhension passa dans le regard de Luc. Promptement, sa femme lui présenta son point de vue.

— Mieux vaut ne rien brusquer. Il n'est jamais bon d'agir trop vite sans connaître tous les tenants et aboutissants d'une affaire. Tu devrais savoir ça, toi, monsieur le notaire, ironisa-t-elle.

Sans lui donner le loisir de répliquer, elle enchaîna:

— Je suis certaine que la principale intéressée n'est même pas au courant des projets de notre rejeton. Ça me semble avoir été décidé sur un coup de tête. Tu connais ton fils, il s'emballe trop vite parfois.

— J'espère que tu as raison!

D'une voix dans laquelle perçait un soupçon d'agacement, il précisa:

— Je n'ai vraiment pas aimé son comportement tout à l'heure. Peu importe son âge, jamais je ne permettrai qu'il me menace, d'aucune manière. Je suis prêt à attendre à demain pour régler ça, mais pas plus longtemps.

— Je vais lui suggérer qu'il en parle avec Jennifer. Et je pense que ça va remettre les pendules à l'heure, dit Mireille.

Au même moment, debout sur le pédalier, Jacob surgit dans l'entrée en faisant voler le gravier sous les pneus de sa bicyclette. Sans un mot pour ses parents, il se précipita dans le garage pour en ressortir presque aussitôt en sifflotant, son attirail de pêche à la main. Avant de monter dans sa voiture il se retourna et, d'une voix joyeuse, cria à sa mère:

— Zack va venir souper!

Il ne lui en avait pas encore parlé, mais il était certain de sa réponse. Son ami n'avait jamais refusé une invitation à manger chez lui.

Sans attendre l'accord de Mireille, Jacob ferma la portière, puis enclencha la marche arrière. Le cœur léger, le sourire aux lèvres, l'adolescent semblait avoir relégué aux oubliettes ses tourments amoureux pour le simple plaisir d'aller pêcher avec son vieux copain. Luc fut le premier à réagir. Perplexe, il marmonna à sa femme :

— S'agit-il du même Jacob qui a presque failli me mordre tout à l'heure ?

— Tu connais ton fils, il cherche à plaire à tout le monde. Il est incapable de voir quelqu'un qu'il aime être malheureux. Tu te souviens lorsque Zack avait cassé sa vieille bécane ? Le chagrin de son ami l'avait chaviré. Le même jour, il lui avait donné sa bicyclette en disant qu'il attendrait son anniversaire pour en réclamer une nouvelle.

— Es-tu en train de me dire qu'il a l'intention d'offrir sa blonde à son vieux pote afin de le consoler d'avoir été évincé ? ironisa Luc sur un ton goguenard.

Mireille ne put s'empêcher de sourire devant l'humour incongru de son mari. Tendrement, elle glissa son bras sous le sien et murmura, d'une voix douce :

— Notre fils ne restera pas toujours un petit homme obéissant et sage. Il vient de franchir une étape importante. Le premier amour change à jamais l'être que nous sommes. C'est ce qu'il est en train d'expérimenter. C'est triste pour Zack, qui devra s'habituer à partager son seul ami, et avec le temps, peut-être même à le perdre. Car nous devons être lucides, ces deux garçons ne suivront pas le même chemin dans la vie.

— En ce qui me concerne, je trouve que c'est une bonne chose que ces deux garnements se décollent un peu. Réalises-tu que Jacob n'a jamais eu d'autres amis que Zack ? À son âge, j'avais une flopée de *chums* avec lesquels je sortais ou pratiquais un sport ; je n'étais jamais seul. On pouvait compter les uns sur les autres en toutes circonstances. Lui, peu importe ce qu'il accomplit, Zack fait partie de l'équation. Il était plus que temps que quelqu'un vienne s'interposer entre les deux ! énonça Luc d'une voix enflammée.

Devant le silence de sa femme, il continua sur sa lancée.

— La jolie poupée a déjà commencé à les diviser. Juste la partie de pêche manquée, c'est un signe que Zack se retrouve maintenant au second rang. Qu'en penses-tu, toi qui as des idées sur tout ?

— As-tu déjà oublié que la jolie poupée, comme tu l'appelles, lui a tourné la tête au point qu'il veut partir étudier à Fredericton pour être à ses côtés ? questionna Mireille sur un ton irrité par les propos de son mari.

— Ça, c'est un problème qu'on va régler ce soir même ! rétorqua Luc en accélérant le pas vers la maison. Pas question que j'attende à demain !

Il claqua la porte d'entrée derrière lui, laissant Mireille songeuse devant l'emportement exagéré de son mari. Préférant lui permettre d'être seul pour le moment, elle s'assit sur la dernière marche du perron, posa ses coudes sur ses genoux et appuya son menton sur ses mains entrecroisées. De minuscules gouttes de sueur perlèrent sur son front, derrière les frisottis de sa frange indomptable. Du bout des doigts, elle les essuya, tout en posant son regard sur la rue où son fils venait de disparaître, creusant derrière lui une accablante impression de vide.

Le léger malaise qui l'avait effleurée la veille revint insidieusement la troubler. Les pensées se bousculaient dans sa tête sans qu'elle parvienne à les aligner dans un déroulement logique. Curieusement, la lointaine image de Jacob faisant ses premiers pas lui apparut, pour soudain se confondre avec celle de la dispute survenue un peu plus tôt avec son père. L'arrivée de Zack dans leur vie s'imposa alors, lui rappelant la détresse du pauvre enfant qui, dès l'âge de six ans, devait se débrouiller par lui-même, sa mère l'abandonnant trop souvent seul à la maison. Combien de fois était-il arrivé à la brunante, pressant sur son cœur un vieil ourson imprégné de l'odeur infecte de la cigarette ? Il venait quémander asile, les yeux remplis de crainte d'avoir parcouru tout seul le chemin le conduisant chez son ami. Même une fois, en plein hiver, pieds nus dans ses bottes, le nez dégoulinant de morve, tout tremblant, il avait frappé à la porte. Ce douloureux souvenir chagrina Mireille, qui s'était attachée à ce malheureux petit bonhomme. Après ce triste épisode, elle avait tenté de rencontrer la mère de Zack pour discuter prudemment avec elle de la situation. Nullement réceptive, la dame l'avait presque mise à la porte. Depuis, les deux femmes ne s'étaient revues que par hasard, sans jamais s'adresser la parole. Par contre, Mireille comprenait Luc, qui aurait aimé que son fils se fasse d'autres amis, car elle aussi réalisait, sans s'inquiéter outre mesure, qu'avec le temps, Jacob ne faisait plus rien sans Zack. *Le départ pour le cégep va sûrement changer les choses. Notre fils n'aura pas le choix de se faire de nouveaux amis, sinon, il va sécher tout seul dans son coin,* se dit-elle en son for intérieur.

Accablée par la chaleur qui lui brûlait la peau, Mireille délaissa sa position devenue inconfortable pour se diriger vers un coin d'ombre derrière la maison. En passant près de la plate-bande débordante de couleurs et d'odeurs enivrantes, elle s'arrêta pour y cueillir quelques fleurs, qu'elle déposerait sur la table de la salle à manger afin de l'égayer un peu.

— Qu'est-ce que je pourrais bien préparer pour souper ? marmonna-t-elle en soupirant. Je suis à court d'idées. Avec cette chaleur, je n'ai pas envie de m'esquinter aux fourneaux !

Soulagée d'avoir mis un terme à son questionnement, Mireille commença à fredonner une ballade country en ouvrant la porte-fenêtre pour entrer dans la cuisine. Poussé par le ventilateur du plafond, un air tiède l'accueillit à l'intérieur. Le son du téléviseur lui parvenant du salon lui dévoila l'endroit où se trouvait son mari et ce qu'il était en train d'écouter. Les yeux rivés sur l'écran, ayant retrouvé son calme, il regardait son émission préférée du dimanche après-midi : un enlevant tournoi de golf.

Après avoir déposé les fleurs dans un pot, Mireille alla rejoindre Luc, qui, en l'apercevant, lui indiqua une place à ses côtés en tapotant le divan de sa main droite. Blottie contre son épaule, elle perdit sa vigilance devant la monotonie de l'émission. Elle ferma les yeux et glissa dans la douce quiétude qui se situe entre le sommeil et l'éveil, cet état étrange dans lequel on a l'impression de flotter entre deux mondes, voguant entre le réel et le mystère. Mireille se laissa transporter dans les méandres de ses souvenirs et de ses appréhensions. Quelque chose d'indéfinissable, mais de pourtant bien tangible, la préoccupait. En l'espace d'à peine deux jours, un vent de changement avait soufflé sur l'équilibre si précieux de sa famille. Jacob, son gentil petit garçon, leur avait démontré aujourd'hui qu'il devenait un homme, et que ses choix ne seraient plus ceux de ses parents. L'idée farfelue et subite de suivre Jennifer au Nouveau-Brunswick n'était que le début de son parcours vers l'autonomie. Sa propre adolescence remonta à la surface et la replongea dans ces années de changements difficiles qui affectent tous les enfants un jour ou l'autre. Elle en était venue à détester sa mère, la douce Marie. Mais elle, avec son amour immuable, lui avait pardonné ses frasques de jeunesse. Aujourd'hui, Marie était devenue sa meilleure amie, sa confidente et son modèle. Mireille avait besoin de ses conseils. Elle voulait éviter à tout prix une confrontation avec Luc, qui ne s'encombrait pas de nuances. Pour lui, tout était blanc ou noir.

Chapitre 6

Assise devant le miroir de sa coiffeuse, Jennifer brossait machinalement ses cheveux. Son reflet dans la glace lui retournait l'image d'un visage crispé par l'incompréhension et l'irritation. À la suite du départ de Jacob, une longue et pénible discussion avec son père s'était terminée dans les cris et les menaces. Après avoir hurlé qu'elle le détestait, elle s'était enfuie dans sa chambre en pleurant de rage. Afin d'enterrer sa voix qui la pourchassait dans ses derniers retranchements, l'adolescente avait mis la musique à tue-tête. Boursouflée par les larmes, sa figure lui apparaissait étrangement laide, comme si ce n'était plus la sienne. D'un geste impatient, elle lança sa brosse à cheveux contre le mur avant de se précipiter sur son lit, où elle se laissa tomber en gémissant de plus belle.

— Je le déteste ! Je veux m'en aller d'ici au plus vite !

Elle n'arrivait pas à effacer de son esprit la scène terrible qu'elle venait de vivre. Fréquemment, pour toutes sortes de vétilles, ils avaient des prises de bec, mais jamais comme celle d'aujourd'hui. C'était la première fois qu'elle ressentait de la peur face à son père. La surprotection dont il l'accablait depuis la mort de son frère Steve avait toujours été remplie de tendresse et de soumission envers tous ses caprices. Elle ne manquait jamais d'argent de poche, qu'elle pouvait dépenser à sa guise sans rendre de comptes à personne. Tout lui était permis, ou presque. Mais depuis le début de son adolescence, certaines choses avaient changé. Soupçonneux, son père s'était mis à la questionner sur ses allées et venues, ce qui l'obligeait à lui mentir constamment. Son manège n'empêchait pas les affrontements de se multiplier, surtout en ce qui concernait ses sorties avec les garçons. Jusqu'à présent, il n'était pas au courant de son émancipation sexuelle; il l'aurait sûrement enfermée à double tour dans sa chambre s'il avait su.

Ce qui avait provoqué la dispute la faisait encore trembler d'indignation. Après le départ de Jacob, son père lui avait annoncé, de but en blanc:

— Ta mère et moi avons décidé de reporter à l'année prochaine ton séjour linguistique à Fredericton. Nous considérons que tu n'as pas la maturité nécessaire pour habiter loin de ta famille. Tu devras attendre ta majorité avant de partir de la maison.

Sans lui donner le temps de réagir, il avait renchéri:

— Tu ne penses qu'à sortir et à t'amuser avec n'importe quel garçon. Ce jeune blanc-bec de tout à l'heure, je ne lui fais pas confiance. Je ne veux plus que tu le revoies. Il n'a aucune expérience de conduite et...

Effrontément, Jennifer lui avait coupé la parole.

— Tu n'as pas le droit de m'empêcher d'aller étudier à Fredericton et tu n'as pas le droit non plus de m'empêcher de voir qui je veux!

— J'ai tous les droits. Je suis ton père et mon rôle est de te protéger. Vu que tu te conduis comme une tête de linotte, je me vois dans l'obligation de modifier nos plans.

Lentement, il s'était approché d'elle. L'expression de son regard reflétait tout l'amour qu'il avait pour son enfant, mais lorsqu'il lui avait tendu la main, Jennifer s'était dérobée en hurlant :

— Je n'en veux plus de ta protection ! Depuis que Steve est mort, tu ne fais que ça, me protéger ! Je ne suis plus une petite fille, j'ai dix-sept ans et je veux être capable de vivre ma vie à ma façon. Tu m'étouffes, papa ! J'ai besoin de respirer loin de toi. J'en ai assez de vivre dans l'ombre de ce frère dont je n'ai aucun souvenir. Peux-tu comprendre ça ?

Sans réfléchir, comme pour donner plus de poids à ses paroles, elle avait relevé le menton, fixé son père dans les yeux et lancé, en scandant chaque mot :

— Tu peux arrêter d'avoir peur des garçons, mon pauvre papa ! Tu es bien naïf, ça fait belle lurette que j'ai perdu ma virginité !

Sitôt cet aveu prononcé, elle s'était mordu les lèvres de remords. Or, il était trop tard, le mal était fait. Son père avait serré les poings tout en la fixant d'un air ahuri. Comme dans un film où tout se déroule au ralenti, elle l'avait vu s'approcher, une lueur redoutable au fond des yeux. Lentement, son bras s'était éloigné de son corps et il s'était avancé vers elle avec l'intention évidente de la frapper. Une crampe lui avait tordu l'estomac lorsqu'elle avait compris ce qu'il se préparait à faire. Un cri strident avait suspendu son geste.

— Ludger ! Qu'est-ce que tu fais ? Arrête !

Sa mère s'était glissée entre eux et avait saisi le bras de son mari, qui ne lui avait opposé aucune résistance. Encore palpitant de fureur, l'homme en colère s'était adressé à sa fille.

— Tu n'as rien fait de bon depuis le début de l'été. Je vais te trouver un emploi au bureau. Ainsi, tu apprendras ce que ça représente de se lever chaque matin pour aller gagner sa vie !

Éberluée, n'en croyant pas ses oreilles, Jennifer avait contre-attaqué en s'adressant aussi à sa mère.

— Vous n'êtes que des menteurs ! Vous m'aviez promis que j'irais à Fredericton l'année prochaine. Vous n'avez pas le droit de changer d'idée. Je ne veux plus rester ici, vous m'empêchez de respirer !

— Ça ne t'a pas empêchée de te conduire comme une putain, d'après ce que je viens d'apprendre ! avait proféré son père entre ses dents.

L'homme indigné s'était tourné vers sa femme en vociférant :

— Notre charmante fille ne fait pas que sortir avec les garçons, elle s'envoie en l'air avec tous ces voyous !

Abasourdie par ce qu'elle venait d'entendre, sa mère avait posé un regard incrédule sur Jennifer, quêtant une réponse :

— Est-ce que c'est vrai ? Toi, ma petite fille ?

Mal à l'aise face à la tournure que prenait la conversation, Jennifer avait préféré se taire et s'enfuir en courant pour se réfugier dans sa chambre. Les cris de son père l'avaient poursuivie, même après qu'elle eut verrouillé la porte derrière elle.

Il était hors de question qu'elle aille travailler au bureau de son paternel. Une solution devait apparaître, et vite ! La tête enfouie dans l'oreiller, elle imaginait plusieurs scénarios tout aussi farfelus les uns que les autres.

N'en trouvant aucun digne de s'y arrêter, elle sauta sur ses pieds, renifla, essuya ses yeux avec ses mains et s'adressa à son reflet dans le miroir.

— Je ne vais pas moisir ici. Ce soir, ma belle, on va s'amuser !

Sur sa table de nuit trônait un téléphone rose décoré de minuscules fleurs blanches. Reçu en cadeau pour ses douze ans, l'appareil lui avait été offert par ses parents après maintes supplications de sa part. Elle possédait sa ligne privée, ce qui lui permettait ainsi de bavarder des heures avec ses amies sans être dérangée.

La jeune fille saisit le combiné et composa le numéro de la famille Lamontagne.

* * *

La sonnerie du téléphone réveilla Mireille, qui somnolait, appuyée sur l'épaule de Luc. Elle tendit le bras vers l'appareil sur la table d'appoint près du fauteuil. D'une voix enrouée par le sommeil, elle répondit :

— Allô !

— C'est Jennifer. Est-ce que je peux parler à Jacob ?

Surprise par le ton cassant de la jeune fille, Mireille prit quelques secondes avant de réagir.

— Je ne sais pas où il est. Il est revenu de votre promenade au bord du fleuve et il est reparti aussi vite sans dire où il allait.

Sans comprendre pourquoi, elle venait de mentir effrontément à Jennifer. Était-ce l'agressivité qu'elle avait perçue dans sa voix qui l'avait conduite à escamoter ainsi la vérité ? Ou voulait-elle simplement permettre à Zack de profiter en paix de la présence de son seul ami ? Son temps de réflexion fut écourté par son interlocutrice, qui somma sèchement :

— Quand il reviendra, dis-lui qu'il m'appelle. C'est important !

Le bruit d'un combiné posé durement sur sa base résonna dans l'oreille de Mireille.

— Ouf ! Quel caractère elle a, cette tigresse ! s'exclama-t-elle en tournant la tête vers Luc qui la zieutait, un sourire en coin.

Sur un ton moqueur, il lui demanda :

— Peut-on appeler ça un pieux mensonge ou s'il s'agit d'un brin de jalousie d'une maman surprotectrice ?

— Ni l'un ni l'autre, riposta Mireille. Je n'ai pas vraiment réfléchi. Cette réponse s'est imposée à mon esprit. Jennifer semblait en colère. Je n'ai vraiment pas apprécié le ton de sa voix.

— Nos tourtereaux vivraient-ils leur première dispute amoureuse ? plaisanta Luc en éteignant le téléviseur.

— C'est plus fort que moi, cette jeune fille ne me plaît pas, rétorqua Mireille. Et ce n'est pas de la jalousie !

Puis, comme pour elle-même, elle commenta :

— Il y a quelque chose de malsain en elle. Ce n'est pas le genre de fille pour notre Jacob.

Luc haussa les épaules. Avant de sortir du salon, il murmura :

— C'est vrai qu'elle est pas mal délurée pour un jeune puceau !

Presque aussitôt, Jennifer rappela. Incapable de lui cacher la vérité une seconde fois, sachant très bien que Jacob serait mis au courant tôt ou tard, Mireille lui dévoila où se trouvaient les garçons. Afin de ne pas passer pour une fabulatrice, elle se concocta un alibi qu'elle jugea convenable.

— Ton appel de tout à l'heure m'a prise au dépourvu. Je dormais, et sur le coup, mal réveillée, j'ai oublié que Jacob était parti à la pêche avec Zack. Ils doivent revenir pour le souper. Je lui dirai que tu as téléphoné.

— Demande-lui qu'il m'appelle en arrivant. Je veux lui parler !

Et, de nouveau, Jennifer raccrocha sèchement.

— Pas causante, la demoiselle ! Pourquoi est-ce qu'elle me tombe sur les nerfs ? Elle est pourtant ravissante, soupira Mireille. Je vais devoir faire un effort pour la supporter, car j'ai l'impression qu'elle est dans les parages pour un bout de temps. En tout cas, jusqu'à ce qu'elle parte pour Fredericton.

Machinalement, elle prit son chapeau de paille suspendu à la patère près de la porte d'entrée, s'en coiffa, puis sortit dans le jardin. Un soleil pâlissant filtrait au travers des nuages, déposant sur les fleurs de fines traces de lumière. Assise dans l'herbe fraîche, la chienne dormant à ses côtés, Lucie traçait dans un cahier des figures étranges de personnages sortis tout droit de son imagination. L'adolescente possédait un immense talent pour le dessin et l'écriture. Ses créations littéraires débordaient de fantaisie et d'extravagances. Son inspiration ne connaissait aucune limite.

Émue par le spectacle, Mireille prit le temps d'admirer en silence toute la beauté de sa cadette. Concentrée sur son travail, Lucie n'avait pas entendu sa mère arriver. La main qui allait et venait sur la feuille de papier affichait encore les rondeurs de l'enfance. Le cœur de Mireille caracola dans sa poitrine et elle ressentit une envie folle de serrer sa fille contre elle. Comme sous l'emprise d'un magicien, sa toute petite Lucie se transformait sous ses yeux. Trop vite, elle deviendrait une femme et un prince charmant viendrait la lui ravir sans qu'elle puisse s'y opposer. D'autres bras aimants la berceraient, une autre épaule réconfortante l'accueillerait pour soulager ses chagrins. Elle, sa mère, ne serait plus qu'une spectatrice dans la vie de sa fille. Déjà que Jacob lui échappait, bientôt ses enfants seraient des adultes.

Comme si elle avait lu dans les pensées de sa mère, Lucie leva les yeux et, candidement, lui sourit. Mireille s'installa à ses côtés, tout en jetant un regard curieux sur l'ouvrage de la jeune dessinatrice.

— Je ne veux pas que tu le voies avant que j'aie terminé, l'avertit Lucie tout en remettant le dessin dans son cartable.

L'adolescente hésita quelque peu avant de questionner sa mère :

— Est-ce que c'est vrai que Jacob veut s'en aller à Fredericton avec Pot de colle ?

— Je ne veux plus t'entendre l'appeler ainsi, tu m'entends ? C'est la dernière fois que je te le dis. Qui t'a parlé de ça ?

— Je ne suis pas sourde ! J'ai entendu la dispute avec papa. Alors, c'est vrai ou ce n'est pas vrai ?

Un léger tremblement dans la voix de Lucie laissait transparaître son inquiétude. Mireille n'ignorait pas toute l'affection et l'admiration qu'elle vouait à son frère aîné. Même si Jacob s'amusait à la taquiner, elle ne se gênait pas pour lui rendre la pareille. D'un geste tendre, elle entoura les épaules de sa fille, qu'elle sentit frémir dans son étreinte.

— Ne sois pas inquiète ! Jacob ne partira pas. Nous allons en reparler ce soir avec papa et il va comprendre que sa place est ici, avec nous.

Je souhaite avoir raison, et que tout se déroulera dans le calme, pensa-t-elle en se relevant.

— Tu peux te remettre à ton chef-d'œuvre, je ne te dérangerai plus. Je vais prendre une marche.

Une fois Mireille partie, Lucie n'arriva pas à retrouver son inspiration. Elle s'étendit sur la pelouse en fixant le firmament, les bras croisés derrière la tête. Le ciel se voilait peu à peu de gros nuages gris et une légère brise rafraîchissait l'atmosphère. La jeune fille frissonna sous sa mince blouse de coton. La réponse de sa mère ne l'avait pas satisfaite. Elle connaissait bien son frère : lorsqu'il avait une idée en tête, c'était pratiquement impossible de l'en faire changer. Jacob n'était pas encore parti et, déjà, elle ressentait le vide de son absence.

— Tout ça à cause de Pot de colle ! Je la déteste ! Je lui souhaite d'attraper la petite vérole et qu'elle devienne très laide ! Comme ça, Jacob la trouverait repoussante et il la laisserait tomber.

Toutes ces paroles acerbes étaient adressées à Truffe, qui la contemplait d'un air indifférent, la tête légèrement inclinée sur le côté. Lucie lui caressa doucement le dos tout en se remettant debout.

— On fait une course jusqu'à la maison ? cria-t-elle à la chienne. Celle-ci, en entendant le défi de sa maîtresse, déguerpit aussitôt à toute allure.

Lucie n'avait pas eu le temps de ramasser son cahier que déjà l'animal l'attendait assis bien sagement sur le perron. Par la fenêtre de son bureau, Luc n'avait rien perdu de la scène.

* * *

Debout devant la fenêtre de sa chambre, dissimulée par les tentures, Jennifer épiait son père. L'homme d'affaires venait de quitter la propriété au volant de sa voiture et se dirigeait vers son bureau, situé au centre du village de Neuville. Comme tous les dimanches après-midi, le chef d'entreprise allait vérifier ses livres ainsi que l'organisation de ses chantiers du lundi matin. Jennifer connaissait son horaire par cœur. Depuis quelque temps, elle exécrait ce rituel, qu'elle qualifiait de ridicule. Dans une heure exactement, il serait de retour et s'assiérait sur la terrasse en sirotant une bière, jusqu'au moment où sa femme l'appellerait pour le souper.

Ses parents l'aimaient, ça ne faisait aucun doute, mais le fantôme de son frère avait toujours occupé la place qui lui était destinée à elle. Et la présence d'un fantôme est incroyablement lourde à supporter.

C'est aujourd'hui que tout ça allait finir. Si ses parents refusaient de la laisser partir pour Fredericton, elle fuguerait. Elle venait de faire son choix. De toute façon, peu importe où elle irait, tout ce qu'elle voulait, c'était quitter cette maison. Elle n'en pouvait plus. Dans quelques mois, elle serait majeure. Alors, même si la police la retrouvait, elle ne pourrait pas l'obliger à revenir chez ses parents.

— Si je reste ici, je vais devenir folle ! siffla-t-elle entre ses dents.

Jennifer aurait voulu que Jacob vienne la chercher alors que son père était absent. N'ayant pu le joindre, elle réalisa qu'elle devrait faire de l'autostop pour se rendre à Donnacona. Un léger sourire effleura ses lèvres en imaginant le trip prodigieux qu'elle allait s'offrir ce soir-là. Une heure plus tôt, elle avait communiqué avec sa copine pour lui passer sa commande. Une petite ligne de coke allait lui faire oublier pendant quelques heures ses déboires avec son paternel. Elle en avait même acheté un peu plus que d'habitude dans le but d'initier Jacob au plaisir de planer dans ce merveilleux paradis artificiel que procure la drogue.

— Le fils parfait du notaire Lamontagne va enfin sortir des jupes de maman ! ironisa-t-elle. La vieille chipie m'a menti tout à l'heure. Elle savait exactement où son fils se trouvait.

Un dernier regard à son miroir pour admirer son reflet, son sac à dos posé de travers sur son épaule, l'adolescente sortit de sa chambre sur la pointe des pieds. Pour éviter une rencontre inopinée avec sa mère, elle passa par la porte menant au garage. Quinze minutes à peine s'écoulèrent avant qu'un automobiliste, qui l'avait prise à son bord, la dépose devant l'appartement de son amie.

Chapitre 7

Le souper venait tout juste de se terminer lorsque Jennifer se présenta chez les Lamontagne. Vêtue d'une jupette taille basse et d'un gilet bedaine exhibant sans pudeur son nombril décoré d'un délicat anneau d'or, la jeune fille fit une entrée remarquée.

— J'ai frappé, mais comme personne ne répondait, je me suis faufilée à l'intérieur. Et me voilà ! avoua-t-elle sur un ton de gamine prise en faute.

Le visage de Jacob s'empourpra de plaisir. Mireille lui sourit tout en repensant à son mensonge. D'un geste de la main, elle l'invita à s'asseoir. Lucie leva les yeux au ciel, soupira et déserta la table en offrant à la demoiselle :

— Tu peux prendre ma place, j'ai des choses à faire.

Lucie empoigna Truffe par le collier pour l'entraîner avec elle. Sans prononcer un mot, elle s'éclipsa. Entre-temps, Mireille et Luc avaient aussi quitté la cuisine pour aller boire leur café sur la terrasse. Jennifer et Jacob se parlaient à voix basse, comme s'ils cherchaient à camoufler des secrets. La belle égrenait de subtils rires complices en caressant délicatement les mains de Jacob. Zack sentit une rafale de solitude s'abattre sur lui.

Devenu invisible, pour ne pas dire inexistant pour les tourtereaux, il décida de rejoindre ses hôtes dehors. Mireille le reçut avec gentillesse et l'invita à s'asseoir avec eux. Le regard absent, Luc semblait préoccupé.

Sans dire un mot, il partit vers son garage. Mireille connaissait la raison de son humeur désagréable. L'arrivée impromptue de Jennifer avait jeté ses plans à l'eau. Il se voyait obligé d'attendre encore pour parler à Jacob. Et Luc détestait remettre à plus tard ce qu'il considérait comme urgent.

Avant le repas, Mireille avait appelé Marie pour discuter du sujet, et c'est exactement ce que lui avait conseillé sa mère, qui, d'ailleurs, n'avait démontré aucune surprise en apprenant le projet de son petit-fils.

— Vous le voyez encore comme un gamin, et un gamin doit obéir à ses parents. Mais Jacob est presque un homme maintenant. Je ne vous dis pas d'accepter d'emblée cette idée qui vous paraît ridicule, mais songez que, pour lui, c'est un pas vers l'indépendance. Souviens-toi de ton premier amour: tu avais à peine quinze ans et tu parlais déjà de l'épouser. Je t'avais offert de coudre ta robe de mariée, car je savais que si je m'y étais opposée, tu aurais été capable de tout. Deux semaines plus tard, il retournait au séminaire après t'avoir avoué qu'il voulait devenir prêtre. Tu avais pleuré comme une Madeleine au creux de mes bras, et quelques jours après, tu l'avais oublié. Jacob vit sa toute première histoire d'amour. C'est normal qu'il soit déboussolé. Donnez-lui le temps de revenir sur Terre et je suis convaincue qu'il va changer d'idée.

Pendant que Mireille réfléchissait, Zack ne disait mot, perdu dans ses pensées. La mère de famille regardait distraitement le garçon lorsqu'une idée lui vint. Jacob avait-il parlé à son seul ami de son intention de suivre Jennifer au Nouveau-Brunswick? Peut-être que Zack en connaissait davantage sur le sujet? Elle se préparait à lui poser la question lorsque son fils apparut derrière la moustiquaire de la porte-fenêtre.

— Jennifer et moi, on va aller faire un tour. Viens-tu avec nous, Zack ?

Surpris par la proposition de Jacob, d'une voix hésitante, l'interpellé questionna :

— Où est-ce que vous allez ? Je n'ai pas du tout envie de jouer au chaperon, je vous avertis ! Et ça me surprendrait que ta blonde soit d'accord avec ton idée. Elle n'a pas l'air de m'apprécier tellement !

— Il n'est pas question de jouer au chaperon. Et Jennifer est d'accord pour une sortie entre amis. Nous en avons discuté ensemble. Nous pourrions aller chercher Sophie, ta petite copine d'hier. Elle semblait tellement entichée de toi qu'elle acceptera sûrement de t'accompagner pour aller voir un film au ciné-parc à Saint-Nicolas. Qu'est-ce que t'en dis ?

Étonné par cette suggestion, Zack prit quelques secondes avant de donner son aval. Mireille en profita pour notifier :

— Mais c'est bien trop loin ! C'est de l'autre côté du fleuve ! Tu n'as pas assez d'expérience de conduite pour traverser le pont Pierre-Laporte ! En plus, tu devras revenir à la noirceur !

— Voyons, m'man ! Si vous m'avez fait cadeau d'une voiture, ce n'est sûrement pas pour qu'elle reste dans la cour ! Si je veux acquérir de l'expérience, faut toujours bien que je pratique, non ?

Prise au dépourvu devant la justesse de ce raisonnement, Mireille concéda ce point de vue à son fils.

— Je te fais confiance, mais conduis lentement et revenez tout de suite après le film. Je vais...

Elle allait dire « je vais en parler à ton père avant », mais les mots moururent sur ses lèvres. L'humeur de Luc ne s'y prêtait pas pour le moment. N'avait-il pas été le premier à vouloir offrir une bagnole à Jacob pour son anniversaire ? Elle lui dévoilerait la vérité lorsqu'il voudrait savoir où étaient passés les jeunes.

Ayant réfléchi à la suggestion de Jacob, Zack l'accepta, même si l'idée de passer toute une soirée avec Sophie ne l'enchantait guère. Pendant la projection du film, il pourrait tenter d'obtenir ses faveurs. Pourquoi ne pas en profiter ? La fille n'était quand même pas laide et elle possédait tout ce qu'il fallait pour s'amuser...

— C'est OK, je vais l'appeler pour l'inviter. J'espère qu'elle ne m'en veut pas trop pour hier. Je n'ai pas été très *cool* à son endroit, se blâma-t-il.

— Je suis content que tu viennes avec nous. Ce n'est pas parce que je sors avec une fille que je vais plaquer mon grand *chum* !

Jacob voulait faire plaisir à Zack. Le mécontentement de son copain l'avait fait réfléchir. En lançant leurs lignes à l'eau plus tôt, cette journée-là, ils avaient eu une franche conversation, ce qui lui avait permis de comprendre ce que vivait son frère de sang. Ils avaient projeté de passer la soirée ensemble, mais l'arrivée de Jennifer avait compromis leurs plans. Heureux de revoir sa petite amie et de savoir qu'elle l'aimait toujours, Jacob avait eu l'idée du ciné-parc. De cette façon, tout le monde serait content. Et, au retour, après avoir raccompagné Zack et sa compagne chez eux, il pourrait faire l'amour avec Jennifer. À l'évocation de cet enivrant souvenir, un doux vertige l'envahit.

— Alors ? C'est d'accord ? susurra Jennifer en posant sur Zack son regard de velours.

Sans faire de bruit, la jeune fille les avait rejoints sur la terrasse. Elle lui apparut soudain différente, comme si le fait qu'elle accepte de l'intégrer dans sa relation avec Jacob faisait d'elle une meilleure personne. Alors que Zack la croyait égoïste, superficielle et fallacieuse, il dut avouer que l'image qu'elle lui dévoilait en cet instant ne correspondait en rien à ces définitions. Son cœur s'allégea dans sa poitrine et il lui sourit.

— C'est oui ! Je vais appeler Sophie pour l'inviter. Attendez-moi, ce ne sera pas long !

D'un pas rapide, Zack s'éloigna vers le salon, où il savait qu'il pourrait trouver un téléphone. Après plusieurs sonneries infructueuses, il abdiqua.

— Je pense qu'elle n'est pas chez elle, il n'y a aucune réponse, soupira-t-il sur un ton déçu. Vous allez devoir vous priver de ma présence, car je...

— Il n'en est pas question ! l'interrompit Jacob. Nous voulons que tu nous accompagnes quand même pour voir le film. N'est-ce pas, Jennifer ?

Si l'absence de Sophie la contrariait, rien ne transparut dans sa voix lorsqu'elle le rassura :

— C'est sûr ! Tu es toujours le bienvenu !

En consultant sa montre, elle les prévint :

— On devrait partir bientôt, sinon, nous allons manquer le début du film.

Durant tout ce temps, Mireille était demeurée muette. Les adolescents s'organisaient entre eux, faisant fi de sa présence. La complaisance avec laquelle Jennifer consentait à la présence de Zack lui paraissait suspecte. *Elle n'avait quand même pas l'intention de... ?*

Mais qu'est-ce que je suis en train de m'imaginer ? Ce n'est pas parce qu'une fille va au cinéma avec deux garçons qu'elle a des arrière-pensées. Je suis moi-même sortie avec Luc et Étienne à plusieurs reprises. Il nous est même arrivé de danser les trois ensemble.

Ce souvenir agréable calma ses appréhensions face aux agissements de la jolie friponne.

Dans le fond, je suis contente pour Zack. Je reconnais là aussi le grand cœur de mon ado. Il a voulu faire plaisir à son ami, et Jennifer a accepté. Je me suis méprise sur elle. Malgré son attitude provocante, c'est sûrement une bonne fille... J'espère !

Sentant ses craintes s'atténuer, Mireille souhaita une bonne soirée aux trois adolescents, tout en rappelant à son fils de rentrer tôt. À pas pressés, elle se dirigea ensuite vers le garage, où elle savait qu'elle trouverait Luc. Une envie irrésistible qu'il la prenne dans ses bras l'enfiévrait. Elle avait besoin d'appuyer sa tête sur son épaule et de sentir toute la force qui se dégageait de son corps d'homme.

Lorsqu'elle entendit le bruit du moteur, suivi d'un crissement de pneus dans l'allée, Mireille tressaillit. Elle s'immobilisa, mais ne se retourna pas.

— Je dois le laisser partir sans m'inquiéter. Sinon, je vais faire de l'urticaire, murmura-t-elle en reprenant sa marche vers le garage.

Debout devant la vieille table aux pattes chromées, Luc s'adonnait à son hobby préféré : les dominos. Pendant des heures entières, il plaçait minutieusement des centaines de pièces l'une derrière l'autre dans une interminable file sinueuse dont, chaque fois, il modifiait le parcours. Lorsque sa création était terminée, pendant plusieurs minutes, les bras croisés sur la poitrine, Luc admirait son chef-d'œuvre. Parfois, méticuleusement, il replaçait un domino dont la position affaiblissait la perfection de son travail. Puis, fébrile, dans un geste empreint de respect, du bout des doigts, il faisait vaciller le premier, ce qui entraînait dans une chute séquentielle tous les autres jusqu'au dernier.

Un jour, se souvint Mireille, Luc avait tenté d'expliquer son passe-temps à son fils, qui ne comprenait pas pourquoi son père détruisait ce qu'il avait mis tant de temps et de patience à construire.

— Parce que le but, c'est justement de regarder tomber tous les dominos l'un à la suite de l'autre dans un synchronisme parfait. Le spectacle vaut vraiment l'effort accompli, tu ne trouves pas ?

— C'est complètement idiot, avait rétorqué Jacob. Tu me disputes si je brise un jouet et toi, tu t'amuses à le faire.

Ne sachant trop quoi répondre au raisonnement de l'enfant, Luc avait gauchement affirmé :

— Tu es trop jeune pour comprendre. Tu verras, quand tu auras mon âge, tout cela te paraîtra d'une simplicité désarmante.

Alors âgé de sept ans, Jacob avait objecté :

— Je n'aurai jamais ton âge, tu es trop vieux !

Luc avait éclaté de rire tout en ébouriffant la chevelure bouclée du gamin.

À pas feutrés, Mireille s'approcha de son mari, qui l'accueillit avec un sourire satisfait. Il venait tout juste de terminer sa chaîne de dominos et il s'apprêtait à contempler le spectacle qu'il avait lui-même orchestré.

— Approche-toi, chérie, et viens admirer mon travail !

La lumière qui brillait dans les yeux de Luc la soulagea de son angoisse. Son mari avait retrouvé sa bonne humeur. Depuis les tout débuts de leur mariage, c'était de cette manière qu'il canalisait son stress. Dès qu'un problème surgissait, Luc se réfugiait dans son repaire ; c'était ainsi qu'il nommait cet espace réservé au fond de son garage. Son engouement pour les dominos était apparu très tôt dans sa vie. Déjà, enfant, il parvenait ainsi à mieux supporter sa solitude.

Au début, Mireille s'était un peu moquée de lui, mais lorsqu'elle avait compris l'importance que ce simple jeu représentait pour son mari, elle ne l'avait plus jamais dérangé quand il avait ressenti le besoin de s'y adonner.

Lentement, Mireille avança vers la table, où la démonstration allait commencer. Comme s'il se préparait à appuyer sur le bouton qui propulserait la navette Columbia dans l'espace, Luc ferma les yeux et, dans un mouvement étudié, poussa délicatement sur le premier domino. Lorsque le dernier de la chaîne se résigna à tomber, il poussa un cri de victoire. Les traits rayonnants, il se tourna vers sa femme et lui ouvrit les bras.

Devant l'attitude décontractée de Luc, elle choisit de ne pas attendre qu'il pose lui-même la question.

— Les enfants sont partis au ciné-parc, murmura-t-elle en levant les yeux vers son mari.

Son étreinte se relâcha légèrement et elle sentit un malaise se faufiler entre eux.

— J'aurais préféré que tu m'en parles avant, rétorqua-t-il avec un brin d'irritation dans la voix.

— J'ai pensé que tu serais d'accord. De plus, je n'ai pas voulu déranger ta solitude, expliqua Mireille en se dégageant des bras de Luc. Jacob m'a promis qu'ils reviendraient sans s'attarder après la fin du film.

— Demain matin, c'est moi qui vais aller le réveiller et nous allons régler le dossier Fredericton une fois pour toutes, finit-il par déclarer. En attendant, que dirais-tu si on allait au Cornet d'Or s'acheter une crème glacée molle ?

Soulagée par la réaction désinvolte de Luc, elle s'exclama :

— Avec plaisir ! Je vais demander à Lucie si elle veut nous accompagner !

* * *

Après le coup de téléphone de sa fille, Marie Beaudet demeura songeuse. Jacob avait toujours été un garçon ouvert à tout ce qui l'entourait. On ne pouvait pas le qualifier d'enfant sage ni turbulent, mais plutôt avide de nouvelles expériences. Son idée inattendue d'accompagner sa nouvelle petite amie à Fredericton ne surprenait sa grand-mère qu'à moitié. Jacob avait depuis longtemps le goût de l'aventure. Elle se souvint que pour son douzième anniversaire, elle lui avait offert de l'emmener au Grand Théâtre de Québec voir *Les Grands Explorateurs*. Évidemment, son ami Zack était aussi de la partie. Elle n'avait jamais oublié l'enthousiasme débordant de son filleul après la présentation du reportage qui, si sa mémoire était bonne, parlait de la civilisation et du trésor des Incas. Au sortir de la salle de spectacle, Jacob avait les yeux remplis d'étoiles.

— Je me souviens de ce qu'il m'avait dit ce jour-là, murmura-t-elle, comme si elle s'adressait à un interlocuteur invisible. « Moi, grand-maman, quand je vais être grand, je veux faire le tour du monde avec Zack ! »

Par la suite, régulièrement, elle emmenait les deux garçons voir un nouveau reportage filmé, et chaque fois, ils en sortaient émerveillés.

Marie se rappela aussi que Jacob lui avait confié, il y avait quelques mois à peine, qu'il songeait à prendre une année sabbatique après son parcours collégial. Avant d'entreprendre ses études universitaires, il voulait profiter d'un an de liberté pour faire un voyage en Amérique du Sud. En toute confiance, il lui avait demandé d'être discrète, car il ne voulait pas mettre ses parents au courant. « Pas tout de suite ! Seulement quand je serai prêt », lui avait-il fait promettre.

Marie savait que Jacob et Lucie hériteraient d'une somme rondelette lorsqu'ils auraient dix-huit ans. Leur grand-père, le bon docteur, l'avait spécifié dans son testament. Le garçon comptait sûrement sur cet argent pour financer son voyage.

Si j'avais quarante ans de moins, je partirais avec eux, pensa Marie, qui avait toujours rêvé de ce genre d'aventure, mais qui n'avait jamais pu la concrétiser, étant donné ses responsabilités parentales. Connaissant sa fille, elle savait que ce voyage l'inquiéterait, mais que jamais elle n'empêcherait Jacob de réaliser son rêve. La réaction viendrait davantage du côté de Luc, qui, malgré ses nombreuses qualités, possédait un vilain défaut, celui de vouloir tout contrôler. Pour éviter les affrontements inutiles, Mireille ne s'opposait que très rarement aux volontés de son mari, mais depuis que les enfants avaient atteint l'adolescence, les divergences d'opinion se multipliaient. Luc, qui avait déjà tracé le parcours de Jacob jusqu'à son admission au Barreau du Québec, n'admettrait pas facilement un accroc dans sa toile tissée serré. Marie pouvait imaginer sa réaction face à l'idée de son fils de suivre sa petite amie à Fredericton.

— Demain, je vais aller voir Jacob et nous en discuterons tranquillement. Je suis certaine que nous pourrons trouver un compromis qui fera l'affaire de tout le monde. En attendant, je vais aller me préparer pour une bonne nuit de repos.

Pendant ce temps-là, le destin continuait sa marche inexorable.

Chapitre 8

Un *six pack* de bières au bout du bras, une cigarette aux lèvres, Zack sortit du dépanneur pour aller rejoindre Jacob et Jennifer, qui l'attendaient dans la voiture. Le propriétaire de l'établissement le connaissait, car c'était souvent lui qui venait acheter l'alcool pour sa mère, bien qu'il fût encore mineur. Ce détail ne préoccupait pas le commerçant. En autant que la marchandise se vende, il était satisfait.

Pendant que les amoureux s'embrassaient, Zack ouvrit le coffre de la voiture et y déposa sans ménagement les canettes, qui s'entrechoquèrent. D'une chiquenaude, il lança son mégot par terre et s'installa sur la banquette arrière, derrière Jacob. En bouclant sa ceinture, il ordonna au chauffeur :

— En route ! Si vous continuez comme ça, nous allons manquer le début du film !

Des ricanements lubriques lui firent écho. Avec langueur, Jennifer se détacha de son amant, qui obtempéra au commandement de son passager. Lentement, Jacob pilota sa voiture vers la sortie du stationnement et, en accélérant, se dirigea vers l'autoroute 40.

Jennifer mit la radio à plein volume. La voix de Bon Jovi chantant *I believe* envahit l'habitacle. Les trois occupants bougeaient au rythme de l'entraînante musique. Durant toute la durée du voyage, le joyeux trio chanta à tue-tête. Tous connaissaient par cœur les paroles des chansons que la radio diffusait.

En arrivant sur l'imposant pont Pierre-Laporte, Jennifer ne se gêna pas pour passer une remarque, en se gaussant de Mireille.

— Fais attention, mon fils, en traversant le pont, il pourrait s'écrouler ! Vous pourriez tous vous retrouver à la flotte à vous faire bouffer par les poissons !

La farceuse s'esclaffa, mais devant l'air contrarié de Jacob, elle se renfrogna.

— On ne peut pas dire que tu entends à rire, toi ! Je ne te pensais pas aussi assommant !

La réplique jaillit du siège arrière. Zack n'acceptait pas que cette insolente fasse de Mireille un sujet de moquerie.

— Ferme ta gueule ! Tu n'as pas le droit de rire de la mère de Jacob ! C'est normal qu'elle se préoccupe de notre sécurité.

Insultée, Jennifer se tourna vers lui et le fusilla du regard. Elle allait ouvrir la bouche pour l'injurier à son tour lorsque Jacob intervint :

— Voulez-vous ben arrêter de vous chicaner ! On est là pour s'amuser, pas pour se crier des bêtises !

Durant un court moment, les coupables se tinrent tranquilles. Puis, Zack s'adressa à Jennifer d'une voix repentante :

— Excuse-moi ! Je me suis emporté.

Jennifer bouda quelques instants pour lui démontrer son mécontentement. Finalement, elle accepta ses excuses et la bonne humeur revint entre les trois adolescents.

— Quelqu'un sait quel film est à l'affiche ? demanda Jacob.

— Aucune idée, répondirent en chœur les deux autres.

— Je suis sûre que c'est un vieux film français, idiot et plein de *merde, alors !* plaisanta Jennifer.

— Ou un film de Schtroumpfs, pour les amateurs de *Passe-Partout*, renchérit Zack.

— Ou ben *Les Dix Commandements,* pour les bigotes, surenchérit Jacob.

Tout le monde se bidonna. Ce moment d'hilarité achevé, un ange passa.

Jennifer n'avait jamais eu l'intention d'aller au cinéma. Avant de se présenter chez les Lamontagne, son plan était déjà élaboré. Elle avait fait croire à Jacob qu'elle était intéressée par son projet, mais le sien était tout autre. Lorsqu'il lui avait proposé d'emmener Zack et Sophie avec eux, sa première réaction avait été de refuser, mais en y réfléchissant bien, l'idée lui avait plu. L'adolescente avait sur elle suffisamment de cocaïne pour envoyer tout le monde au septième ciel. L'absence de la fille ne la dérangeait aucunement. Au contraire, cette péronnelle lui semblait tellement guindée qu'elle aurait bousillé leur soirée. En ce qui concernait Zack, il lui plaisait de plus en plus. Son allure rebelle l'attirait. Peut-être lui proposerait-elle ses charmes ? Jamais aucun garçon ne lui avait résisté. Zacharie n'était pas différent des autres.

Jennifer réfléchit à ce qui s'était passé après qu'elle était partie de chez elle.

Une fois sa commande récupérée chez son amie, elle avait caché minutieusement la précieuse poudre blanche dans une minuscule pochette dissimulée au fond de son sac à dos. En prenant son temps, elle avait parcouru à pied les trois kilomètres qui la séparaient de Cap-Santé. À mi-chemin, elle avait fait une halte sur le pont enjambant la Jacques-Cartier. Appuyée sur le parapet, la marcheuse avait contemplé les eaux claires et cristallines de la magnifique rivière qui poursuivait sa course vers le fleuve Saint-Laurent. Couronnées d'écume, les vagues rugissantes tourbillonnaient pour finalement aller s'écraser sur les rochers. L'humidité qui enveloppait l'atmosphère avait déposé sur sa peau un embrun rafraîchissant. La sérénité de cet endroit féerique avait apaisé quelque peu son courroux envers son père, mais pas suffisamment pour qu'elle décide de lui obéir. Elle finirait bien par trouver son point sensible, et alors c'est lui qui ferait de nouveau ses quatre volontés. Déjà, une idée avait germé dans son esprit, une idée qui lui était venue subitement en contemplant la rivière. Pour avoir, à son insu, surpris des conversations privées entre son père et un homme politique bien en vue, la jeune fille savait exactement où frapper. Son géniteur n'était pas blanc comme neige.

Fière et soulagée par sa découverte, Jennifer avait continué son chemin, un sourire satisfait flottant sur ses lèvres. Comme l'araignée qui tisse sa toile, elle avait mis en place tous les éléments pour faire plier son paternel.

Sa méditation terminée, elle s'exclama :

— Qu'est-ce que vous diriez si on allait se promener sur les Plaines, à la place ?

Les deux adolescents se consultèrent du regard et acceptèrent l'offre.

— Tu aurais dû nous en parler avant, je n'aurais pas eu à traverser le pont, lui fit remarquer Jacob pour la taquiner. On fait demi-tour ?

Une aura de bonheur entourait le jeune conducteur. La présence de son amoureuse et de son ami Zack à ses côtés lui aurait paru impensable quelques heures plus tôt. Et voilà qu'ils étaient là, tous les trois, à s'amuser ensemble. Un sourire béat se dessina sur ses lèvres. À la première sortie, il délaissa l'autoroute 20 pour revenir franchir le pont en sens inverse. Transporté par une sensation de liberté et de puissance, l'adolescent vivait dans chaque fibre de son corps une exaltation jamais ressentie. Fort de cet état euphorique, il appuya davantage sur l'accélérateur, ce qui lui fit rater la bretelle pour le boulevard Champlain.

— Fais attention ! lui fit remarquer Zack. Tu viens de louper ta sortie ! Et ne conduis pas si vite ! On dirait que tu as le diable aux trousses !

— Ce n'est pas grave, rétorqua Jacob. On va passer par la Grande Allée. Je connais parfaitement le trajet pour m'y rendre.

Zack se contenta de hausser les épaules. Lui aussi connaissait bien ce parcours pour l'avoir fait de nombreuses fois en compagnie de la famille Lamontagne. Chaque été, il accompagnait son ami Jacob pour le pique-nique familial annuel sur les Plaines d'Abraham. La joyeuse troupe passait des heures à se promener dans le Vieux-Québec, à flâner devant les vitrines et à savourer une glace sur une terrasse, pendant que les parents sirotaient une bière. Un brin de nostalgie l'effleura. Contrairement à Jacob, qui jouissait à plein de son adolescence, lui, il regrettait son enfance. Tout était tellement plus facile alors.

Une fois au cégep, Jacob va rencontrer d'autres filles que Jennifer et il va sûrement l'oublier. Au fait, je n'ai aucune idée de quels sont ses projets à elle ni dans quelle école elle va étudier, songeait Zack en jetant un œil indifférent par la fenêtre.

Il allait lui poser la question lorsqu'elle s'écria :

— Regardez, les gars, une calèche ! On va faire un tour ?

— Je voudrais bien, se plaignit Jacob, mais je n'ai pas assez d'argent. Ça coûte cher...

— Inquiétez-vous pas, j'ai ce qu'il faut pour toute la gang ! le rassura Jennifer, tout excitée.

— Je vais trouver un stationnement et ensuite, go pour la balade !

Devant le silence de Zack face à la proposition de l'adolescente, Jacob offrit à son copain :

— As-tu envie de jouer aux touristes avec nous ?

Peu intéressé par l'idée, Zack la refusa net.

— Je vais aller marcher sur la rue Saint-Jean. On se retrouve ici plus tard ?

Jacob, qui tentait de garer sa voiture en parallèle mais qui n'y arrivait pas, émit un grognement d'impatience.

— Attends, je vais t'aider ! lui proposa son passager en ouvrant la portière.

Zack descendit et se posta derrière la voiture. Habilement dirigé, Jacob put enfin se faufiler entre deux luxueuses berlines sans les égratigner. Après un soupir de soulagement, il remercia son copain :

— C'est comme tu veux ! On se donne rendez-vous dans deux heures, ici, sur la rue Saint-Amable !

D'un simple hochement de tête, Zack acquiesça. Les mains dans les poches, il s'éloigna d'un pas rapide pour disparaître parmi la foule présente en cette soirée d'été dans les rues du Vieux-Québec.

Entre-temps, Jennifer avait rejoint Jacob, qui se préparait à verrouiller les portes de sa voiture.

— Tu n'oublies pas quelque chose ? observa la jeune fille sur un ton badin.

Dérouté, Jacob fronça les sourcils. La belle lui dédia un sourire enjôleur qui le décontenança.

— Avec la chaleur qu'il fait, tu ne crois pas que nous aurons soif ?

Elle lui tendit son sac à dos en chuchotant :

— Mets la bière dedans et trouvons-nous une calèche qui nous emmènera sur les Plaines !

Provocante, Jennifer déposa un baiser sur les lèvres de Jacob tout en frottant explicitement son bas-ventre sur le sien. Extasié, avec le peu de lucidité qu'il lui restait, l'adolescent bredouilla :

— Je... je ne peux pas boire d'alcool, je dois conduire pour revenir à Cap-Santé. Si mon père apprenait que j'ai bu, il me confisquerait ma voiture, j'en suis certain.

En plus, cette bière appartient à Zack, c'est lui qui l'a payée.

Une lueur de contrariété ternit pour un instant le beau regard bleu de l'adolescente. Très vite, elle se reprit et, d'une voix câline, lui susurra :

— Mais moi, je ne conduis pas. Alors, j'ai le droit, non ?

Sur un ton moins suave, elle dévoila :

— La bière n'est pas à ton copain, c'est moi qui lui ai demandé d'en acheter, avec MON argent !

Jacob sentit sa réticence basculer. Cette soirée serait inoubliable, il en était convaincu. Ce n'était pas une bière ou deux qui lui enlèveraient ses réflexes ni son jugement. Son père n'en saurait jamais rien, puisqu'il ne le lui dirait pas. Avec célérité, il obtempéra au souhait de Jennifer et rangea les six canettes de bière dans le sac à dos qu'elle lui tendait. Puis, il se chargea lui-même de le transporter. Heureux comme des enfants, ils se prirent la main et s'élancèrent vers la Grande Allée, où ils savaient qu'ils pourraient trouver rapidement une calèche.

Un peu plus loin, juste en face du Parc de l'Amérique-Française, un caléchier et son fidèle compagnon prenaient un peu de bon temps. Vêtu d'un manteau noir et coiffé d'un haut-de-forme gris décoré d'une plume rouge, l'homme ventripotent à l'air jovial marchait de long en large afin de se délier les jambes. En passant près de son cheval, avec affection, il flatta la crinière humide de l'animal en sueur. Une cigarette au coin de la bouche, il s'arrêta pour examiner la patte arrière droite de la bête, laquelle lui avait semblé boitiller légèrement en terminant le dernier tour guidé. Ne trouvant rien d'anormal, le bonhomme administra une tape sonore sur l'énorme postérieur du canasson, qui riposta par un hennissement outré.

— Prêt pour une autre balade, mon vieux ? interrogea-t-il en se préparant à repartir vers la Porte Saint-Louis où l'attendaient d'autres touristes impatients de visiter le Vieux-Québec et ses merveilles.

— Êtes-vous libre, monsieur ? l'interpella Jacob en arrivant près de lui. On aimerait faire un tour !

Le cocher hésita quelque peu avant de s'enquérir :

— Avez-vous assez d'argent pour payer ?

— Pas de problème ! clama Jennifer en sortant son porte-monnaie du sac à dos que portait Jacob.

En l'ouvrant et n'y trouvant plus un seul dollar, elle se souvint d'avoir dépensé jusqu'à son dernier sou pour payer son fournisseur de cocaïne.

À la vue de son expression déconcertée, le caléchier éclata d'un grand rire sympathique.

— Je ne suis pas un taxi ! Vous feriez mieux de marcher, les enfants, ce sera beaucoup mieux pour votre santé ! déclara-t-il, avec encore un brin d'hilarité dans la voix.

Avec une souplesse surprenante pour un homme de son gabarit, il grimpa dans la calèche, se saisit des rênes et, d'un léger claquement sur le dos du cheval, il mit l'attelage en marche.

Demeurés seuls, en riant, les deux amoureux déclamèrent à l'unisson :

— Alors, on marche !

Tendrement, Jacob prit la main de Jennifer. La délicatesse de cette main féminine qu'il pouvait englober entièrement dans la sienne lui donna l'impression d'être un surhomme. Tout à coup, la jeune fille lui apparaissait fragile, malgré son air bravache et provocateur. Il se devait de la protéger. Pour cette raison, il partirait avec elle au Nouveau-Brunswick, s'il ne parvenait pas à la faire changer d'idée. C'était le moment ce soir de lui faire part de ses intentions. Ses parents ne pourraient pas l'en empêcher. S'ils ne voulaient pas payer ses études, alors il travaillerait. Et lorsqu'il aurait dix-huit ans, il recevrait l'héritage de son grand-père. Il n'aurait plus besoin de compter sur l'aide financière de son paternel.

— On y va, ou tu as décidé de passer la nuit ici ?

Sorti brusquement de sa rêverie par la voix impatiente de Jennifer, Jacob tressaillit.

— Oui, oui ! On y va !

En bavardant, ils se dirigèrent vers l'entrée des Plaines d'Abraham.

* * *

Zack avait gravi deux par deux les marches de l'escalier le menant au sommet de la Porte Saint-Jean. Lentement, il reprenait son souffle, le dos appuyé sur la tourelle. De son point d'observation, il pouvait embrasser du regard une partie du Vieux-Québec envahi par les touristes qui déambulaient dans les rues, accablés par la moiteur du jour finissant.

Furtivement, malgré la chaleur persistante qui étouffait l'atmosphère, la nuit reprenait ses droits et déposait sur la ville son sombre manteau. Les rues devinrent alors une féerie de lumières. Les réverbères, les façades des édifices, les remparts de pierre et le Château Frontenac, du haut de sa superbe, se substituèrent à l'astre du jour. La voûte céleste exposa à son tour des milliards d'étoiles afin d'éclairer la Terre, rappelant ainsi à l'humanité la grande puissance de son Créateur.

Zack demeura un long moment à fixer le firmament. L'espace de quelques secondes, l'adolescent regretta d'avoir accepté d'acheter de la bière pour Jennifer.

— Cette fille est bien capable d'avoir entraîné Jab à faire des folies. Il est tellement amoureux d'elle qu'il est prêt à tout pour lui plaire ! marmonna-t-il en descendant l'escalier en pente raide vers le Parc de l'Artillerie.

* * *

Après avoir arpenté les sentiers bordés de fleurs et admiré le coucher du soleil, le couple d'amoureux s'était installé sur un banc pour donner libre cours à sa passion. Aiguillonnés par des baisers langoureux, les sens de Jacob exigeaient davantage. Au bord de l'insupportable, il glissa une main fureteuse sous la jupe de son amante, à la recherche d'une brèche lui permettant de se rendre jusqu'au doux secret de sa féminité. Sans difficulté, il écarta le mini slip de Jennifer, qui gémit sous la caresse. Fou de désir, l'adolescent ne se souciait aucunement de la proximité des passants qui leur jetaient un coup d'œil discret mais chargé de reproches. Malgré l'excitation ressentie dans chaque fibre de son corps, Jennifer conservait sa lucidité. Fermement, elle repoussa le bouillant damoiseau. D'une voix fébrile, elle l'invita:

— Viens avec moi, on va aller s'étendre là-bas, sous les arbres, à l'abri des regards indiscrets.

Sonné comme un boxeur, Jacob se laissa guider dans un coin éloigné des promeneurs. Dans la pénombre, il vit la jeune fille fouiller dans son sac à dos, puis en extirper deux canettes de bière, qu'elle déposa par terre entre eux. En soupirant, il s'affala dans l'herbe fraîche, les bras déployés au-dessus de la tête. Ses sens inassouvis et son sexe douloureux sur le point d'éclater le contraignirent à prendre une profonde respiration pour se libérer de la tension qui l'opprimait. Jennifer vint s'asseoir à ses côtés en lui tendant une bière, qu'il hésita à accepter, pour finalement s'en emparer avec avidité. La soif qui le tenaillait depuis un moment exigeait d'être apaisée. Promptement, Jacob se redressa, tira la languette et avala, assis, une lampée du liquide tiède. Lentement, il se détendit et, peu à peu, il retrouva sa sagacité. Assise en tailleur devant lui, Jennifer le fixait d'une étrange façon. Sous la faible lumière sélène, son regard d'un bleu plus sombre semblait vouloir pénétrer son âme. Encore obsédé par son désir de se fondre en elle, Jacob frissonna. Malgré les bruits ambiants et les conversations animées des promeneurs, ils vivaient cet instant comme s'ils étaient seuls au monde. Bien dissimulés derrière un petit boisé, les amoureux échappaient ainsi à la vue des passants. Sans avoir prononcé un mot, Jennifer entamait déjà sa seconde bière, alors que Jacob peinait à terminer la sienne. Quelque peu troublé par le silence de sa compagne, l'adolescent posa timidement sa main sur la cuisse dénudée de celle-ci. Le velouté de sa peau déchaîna en lui une poussée de sensualité qui le fit bêtement bégayer :

— Je... je t'aime ! J'ai... j'ai envie de toi !

Lascivement, Jennifer déposa sa canette de bière sur le sol et enserra la main de Jacob. Sans pudeur, elle plongea son regard dans le sien, ouvrit les jambes, puis guida ses doigts vers le trésor humide qu'il convoitait. Même sous les caresses maladroites du jouvenceau, son sexe déjà attisé dans l'attente du plaisir, elle atteignit rapidement l'extase. Devenue molle comme une poupée de chiffon, Jennifer se glissa dans les bras de son amant ravi.

— J'ai quelque chose à te proposer si tu veux connaître la plus extraordinaire baise de ta vie, lui chuchota-t-elle d'une voix sensuelle.

Émoustillé par l'orgasme qu'il venait de susciter chez sa compagne, il n'avait qu'une envie : recommencer.

— Tout ce que tu voudras, mon amour ! lui souffla-t-il à l'oreille.

Radieuse, un sourire de triomphe sur les lèvres, Jennifer se libéra de son étreinte pour agripper son sac à dos, qui gisait sur la pelouse un peu plus loin. Sous le regard circonspect de Jacob, elle en répandit le contenu par terre. Fébrilement, elle fouilla parmi tous les objets, pour finalement en extirper un mystérieux petit sac, qu'elle brandit tel un trophée. La belle tentatrice murmura :

— Regarde ce que j'ai trouvé !

Perplexe, Jacob demeura muet, ignorant ce que cela signifiait. Lorsqu'il la vit ouvrir le sac pour en retirer un sachet de poudre blanche, le jeune homme refusa d'abord de croire ce qu'il reconnaissait pourtant sans l'ombre d'un doute. Devant son air éberlué, Jennifer éclata de rire.

— Si tu voyais ta tête ! On dirait que tu viens de croiser le diable ! C'est juste de la neige ! Tu n'as pas à avoir peur, ça ne mord pas ! Au contraire, tu vas vivre des moments merveilleux, inoubliables, je te le jure !

— Es-tu folle ? s'exclama Jacob dans un cri. Je ne prends pas de drogue !

Froissée, l'adolescente rétorqua avec aigreur :

— Baisse le ton ! As-tu envie qu'on se fasse pincer ?

Exaspérée, elle ramassa son sac à dos et s'apprêtait à partir lorsque Jacob l'implora d'une voix blanche.

— Je ne veux pas que tu t'en ailles ! Je n'ai pas voulu te traiter de folle. J'ai été surpris, c'est tout !

En bafouillant, il reconnut :

— Je n'ai jamais pris de drogue de ma vie. Mes parents me tueraient s'ils apprenaient que j'ai touché à ce poison. C'est comme ça qu'ils appellent la coke.

— Tu n'as qu'à ne pas leur dire ! Il serait temps que tu sortes des jupons de ta mère !

Cynique, elle renchérit :

— J'ai bien vu comment tu es le petit garçon chéri à sa maman !

— Ce n'est pas vrai ! se défendit Jacob.

— Alors, prouve-le !

Jennifer commençait à s'impatienter. L'envie de planer et de sentir tous ses sens en ébullition devenait pressante. La réticence de Jacob la contrariait. La soirée filait à toute vitesse et elle n'avait pas de temps à perdre à essayer de le convaincre. Le seul moyen à sa disposition dont l'adolescente était certaine se révélait être ses charmes, car elle connaissait le pouvoir sur la gent masculine. Doucement, d'un pas félin, elle s'approcha de sa proie. Son déhanchement voluptueux et son regard de tigresse affamée statufièrent l'adolescent.

— Si tu veux faire l'amour avec moi, tu n'as pas le choix, murmura-t-elle à son oreille tout en lovant son corps contre le sien. Je te jure que tu ne le regretteras pas !

La menace sans équivoque qu'il percevait dans la voix de sa copine lui dérobait tous ses espoirs. Le besoin de faire l'amour avec Jennifer se substituait à son jugement et à toutes les mises en garde reçues de ses parents. Jacob n'hésita pas longtemps.

Ils ne le sauront jamais. Et si Zack s'en aperçoit, il ne me trahira pas, pensa-t-il, en cherchant à se convaincre.

— C'est d'accord ! Je...

Sans attendre, fière de sa victoire, Jennifer se dégagea des bras de son amant pour ouvrir la pochette de poudre blanche qu'elle tenait toujours.

— Attends, je vais te montrer comment faire et tu n'auras qu'à m'imiter.

Fébrile comme un enfant le jour de Noël, Jennifer extirpa de son sac à dos un miroir et une paille de plastique. Attentive dans chacun de ses gestes, afin de ne rien échapper, elle déposa minutieusement une ligne de cocaïne sur la surface lisse du miroir. D'une main, elle pressa sur une narine, ferma la bouche, puis inséra la paille dans l'autre cavité. Avec force, elle renifla la drogue magique. Les yeux brillants, elle s'exclama :

— À ton tour, maintenant !

Avec célérité, elle répéta le même scénario pour Jacob, qui, de façon malhabile, sniffa pour la première fois. L'effet se fit sentir presque instantanément. Son environnement sembla alors se métamorphoser ; l'air devenait plus doux, les ténèbres laissaient filtrer la lumière, les bruits alentour lui parvenaient harmonieux et légers, comme portés par le vent. Tous ses sens étaient en éveil. La blancheur de la peau de l'adolescente transperçait la nuit, dévoilant la perfection de son corps de déesse. Le jeune homme percevait dans chaque cellule de son être la présence d'une force singulière. Une sensation de puissance l'envahit. Le monde lui appartenait, la Terre était à ses pieds et il allait faire l'amour avec la plus belle fille de l'univers. Toutes ses craintes face à la réaction de ses parents s'étaient envolées, disparues en même temps que sa gaucherie envers Jennifer. Il était devenu invincible ! Fermement, il attrapa sa jeune maîtresse par la taille et la fit tournoyer, en riant aux éclats. Dans ses bras, elle lui semblait légère comme un oiseau. Emportée par la même frénésie, Jennifer mêla son euphorie à la sienne. À bout de souffle, les amants s'allongèrent par terre. Les yeux brillants de sensualité, d'une main impatiente, Jacob tenta de dévêtir sa belle amie, qui le repoussa gentiment en posant son index sur ses lèvres. L'adolescent comprit qu'il devait faire preuve de discrétion, vu l'endroit où ils s'ébattaient.

Jennifer lui souffla à l'oreille :

— Évitons d'attirer l'attention.

Elle-même, exaltée par l'effet de la cocaïne, retenait à grand-peine son envie de manifester sa joie au monde entier.

* * *

Quelques minutes avant l'heure du rendez-vous, Zack arriva à l'endroit où était garée la voiture de Jacob. Ne voyant pas ses compagnons, il s'appuya sur la portière côté passager pour fumer une cigarette. Silencieux comme une ombre, un chat errant s'approcha pour s'enrouler affectueusement autour de ses jambes. L'adolescent sourit, puis se pencha pour flatter la bête, dont les yeux brillaient dans la pénombre. Un ronronnement de satisfaction répondit à ses caresses. L'image de Tabousse, la petite chatte siamoise ramenée à la maison par sa mère, qui l'avait trouvée toute tremblante à la porte du bar par une froide nuit d'automne, ressurgit tout à coup dans sa mémoire. Un souffle de bonheur lui effleura le cœur à l'évocation de ces moments de tendresse partagés avec l'adorable boule de poil de son enfance. Il préféra ne pas se souvenir du jour où elle avait disparu.

— Est-ce que tu veux attendre mes amis en ma compagnie ? proposa-t-il au félin, qui s'était effrontément couché sur sa chaussure.

En prononçant ces mots, Zack s'assit par terre et prit le malappris dans ses bras. Au bout de dix minutes d'attente, il regarda sa montre. Personne n'avait encore donné signe de vie.

— Retourne chez toi, commanda-t-il au chat en le poussant doucement dans la direction d'où il était apparu.

Devant l'indifférence du matou, il haussa les épaules en marmonnant :

— Toi non plus, personne ne t'attend ?

D'un geste agacé, il alluma une autre cigarette. Sa clope achevée, il se mit à tourner en rond autour de la voiture. L'impression qu'on se moquait de lui l'exaspérait. Il asséna un coup de pied sur chaque pneu en s'adressant des injures à lui-même.

— Tu t'es bien fait avoir, espèce de con ! Jacob ne voulait pas de toi ! Tout ce qui l'intéressait, c'était d'aller baiser sur les Plaines avec sa pute !

Finalement, il se rassit par terre en soupirant. Il n'avait pas le choix, il devait attendre. Ne recevant plus d'attention, son petit compagnon à poil avait repris la clé des champs, ou plutôt celle des ruelles. Il était seul.

* * *

Même après avoir fait l'amour trois fois, Jacob ne ressentait aucune fatigue, transporté qu'il était par l'effet toujours euphorisant de la cocaïne. En sueur, le cœur battant la chamade, il contemplait le ravissant visage de son amante, qui levait les yeux vers lui. Le moment lui sembla propice pour lui demander si elle accepterait de renoncer à son projet d'études à Fredericton. Sinon, il lui annoncerait qu'il était prêt à la suivre tellement il l'aimait.

— Est-ce que tu as toujours l'intention d'aller au Nouveau-Brunswick ?

— Hum…

Elle n'allait quand même pas lui révéler les intentions récemment avouées de son paternel ! Quoi qu'il en soit, la situation ne le concernait pas et elle n'avait plus l'intention de revoir Jacob, de toute façon.

— Alors, je vais t'accompagner à Fredericton, et nous allons vivre ensemble. Je ne pourrais pas supporter ton absence. Je deviendrais fou ! Je t'aime trop. Maintenant que nous avons fait l'amour, nous appartenons l'un à l'autre, débita Jacob d'une voix surexcitée.

Stupéfaite par le discours inattendu de son amant, la jeune fille éclata de rire. Devant l'allure désenchantée du garçon, elle ne put s'empêcher de le narguer.

— Tu es sûr que papa et maman vont te donner la permission ?

— Je leur en ai déjà parlé.

Incrédule, Jennifer cessa sur-le-champ ses moqueries, n'arrivant pas à croire ce qu'elle entendait. Ce petit imbécile s'imaginait qu'il la possédait, elle, Jennifer Leblond ! Elle qui pouvait s'envoyer tous les mecs qui lui plaisaient. L'idée de faire une blague lui traversa l'esprit. Alors, d'une voix mielleuse, tout en glissant une main fureteuse dans le short de Jacob, elle chuchota :

— Tu ne peux imaginer comme tu me fais plaisir ! Je n'aurais jamais osé te le proposer.

La réaction de Jacob fut instantanée. De toutes ses forces, il la serra dans ses bras. Il n'avait qu'une envie :

le dévoiler au monde entier ! Jennifer l'arrêta à temps, car il se préparait à lancer un cri de victoire.

— Chut ! Tu veux nous faire prendre ? Je te rappelle que nous avons de la drogue en notre possession !

La voix de la jeune femme n'avait plus rien d'amical. Fou de joie, Jacob ne remarqua pas le changement de ton. Il flottait sur un nuage. C'était à peine s'il entendit lorsqu'elle lui précisa :

— C'est le temps de partir, il est 11 heures. Ton *chum* doit nous attendre.

Jennifer récupéra son sac à dos et, sans un mot de plus, elle s'éloigna. Sa blague n'était pas si drôle, après tout ! L'effet de la cocaïne diminuait et la fatigue s'installait. Elle n'avait qu'une envie : rentrer à la maison et dormir. Sur le chemin du retour, Jacob ne cessa de parler, lui refusant toute possibilité de répliquer. Son compagnon échafaudait toutes sortes de plans, aussi stupides les uns que les autres, afin de convaincre ses parents. Il imaginait aussi leur vie dans un nid douillet à Fredericton. Agacée par son babillage insignifiant, Jennifer essayait de le faire taire, mais dès qu'elle voulait ouvrir la bouche, il s'emballait davantage. L'effet de la drogue persistait chez l'adolescent, qui devenait de plus en plus fébrile.

La jeune fille se souvint de la première fois qu'elle avait consommé. La coke l'avait fait planer pendant des heures, tandis que maintenant, la dose pour parvenir au même résultat devait être plus importante. Consciente que la dépendance s'installait et que l'argent que lui procurait son père se révélerait bientôt insuffisant pour payer son fournisseur, deux choix se pointaient devant elle : le sevrage ou l'assouvissement de tous les plaisirs que lui procurait la drogue. La deuxième option était sa préférée. De toute façon, ce n'était pas le temps qui lui manquait. Elle avait toute la vie devant elle pour devenir sobre. Sa jeunesse ne serait pas ennuyante, elle profiterait de chaque journée pour mordre dans la vie. Aucune nouvelle expérience ne lui faisait peur. Elle était prête à tout pour ne pas vivre l'existence monotone de ses parents. En ce qui concernait le fric, il existait des moyens pour en obtenir sans trop se forcer. Et elle possédait tous les atouts qu'il fallait pour atteindre ses objectifs.

Le silence de sa compagne déambulant à ses côtés confondait Jacob. L'adolescent croyait que son discours enflammé rejoignait son but. Jennifer acceptait sans aucune réticence son choix de partir avec elle. Le bien-être qu'il éprouvait ne résultait pas seulement des effets de la cocaïne, mais de l'accomplissement de son souhait le plus cher. Il convaincrait ses parents, qui jamais ne lui avaient refusé de concrétiser ses rêves. S'ils s'opposaient, il s'enfuirait; plus rien ne le retiendrait.

Avec son bras, il entoura la taille de la jeune fille, tout en éclatant de rire. Une aura de bonheur illuminait ses traits juvéniles. Une légère réticence de la part de Jennifer ne troubla nullement son enthousiasme. Il avait hâte de tout raconter à Zack, maintenant qu'ils s'étaient réconciliés. Son vieux copain allait lui manquer, c'était certain, mais la présence à ses côtés de celle qu'il adorait comblerait le vide de son absence. En arrivant sur la rue Saint-Amable, Jacob se détacha de sa compagne et se dirigea vers sa voiture. Rapidement, il en fit le tour à la recherche de son vieux pote, mais Zack semblait s'être volatilisé. Les lumières de rues éclairaient faiblement le secteur déserté par les promeneurs, qui étaient rentrés, compte tenu de l'heure tardive. Encore sous l'influence de la drogue, Jacob se mit à tourner en rond en sifflotant. Impatientée, Jennifer maugréa :

— Mais où il est passé cet idiot ? Il devait nous attendre ici !

— Je suis là !

La voix de Zack était glaciale :

— Vous êtes en retard de plus d'une heure. Je suis écœuré !

Conciliant, Jacob posa la main sur l'épaule de son ami, qui se dégagea brusquement.

— Sois pas fâché, Zack ! On n'a juste pas vu le temps passer. On était trop occupés, hein, Jennifer ?

En prononçant les derniers mots, il jeta un regard lubrique à la jeune fille, qui détourna la tête.

Zack comprit rapidement que Jacob n'était pas dans son état normal.

— Qu'est-ce que t'as pris, espèce d'imbécile ? En plus, tu as bu ! Tu sens la bière à plein nez !

Furieux, il houspilla Jennifer :

— C'est toi qui lui as fourni de la drogue ?

— Il avait juste à ne pas en prendre ! Je ne l'ai pas obligé, rétorqua-telle en haussant les épaules. Est-ce qu'on s'en va ? Je commence à en avoir assez de vos chicanes de p'tits gars.

Demeuré muet jusque-là, Jacob protesta :

— Je suis assez grand pour prendre mes décisions tout seul. J'ai pris de la coke parce que je le voulais. Point final !

— Et qui va nous ramener à Cap-Santé ? Tu n'es pas en état de conduire, lui fit remarquer Zack.

Jacob commençait à ressentir un léger malaise à l'estomac, mais son exultation persistait. Son copain avait raison, il n'était pas en mesure de prendre le volant. De toute façon, il n'en avait pas du tout envie, préférant s'asseoir sur le siège arrière en compagnie de sa copine. Il en profiterait pour la caresser à son goût. Fébrilement, il prit les clés de la voiture dans la poche de son short et les lança en Zack en disant :

— Tiens ! Tu sais conduire ! Tu vas être notre chauffeur désigné !

— Je n'ai pas encore mon permis ! Si je me fais arrêter, je vais payer une amende. Je n'ai pas d'argent à perdre, riposta Zack, surpris par l'offre de Jacob.

— Tu es juste un pissou ! Tu n'as pas de couilles ! le ridiculisa Jennifer en affichant une moue de dégoût.

Zack serra les poings si fort que ses jointures blanchirent. Le regard noir qu'il lança à la belle effrontée ne sembla pas l'affecter le moindrement.

— Entendez-vous ! dicta-t-elle aux deux garçons. Moi, je vais aller faire pipi derrière les arbres.

Rapidement, elle s'éloigna dans la pénombre. Le besoin de sniffer une autre ligne de cocaïne devenait pressant, sinon, elle allait s'effondrer.

Aussitôt qu'ils furent seuls, Zack attaqua :

— Qu'est-ce qui t'a pris ? Cette fille est un vrai poison, tu ne t'en rends pas compte ? Elle va t'emmener en enfer si tu continues de sortir avec elle !

— Je n'ai pas besoin de tes conseils ! Depuis quand te mêles-tu de ma vie privée ? Je pensais que tu étais mon ami, mais là, je me rends bien compte que tu n'es qu'un maudit jaloux !

Blessé par les paroles acerbes de son copain, Zack ne répliqua pas, même s'il avait envie de le secouer pour lui faire comprendre qu'il déraillait totalement. Le retour de Jennifer mit fin à leur dispute. Pimpante, le regard brillant, elle étreignit Jacob tout en faisant une horrible grimace à Zack. L'adolescent comprit illico qu'elle était allée renifler de nouveau sa poudre blanche. Pris au piège, il n'avait plus le choix. Il devait ramener tout le monde à bon port, même si la rage bouillait en lui.

— Embarquez ! grinça-t-il entre ses dents. Plus vite on sera revenus, plus vite je serai content !

Pendant que les amoureux batifolaient à cœur joie sur la banquette arrière, Zack manœuvrait avec prudence pour s'extraire promptement du secteur de la Haute-Ville. C'était la première fois qu'il conduisait une voiture dans la circulation qui, malgré l'heure tardive, demeurait dense. L'itinéraire lui étant familier, sa nervosité était amoindrie. La route qu'il avait l'habitude d'emprunter pour ramener sa mère à la maison, tout en évitant une rencontre fortuite avec un policier en patrouille, n'avait rien en commun avec ce qu'il vivait présentement. Les feux de circulation, les autobus qui le frôlaient ainsi que les phares aveuglants des autos qui venaient en sens inverse lui donnaient l'impression d'évoluer en plein cauchemar.

— Je vais m'en souvenir de cette maudite soirée, marmonna-t-il en laissant derrière lui le boulevard Duplessis pour rejoindre l'autoroute.

Un rapide coup d'œil dans le rétroviseur lui dévoila sans l'ombre d'un doute le jeu érotique auquel se livraient ses passagers. Agenouillée devant son amant, Jennifer lui procurait une jouissance à laquelle il répondait par un concert de gémissements. Dégoûté, Zack alluma la radio à plein volume. Une ballade d'amour sirupeuse envahit l'habitacle. Exacerbé, d'un mouvement brusque, il changea de poste. La voiture fit une légère embardée, qui surprit Jennifer.

— Tu ne peux pas faire attention, crétin ?

— Tu ne pourrais pas attacher ta ceinture, idiote ! riposta Zack, les mains crispées sur le volant.

La voix irritée de Jacob retentit, mettant ainsi fin à leur dispute.

— J'en ai assez de vos chicanes !

S'adressant directement à son copain, il proclama, tout en tentant de remettre de l'ordre dans ses vêtements :

— Jennifer va étudier à Fredericton l'année prochaine, et je t'annonce officiellement que je pars avec elle. Nous avons décidé de vivre ensemble.

Les paroles de son ami frappèrent Zack en plein cœur. Incrédule, d'un mouvement brusque, il se retourna pour vérifier si Jacob se moquait de lui. En même temps, il appuya fortement sur l'accélérateur. Le moteur vrombit et, en l'espace de quelques secondes, Zack vit surgir devant lui l'amorce d'un virage périlleux. Paniqué, il donna un coup de volant fatal. La voiture se renversa sur le côté et, après plusieurs tonneaux, ponctués par les cris affolés des trois adolescents, elle s'arrêta une centaine de mètres plus loin. Éjectée par le pare-brise, qui n'avait pas résisté sous la force de l'impact, Jennifer atterrit parmi les hautes herbes bordant la route. Son corps désarticulé et lacéré par les éclats de verre baignait dans une mare de sang. La cage thoracique enfoncée, coincé entre le volant et le dossier du siège du conducteur, Zack ne donnait aucun signe de vie. Sur la banquette arrière, les yeux hagards, Jacob demeurait figé dans l'horreur. Anesthésié par l'adrénaline, son corps ne ressentait aucune douleur. Un tremblement incontrôlable prit soudain possession de ses membres. De toute la force de ses poumons, il se mit à hurler.

Chapitre 9

Georges Lacroix et son épouse revenaient d'un souper entre amis dans un restaurant du Vieux-Québec. Depuis une dizaine de minutes, le couple à la retraite suivait une petite voiture rouge sur l'autoroute 40. Georges, ex-policier devenu pompier volontaire pour la ville de Saint-Augustin et conducteur accompli, roulait l'esprit tranquille, sa femme somnolant à ses côtés. Soudain, l'automobile le précédant dévia subitement vers l'accotement et, sans raison, accéléra. L'espace de quelques secondes, comme soulevée par le vent, la petite Escort quitta la route. Sidéré, Georges vit le véhicule tourner sur lui-même à plusieurs reprises pour disparaître dans le fossé. Il avait eu le temps de capter par une fenêtre les traits terrorisés d'une jeune fille. Un bruit terrible de métal heurtant un obstacle parvint jusqu'à lui. Il freina brusquement en s'écriant :

— Jocelyne, réveille-toi : il vient d'y avoir un capotage ! Appelle la police ! En plus du chauffeur, j'ai vu le visage d'une fille dans la voiture. Ils sont peut-être plus nombreux. Exige au moins deux ambulances ! Je vais à leur secours !

Afin d'être disponible pour se rendre sur les lieux d'un sinistre, Georges Lacroix possédait un téléphone mobile qu'il emportait toujours avec lui. Il le remit à sa femme, qui s'en saisit pour composer le 911. Rapidement, il s'appropria la lampe de poche dans le coffre à gants. Il partit au pas de course porter assistance aux accidentés.

La voiture était retombée sur ses roues. Un cri effroyable venant de l'intérieur de l'habitacle lui glaça le sang. Sur le siège arrière, encore retenu par sa ceinture de sécurité, un adolescent en panique s'époumonait. Coincé derrière le volant, le conducteur semblait inconscient. En premier lieu, Georges s'occupa de vérifier son pouls, qui battait faiblement. Doucement, il releva une paupière et dirigea la lumière de sa lampe de poche sur la pupille du jeune homme, qui ne se contracta pas, augurant un grave traumatisme. La respiration de la victime était à peine perceptible. Ne pouvant rien faire dans l'immédiat pour le malheureux, il devrait attendre que les ambulanciers viennent à sa rescousse. Rapidement, il contourna l'épave pour se rendre jusqu'au passager sanglotant sur le siège arrière. Sous la force de l'impact, la portière avait été arrachée. D'une voix ferme, le pompier s'adressa à Jacob, qui avait cessé ses hurlements :

— Je suis là, mon gars ! N'aie pas peur, je m'en viens te retrouver.

Les yeux remplis d'effroi, Jacob contemplait son sauveur, qui palpait ses membres avec méticulosité pour s'assurer qu'il n'avait rien de cassé. Il ne ressentait aucune douleur, seulement la peur.

— Tu as été chanceux, petit. Tu étais assis à la bonne place, observa Georges en examinant l'état de la voiture. Ne bouge pas, on va venir te sortir de là, ça ne sera pas long.

Jacob fit signe qu'il avait compris. Georges s'empressa d'aller à la recherche de la jeune fille qu'il avait brièvement aperçue. Rapidement, il localisa le corps de Jennifer. Elle était vivante, mais dans un sale état. Au même moment, le son strident d'une sirène se rapprochant à la vitesse de l'éclair se fit entendre. Des voitures de police et deux ambulances se suivaient, leurs avertisseurs lumineux balayant les environs tous azimuts et leurs gyrophares trouant la nuit.

Le premier policier qui se présenta sur le site de l'accident ordonna immédiatement à ses confrères de sécuriser la scène. Ayant laissé son téléphone à sa femme, Georges lui demanda d'appeler une autre ambulance, car trois personnes étaient impliquées.

Dans le but de dégager Zack de sa prison d'acier tordu, les secouristes durent utiliser les pinces de désincarcération. En silence, avec des gestes précis démontrant leur expérience, deux ambulanciers installèrent le corps brisé de l'adolescent sur une civière.

En même temps, agenouillée dans l'herbe près de Jennifer, une ambulancière s'affairait auprès de l'adolescente inconsciente. Avec dextérité, elle lui posa un collier cervical pendant que son collègue tentait d'endiguer l'hémorragie causée par la déchirure béante sur sa cuisse droite.

— On n'a pas de temps à perdre, décréta la soignante d'une voix autoritaire. Si cette enfant n'est pas prise en charge par un chirurgien le plus rapidement possible, il y aura sous peu un autre ange au paradis.

Le constat qu'elle faisait de l'état de la jeune fille se révélait bien sombre.

Revenu auprès de Jacob, après avoir terminé son bilan sommaire, Georges décréta qu'il s'agissait d'un cas d'urgence relative. L'adolescent était surtout en détresse psychologique, ce qu'il estimait tout à fait compréhensible dans l'état actuel des événements. La voix chevrotante, Jacob répondit à toutes ses questions : son nom, son âge, son adresse, ainsi qu'à celles concernant ses amis. Physiquement, il semblait indemne, mais un problème interne, invisible pour l'instant, pouvait toujours apparaître. Une troisième ambulance venait d'arriver pour le prendre en charge. Comme dans un cauchemar dans lequel tout tourne au ralenti, Jacob aperçut les secouristes qui tenaient à bout de bras un brancard sur lequel reposait Jennifer.

— Est-ce qu'elle est blessée gravement ? murmura-t-il, d'une voix tremblante.

— Ne t'inquiète pas, ils vont la soigner comme il faut à l'hôpital !

— Et Zack ?

— Ton copain aussi, le rassura Georges, en lui donnant une tape amicale sur l'épaule. Bonne chance, mon gars !

À peine eut-il le temps d'agiter la main en signe d'adieu que la sirène déchira la nuit et les ambulances, précédées d'une autopatrouille, s'élancèrent à tombeau ouvert sur l'autoroute en direction du CHUL, l'hôpital le plus proche.

Un policier s'approcha de Georges pour le remercier de son aide et pour recueillir les renseignements obtenus du seul occupant de la voiture encore capable de s'exprimer. Dans sa main droite, le représentant de la loi tenait un sac à dos qu'il avait déjà pris soin de fouiller. Ses traits demeuraient impassibles, même si derrière le masque bouillait une profonde irritation due à ce qu'il y avait trouvé.

— Le plus dur reste à faire, avertir les parents, soupira-t-il.

D'un regard circulaire, il embrassa la scène de l'accident et ajouta :

— Quelle merde ! Ce sont presque des enfants ! Ça fait plus de vingt-cinq ans que je fais ce métier et jamais je ne me suis habitué.

Un silence lourd de sens s'établit entre les deux hommes. Chacun se remémorait d'autres scènes semblables auxquelles il avait été confronté dans le passé.

— Ce sont deux jeunes de Cap-Santé et la fille vient de Neuville. J'ai leurs coordonnées ici, informa Georges en montrant un bout de papier à son vis-à-vis.

— Je vais transmettre le message au poste de ce secteur.

D'un simple signe de tête, ils se saluèrent. Chacun partit de son côté. Georges revint auprès de son épouse. Bouleversée par la tragédie qui s'était déroulée à quelques mètres d'elle, cette dernière peinait à contenir ses larmes. Sans un mot, il se glissa derrière le volant et posa la main sur celle de sa compagne. La femme appuya sa tête sur son épaule. Finalement, il murmura :

— Ce que les policiers vont faire cette nuit en informant les familles de ces malheureux enfants représentait pour moi le pire des cauchemars. Chaque fois que j'ai eu à remplir cette mission, je m'imaginais que c'était chez nous qu'on frappait à la porte. J'en étais malade juste à y penser. Une fois ma tâche accomplie, je pouvais rentrer à la maison, mais pour ces pauvres gens, c'était le commencement d'un impitoyable calvaire.

Jocelyne pressa légèrement la main de son mari sans prononcer un mot. Cette hantise, elle aussi, elle l'avait ressentie durant toute l'adolescence de leurs trois enfants.

* * *

Il était presque une heure du matin et Jacob n'était toujours pas rentré. Les parents de l'adolescent se préparaient à se mettre au lit, malgré le malaise qui les importunait. Chacun vivait à sa manière cette indésirable attente. Pour Mireille, l'inquiétude prenait toute la place, tandis que pour Luc, il s'agissait plutôt d'une frustration vis-à-vis du comportement insouciant de leur fils. Il se promettait de servir toute une remontrance à son garnement demain, à son réveil, en même temps qu'il réglerait sa lubie de vouloir partir avec sa blonde au Nouveau-Brunswick.

— Ils ont peut-être décidé d'aller manger une bouchée après le cinéma, suggéra Mireille, en se faufilant sous les draps.

Elle cherchait à se convaincre que ses appréhensions relevaient de la paranoïa d'une pauvre maman non habituée à attendre le retour tardif de son fiston.

— Ou peut-être qu'ils ont eu une crevaison? supposa-t-elle en se tournant vers son mari.

Dans un demi-sommeil, il marmonna:

— Dors, tu le sauras demain matin.

Le conseil de Luc ne fonctionna pas. La pauvre mère inquiète eut beau tenter de toutes ses forces de s'envoler au pays des rêves, rien n'y fit; elle était condamnée à espérer le retour de son fils. *Je vais devoir m'y faire, car tant qu'il vivra sous notre toit, je vais me tracasser pour lui. Et, comme dit souvent maman, ça n'arrêtera jamais. Quand tu mets des enfants au monde, c'est pour la vie!*

Finalement, impatientée d'attendre un sommeil qui ne venait pas, elle se leva pour aller lire un peu dans son fauteuil préféré. Parce que son train-train était bousculé, Truffe vint rejoindre sa maîtresse en traînant la patte. Elle se roula en boule aux pieds de Mireille, qui lui caressa gentiment les oreilles.

— Toi aussi, tu te tourmentes pour Jacob? Regarde de quoi nous avons l'air! Deux pauvres idiotes qui se font du mouron pour un mauvais garçon qui ne pense sûrement pas à nous en ce moment.

Le nez plongé dans un roman dont les mots s'entremêlaient dans un enchaînement incompréhensible, Mireille finit par poser le bouquin sur la table d'appoint. Combien de fois n'avait-elle pas elle aussi, au cours de son adolescence insoumise, privé sa mère du sommeil qu'elle méritait? Les yeux fermés, l'insomniaque s'enfonça dans ses souvenirs. Elle venait tout juste d'avoir seize ans. Sans avertir personne, elle et sa copine s'étaient rendues à Trois-Rivières en autostop pour assister à un concert rock. Au retour, après qu'elles eurent fait le pied de grue pendant plus d'une heure au bord de la route, un conducteur s'était finalement arrêté pour faire monter les deux écervelées. En bon père de famille, l'homme les avait sermonnées et traitées de têtes de linottes, pour ensuite gentiment les reconduire chez Marie, morte d'inquiétude. La punition avait été mémorable.

— Pauvre maman, je t'en ai fait voir de toutes les couleurs. Je comprends tellement maintenant ce que tu ressentais ! murmura-t-elle, en étouffant un bâillement.

Mollement, elle posa sa tête sur la têtière du fauteuil et s'endormit.

Son sommeil perturbé par un bruit insolite venant du dehors, la chienne dressa l'oreille. Lorsque le carillon de la porte d'entrée retentit, elle aboya avec vigueur, faisant sursauter sa maîtresse.

— Mais qu'est-ce qui se passe ? marmonna Mireille, encore à moitié endormie.

En réalisant qu'on sonnait à la porte, tout son corps se figea. Une peur incoercible s'empara d'elle : elle savait déjà. C'est en tremblant de tous ses membres qu'elle ouvrit à ses visiteurs nocturnes. Devant elle se tenait une femme en uniforme de la Sûreté du Québec. Dans l'allée, à l'intérieur de l'autopatrouille dont les phares avant éclairaient faiblement l'entrée, un autre policier attendait.

— Êtes-vous madame Luc Lamontagne, la mère de Jacob Lamontagne ? s'informa la policière.

Sa voix était douce et son regard rempli de bienveillance. Mireille n'arrivait pas à émettre un son. Les mots restaient bloqués dans sa gorge. À ses pieds, Truffe grondait en fixant l'intruse d'un regard menaçant. Arrivé silencieusement derrière son épouse, Luc se présenta :

— Je suis Luc Lamontagne, le père de Jacob. Que se passe-t-il ?

Malgré son air stoïque, une tempête d'émotions lui tournait l'estomac à l'envers. Fermement, il enserra la main de Mireille dans la sienne en attendant les déclarations de la femme en uniforme.

— Votre fils et ses amis ont eu un accident en fin de soirée. Ils ont été transportés à l'hôpital en ambulance. Ils sont présentement au CHUL...

Abruptement, Luc lui coupa la parole.

— Quel genre d'accident ?

— Il s'agirait d'un capotage. Selon un témoin, le conducteur aurait perdu le contrôle de son véhicule. Je n'ai pas...

— Maman !

Dans l'embrasure de la porte, Lucie les fixait d'un regard alarmé. Elle était vêtue d'un long débardeur blanc la couvrant jusqu'aux genoux et sa délicate silhouette se découpait dans la faible lueur du vestibule. Les jambes flageolantes, elle avança vers son père qui aussitôt, d'un geste protecteur, lui prit la main pour l'attirer contre lui.

— Pourquoi la police est ici ? demanda l'adolescente d'une voix anxieuse.

Luc la rassura avec tact.

— Jacob a eu un petit accident, mais ne t'inquiète pas, ce n'est pas grave.

Il baissa les yeux vers la policière dans l'espoir qu'elle confirme ses dires. D'un simple mouvement de la tête, la jeune femme fit signe qu'elle avait compris.

Avant d'aller retrouver son partenaire dans l'autopatrouille, elle continua de fournir les informations qu'on lui avait transmises :

— L'événement est survenu sur l'autoroute 40, dans les environs de Saint-Augustin. Les trois occupants de la voiture étaient en vie lorsqu'ils ont quitté les lieux de l'accident pour être transportés à l'hôpital. Je n'en sais pas davantage.

Mireille, qui n'avait pas encore réussi à placer un mot tellement sa gorge était nouée, murmura en joignant ses mains en prière :

— Merci, mon Dieu !

Après le départ de l'agente de police, un silence pesant s'abattit dans la maison des Lamontagne, puis Mireille éclata en sanglots. Luc l'étreignit très fort, attendant qu'elle retrouve le contrôle de ses émotions.

Brusquement, elle se libéra de son étreinte. Sur un ton amer, presque dur, elle lui dévoila ce qu'elle avait sur le cœur :

— Je te l'avais dit de ne pas lui donner une auto à son âge, mais comme d'habitude, voulant encore tout contrôler, tu t'es moqué de moi en m'accusant de n'être qu'une mère poule ! Regarde maintenant ce qui arrive ! Tout ça est de ta faute !

Le visage de Luc se durcit, mais il ravala sa réplique. Ce n'était pas le moment de se chamailler, ils discuteraient de tout cela plus tard. Il se tourna vers sa fille, qui fixait sa mère d'un air incrédule. Pendant ce court instant, Mireille reprit le contrôle d'elle-même.

— Dépêchons-nous, il faut aller à l'hôpital tout de suite ! Toi, Lucie, nous allons te conduire chez maman.

— Mais, je veux aller avec vous ! Je ne veux pas…

— Tu fais ce qu'on te dit ! rétorqua Mireille d'une voix sans appel. Dès que nous aurons des nouvelles, nous vous préviendrons.

Elle s'adressa à Luc sur un ton repentant :

— Excuse-moi, je ne voulais pas dire ça… Je…

— Hum…

— Montez vous habiller tous les deux, moi, je vais appeler ma mère. Je vous rejoindrai après, ordonna Mireille.

En enfilant son pantalon, Luc passait par toutes les vagues de suppositions. Qu'était-il arrivé exactement ? Est-ce que son fils avait bu ? Avait-il été distrait par un élément imprévu sur la route ? Y avait-il quelqu'un d'autre d'impliqué ? Était-il blessé ou pire ? Non, la policière leur avait dit que tous les occupants de la voiture étaient vivants. Vivants, mais dans quel état ? Et pour combien de temps ?

L'arrivée de Mireille mit fin à ses interrogations qui ne le menaient nulle part et ne servaient qu'à l'énerver davantage. Sans dire un mot, sa femme s'habilla en toute hâte. Dès qu'elle eut terminé, elle chuchota :

— Dis-moi que c'est un mauvais rêve !

— Si c'est un mauvais rêve, alors nous sommes en train de faire le même. Ce qui est scientifiquement inconcevable, lui signifia-t-il sans même l'ombre d'un sourire.

Lucie attendait bien sagement dans le corridor qu'on lui dise quoi faire. Son monde douillet et confortable venait de subir son premier coup du sort. Elle en était épouvantée. Jamais, auparavant, elle n'avait vu sa mère pleurer ni s'en prendre à son père avec autant de colère. À cause d'un accident de la route, son grand frère était à l'hôpital. C'était tout ce qu'elle avait retenu de la conversation entre ses parents et la policière. Maintenant, elle avait hâte de se retrouver chez sa grand-mère pour se réfugier dans ses bras. Ensemble, elles attendraient des nouvelles de Jacob.

— S'il te plaît, ma chérie, emmène Truffe faire ses besoins, et assure-toi qu'elle ait de l'eau et de la nourriture. Nous ne savons pas quand nous reviendrons.

Mireille sortit de la chambre, vêtue d'une jupe et d'une blouse pigées au hasard. Sa figure reflétait une profonde inquiétude. Un léger tressaillement persistait à la commissure de ses lèvres, divulguant l'effort surhumain qu'elle s'imposait pour ne pas se remettre à pleurer. Lucie obtempéra immédiatement à la requête de sa mère. Suivie de la chienne qui courait sur ses talons, elle déboula l'escalier à toute vitesse.

En moins de temps qu'il n'en faut pour le dire, la petite famille était en route pour Québec. Il y avait une éternité que Luc n'avait pas roulé aussi vite. La voix apeurée de sa femme le ramena à l'ordre.

— Veux-tu qu'on arrive à l'hôpital sur une civière ?

Dans sa hâte de connaître l'état dans lequel il allait retrouver son fils, Luc avait fait fi de toute prudence. Déconcerté par la mise en garde de Mireille, il s'imposa une conduite moins dangereuse.

Mireille fixait la route devant elle. C'était une nuit magnifique, avec un ciel constellé d'étoiles. L'image de son petit garçon, l'œil collé à son télescope, qui fouillait le firmament pendant des heures et des heures, lui revint en mémoire. Avec l'innocence de ses dix ans, Jacob s'imaginait découvrir une nouvelle étoile qu'il nommerait *La belle Mireille*, en l'honneur de sa maman. Ébranlée par ce souvenir, elle ferma les yeux, se retenant de toutes ses forces pour empêcher le débordement de ses émotions. Elle devait être forte, son fils aurait besoin d'une mère courageuse à ses côtés. Le pressentiment bizarre qui la poursuivait depuis deux jours s'était concrétisé. *Pourvu qu'il soit toujours vivant! Je vous en supplie, mon Dieu, c'est tout ce que je Vous demande!* répétait-elle dans une prière silencieuse.

Luc bouillait à l'intérieur. L'accusation de Mireille l'avait pris par surprise. Sa femme le tenait responsable de ce qui arrivait. Elle était pourtant d'accord pour la voiture. Ils en avaient discuté à maintes reprises.

Luc multipliait les efforts pour garder son calme, mais l'inquiétude le rongeait. Comment allaient-ils retrouver leur fils ? Était-il encore vivant ? Et ses amis, avaient-ils tous survécu ? Il refoula ses larmes, car la route s'embrouillait devant lui. Une main se posa sur son genou, et, à son contact, il se sentit plus fort. Doucement, il l'emprisonna dans la sienne. Ensemble, ils allaient traverser cette épreuve.

Chapitre 10

Avertie de l'arrivée de trois ambulances transportant des accidentés, l'urgence du CHUL était sur un pied d'alerte. Le médecin de garde, secondé par deux infirmières, dont les habiletés en situation de crise avaient depuis des lustres fait leurs preuves, attendaient calmement qu'on leur amène les malheureux. Un orthopédiste, le laboratoire, la banque de sang ainsi que la radiologie avaient été prévenus de se tenir prêts. Un résident avait été appelé en renfort. Malgré la gravité de la situation, un calme étonnant régnait dans la salle de traumatologie. Tous se préparaient mentalement à affronter le drame qui, bientôt, allait leur tomber dessus. Cette équipe formée pour faire face aux conjonctures les plus redoutables n'avait qu'un seul but: sauver des vies.

L'un derrière l'autre, toutes sirènes hurlantes, les véhicules d'urgence s'arrêtèrent devant la porte de l'hôpital. Avec célérité, les ambulanciers conduisirent à l'intérieur les civières sur lesquelles gisaient Jennifer et Zack. Terrifié par la vue de ses amis, le visage caché par un masque à oxygène, Jacob frissonna. Il se redressa pour mieux voir. Gentiment, l'ambulancier le sécurisa:

— Faut pas t'en faire, tes copains vont être soignés par les meilleurs médecins de la ville de Québec!

Dès qu'ils furent entrés, une infirmière les rejoignit avec un sourire rassurant sur les lèvres. Elle se pencha vers Jacob et, délicatement, posa sa main sur la sienne.

— Nous allons devoir te faire passer plusieurs examens pour nous assurer que tu n'as aucune blessure interne.

Comme un automate, l'adolescent suivit les conseils de la jeune femme et se laissa border.

L'interrogatoire qu'il avait auparavant subi sur les lieux de l'accident fut repris par l'infirmière, qui voulait vérifier ses fonctions cognitives. L'examen terminé, il la supplia :

— Pouvez-vous me donner des nouvelles de mes amis ?

— Dès que je saurai quelque chose, je viendrai te prévenir. D'accord ?

D'un pas rapide, elle s'éloigna, confiant Jacob aux mains d'un autre employé qui, avec une dextérité surprenante, lui posa un garrot pour lui soutirer un échantillon de sang. Le prélèvement achevé, un inconnu au faciès inexpressif se saisit de la civière sur laquelle il reposait, pour la guider dans un long corridor silencieux.

— Où m'emmenez-vous ? bredouilla Jacob, dont la nervosité s'accentuait au rythme des examens qu'on lui imposait.

— En radiologie, répondit laconiquement le préposé.

L'adolescent ferma les yeux et s'abandonna. Il pensa à sa mère. Il aurait tellement voulu qu'elle soit là pour pouvoir se réfugier dans la douce sécurité de ses bras.

* * *

Dans la salle de trauma, sur un ton monocorde, le docteur Robert Fleury constata le décès de Zacharie Langlois.

— Fracture cervicale, écrasement de la cage thoracique, ce qui a entraîné la perforation du poumon droit, hémorragie interne massive. Ce pauvre garçon n'avait aucune chance de survivre. Vous pouvez prévenir le coroner pour qu'il libère le corps.

Après une brève hésitation, il s'assura:

— Est-ce que les parents ont été informés de l'accident?

— Les policiers de la Sûreté du Québec se sont chargés de cette pénible mission, l'avisa l'infirmière qui avait reçu Jacob.

— Bien, répondit le médecin, d'une voix exténuée. Vous me préviendrez lorsqu'ils arriveront. Avez-vous reçu les résultats du labo en ce qui concerne la troisième victime? Quelles sont les conclusions du résident qui l'a examinée?

— Les résultats viennent tout juste de rentrer, ils sont au poste des infirmières. Le résident n'a pas encore terminé son investigation. Il est présentement avec le garçon qui, par miracle, semble s'en être sorti indemne.

— Les deux autres n'ont pas eu la même chance, murmura le docteur Fleury en s'éloignant d'un pas pressé.

Plus tôt, la condition physique de Jennifer Leblond avait obligé le professionnel de la santé à transférer la jeune fille à l'hôpital de l'Enfant-Jésus, spécialisé en neurochirurgie. Les examens avaient révélé une fracture du crâne ainsi qu'une grande quantité de sang dans l'abdomen, provoquée par une rupture de la rate. De graves difficultés respiratoires avaient contraint le médecin à pratiquer une intubation trachéale à la patiente, dont la saturation en oxygène avait atteint un seuil alarmant. De nombreuses fractures au niveau des jambes, des côtes et du bassin se greffaient à ce triste tableau. L'évaluation médicale concernant les chances de survie de la jeune fille était bien sombre.

Le docteur Fleury s'éloignait en direction de son bureau afin de rédiger ses observations lorsque des bruits trop familiers parvinrent jusqu'à lui: des pas pressés sur le terrazzo, des éclats de voix dans lesquels on reconnaît facilement l'angoisse et la peur. Il ferma les yeux, prit une profonde inspiration, puis se dirigea vers la salle d'attente, où les parents de Jennifer venaient tout juste d'arriver. La main tendue, il avança vers eux pour se présenter, mais il fut accueilli par un homme hors de lui qui vociférait:

— Où est ma fille? Je veux voir ma fille, vous m'entendez!

— Calmez-vous, monsieur, et suivez-moi, lui signifia le médecin d'une voix posée.

D'un geste de la main, il indiqua aux parents éplorés où se trouvait son bureau. Dès qu'ils furent à l'intérieur, le père submergé par l'inquiétude refusa de s'asseoir, à la différence de son épouse, qui s'écroula en larmes sur une chaise.

— Allez-vous finir par me dire ce qui est arrivé à ma fille? implora le pauvre homme, qui n'en pouvait plus d'attendre.

L'urgentologue réfléchit quelques secondes avant de prendre la parole. En plus d'annoncer l'état critique dans lequel se trouvait leur enfant, il avait une autre révélation à leur faire.

— Votre fille a été impliquée dans un accident de la route. L'étendue de ses blessures ainsi que leur gravité ont exigé un transfert vers l'hôpital de l'Enfant-Jésus. Il y a autre chose aussi que vous devez savoir.

Le docteur Fleury posa un regard bienveillant sur le couple atterré qui lui faisait face.

— Dans l'échantillon de sang que nous avons prélevé sur votre fille, nous avons trouvé une quantité notable de cocaïne.

Il n'eut pas le temps de terminer sa phrase que le père de Jennifer assénait un violent coup de poing sur le bureau.

— Vous mentez ! Ma fille n'a jamais consommé de drogue !

Alerté par le tumulte et soucieux de veiller à la protection du personnel de l'urgence, un agent de sécurité frappa à la porte.

— Est-ce que tout va bien ici ?

À peine eut-il le temps de s'esquiver qu'un homme en colère traînant une femme en pleurs par la main ouvrit la porte et fonça droit sur lui. D'un pas rapide, presque en courant, le duo se dirigea vers la sortie.

— Vous pouvez retourner à vos tâches, mon ami, tout va bien, le remercia le médecin.

Le docteur Fleury n'était qu'au début d'une succession de rencontres qui s'annonçaient des plus pénibles, celles qui servaient à annoncer aux parents l'impensable. Il jeta un regard las vers son bureau. La rédaction des dossiers attendrait ; il avait besoin de prendre un peu d'air frais. D'un signe de tête, il avertit l'infirmière en poste avant de se diriger vers la sortie qui donnait sur le stationnement. Le médecin s'éloigna de quelques mètres pour profiter d'un court moment de solitude. Pour assouplir ses muscles endoloris, il fit plusieurs mouvements de rotation et d'étirement, tout en respirant profondément. Ses exercices terminés, il retourna sur ses pas. Son devoir l'attendait.

* * *

Blême et tremblant, Jacob tentait du mieux qu'il le pouvait de répondre à un inspecteur de police qui s'acharnait à lui poser les mêmes questions sur les circonstances de l'accident. Ses souvenirs s'embrouillaient. Il n'arrivait pas à reconstituer les événements dans l'ordre de leur déroulement. Patient, le policier reprenait depuis le début :

— D'où veniez-vous ? Pourquoi était-ce ton copain qui conduisait ? Savais-tu qu'il n'avait pas de permis ? Que s'est-il passé avant l'accident ?

— Pouvez-vous m'accorder une minute ?

La voix autoritaire de l'urgentologue mit fin à l'entretien. Le policier suivit le médecin, qui l'entraîna un peu à l'écart.

— Les tests de laboratoire qui viennent tout juste de m'être transmis révèlent la présence de cocaïne dans le sang de Jacob. Même chose, mais en plus forte quantité chez la jeune fille que j'ai transférée à l'hôpital de l'Enfant-Jésus. Celui qui est décédé, Zacharie Langlois, n'avait aucune trace de drogue ni d'alcool dans son sang. Il était tout à fait *clean*.

Sans un mot de plus, le docteur Fleury fit demi-tour pour se diriger au chevet de Jacob, cédant au représentant de l'ordre la tâche de s'organiser avec les informations qu'il venait de lui fournir.

À son arrivée dans la chambre, le médecin constata que l'adolescent n'était pas seul. Un couple se tenait près de lui, l'entourant de gestes affectueux. L'homme, grand et mince, avec une barbe de plusieurs jours, dégageait la force solide d'un individu sûr de lui. Le regard qu'il posait sur le jeune homme alité était celui d'un père aimant, mais l'expression de son visage reflétait aussi une totale incompréhension. La femme appuyée sur la civière, pressant dans ses mains celles de Jacob, paraissait à peine plus âgée que lui. Malgré la douceur de ses traits, une maturité et une détermination peu commune émanaient d'elle. La ressemblance entre l'homme et le garçon ne laissait planer aucun doute sur leur lien de parenté. *Ces gens sont-ils au courant que leur fils consomme de la cocaïne? Sinon, comment vont-ils réagir en l'apprenant?* se questionnait intérieurement le médecin, qui détestait ce rôle d'oiseau de mauvais augure.

Les présentations faites, il s'adressa à Jacob sur un ton sévère.

— Tu es chanceux, mon gars, tu t'en sors indemne. Aucune blessure, aucune fracture, un ange gardien veillait sûrement sur toi. Nous allons quand même te garder en observation quelques heures. Nous réévaluerons ton état au début de l'après-midi et nous verrons alors si nous pouvons te donner ton congé.

En plein désarroi, Jacob leva un regard implorant vers l'homme en sarrau blanc.

— Comment vont Zack et Jennifer? S'il vous plaît, est-ce que je peux les voir?

Le médecin consulta du regard les parents de l'adolescent. Tous les deux étaient suspendus à ses lèvres. D'une voix attristée, il exposa les faits:

— La jeune fille, vu la gravité de ses blessures, a été transférée à l'hôpital de l'Enfant-Jésus.

Après une courte pause, il fit tomber le couperet.

— Pour ce qui est de Zacharie, il n'a pas survécu à ses blessures.

Les yeux agrandis par l'incrédulité, Jacob bredouilla d'une voix tremblante:

— Vous voulez dire qu'il… est mort?

— C'est malheureusement le cas, confirma le docteur Fleury dans un soupir fataliste.

Devant le désarroi de son fils, Mireille le serra très fort dans ses bras. D'une voix à peine audible, Jacob murmura:

— C'est ma faute, maman! C'est ma faute!

— Mais non, lui affirma sa mère, c'était un accident.

— Non! C'est ma faute parce que c'est moi qui l'ai obligé à conduire. Il ne voulait pas, mais j'ai insisté parce que moi…

— Parce que toi quoi? s'exclama Luc en lui coupant la parole, le regard inquisiteur.

— Suivez-moi, monsieur Lamontagne, l'enjoignit l'urgentologue, laissant en suspens la réponse à sa question.

Les deux hommes s'éloignèrent, abandonnant la mère avec son fils, qui sanglotait sans retenue.

À peine cinq minutes s'écoulèrent avant le retour de Luc. L'attitude qu'il affichait maintenant décontenança sa femme. Le mélange de fureur et d'incrédulité qu'elle décelait dans les yeux de son mari l'atteignit comme un coup de poignard en plein cœur. Luc se tenait devant elle, les poings serrés, incapable de prononcer un mot. Soudain, il fit volte-face et se précipita vers la sortie. Mireille ressentit un grand vide, comme si le bonheur qui habitait leur vie les avait tout à coup désertés. Les gémissements de Jacob la ramenèrent dans la réalité. Son enfant avait besoin d'elle. Peu importait ce qui s'était passé, elle retrouverait Luc plus tard. Il serait toujours temps d'apprendre ce qui le bouleversait ainsi.

Une infirmière s'approcha de la civière sur laquelle reposait l'adolescent. Gentiment, elle lui présenta un comprimé et un verre d'eau.

— Le médecin t'a prescrit un médicament pour calmer ton anxiété et te permettre de te détendre. Je vais te déplacer dans un endroit plus calme afin que tu puisses dormir.

— Est-ce que nous pouvons demeurer près de lui ? s'informa Mireille.

— Bien sûr, madame.

Remarquant les traits tirés de la mère de son patient, l'infirmière lui suggéra :

— Il y a une machine à café dans le corridor à votre gauche. Ça aide à garder les yeux ouverts.

Mireille lui répondit par un sourire. Elle s'installa près de son fils, dont le regard humide la contemplait, comme si elle avait le pouvoir d'annihiler l'effroyable drame qu'il venait de vivre. Patiemment, elle attendit qu'il s'endorme. Puis, sur la pointe des pieds, elle s'éclipsa pour aller rejoindre Luc.

La naissance de l'aurore colorait l'horizon de rose, d'ocre et de bleu, déposant sur la ville encore endormie sa douce clarté matinale. Une légère brise venant de l'est rafraîchissait à peine l'air autour de l'immense hôpital entouré d'asphalte et de béton. Quelques arbustes ainsi qu'une lisière de pelouse près du bâtiment principal apportaient une petite touche de verdure et de gaieté. Après avoir cherché quelques minutes, Mireille retrouva son mari assis par terre dans le gazon. Le regard vague, mordillant un brin d'herbe, Luc fixait le vide, indifférent à ce qui se déroulait autour de lui.

Lentement, la nuit cédait sa place aux activités diurnes pour disparaître dans le vacarme étourdissant de la grande cité. Les travailleurs matinaux s'empressaient vers les arrêts d'autobus, les traits encore brouillés par un réveil précipité. Certains grignotaient un frugal petit-déjeuner qu'ils n'avaient pas eu le temps de prendre à la maison, pendant que d'autres, mieux disciplinés, offraient l'image du parfait fonctionnaire bien vêtu et cravaté, une petite mallette de cuir à la main. Composé d'un amalgame de ronflements de moteurs, de crissements de pneus sur l'asphalte sec, du tintamarre agaçant des klaxons, le boucan familier de la rue reprenait ses droits.

À son tour, Mireille s'installa dans l'herbe fraîche, encore légèrement humidifiée par la rosée. Affectueusement, elle appuya sa tête sur l'épaule de son mari, qui demeura prostré dans sa réflexion, ne faisant aucun geste pour l'accueillir. Elle ne voulait rien forcer. Lorsqu'il serait prêt, il parlerait.

L'attente fut brève. D'un mouvement brusque, Luc se retourna vers elle et darda son regard dans le sien. La voix brisée par l'incompréhension, il cracha ce qu'il avait sur le cœur.

— Je viens d'apprendre que dans le sang de notre fils, ils ont trouvé de la cocaïne!

De but en blanc, il se remit sur pied, bousculant sa femme involontairement. Un silence pénible s'abattit sur eux. Tétanisée, Mireille était incapable de prononcer un mot, refusant de croire ce qu'elle venait d'entendre. La voix cassante de Luc la tira de son mutisme.

— Le petit salaud! Moi qui lui faisais confiance. Il m'a trahi!

— Jacob n'a jamais pris de drogue. Il avait horreur de ça. Il doit y avoir une erreur, plaida Mireille.

— Aucune possibilité d'erreur, les tests sont formels. Il y avait bien de la cocaïne dans le sang de notre fils. Tu n'as pas le choix, tu devras t'y faire: ton gentil petit garçon est un junkie, renchérit-il, sur un ton méprisant où perçait une profonde douleur.

Devant les paroles intransigeantes de son mari, Mireille se révolta.

— Tais-toi! Avant de l'accuser, nous allons vérifier ce qui s'est réellement passé. Présentement, notre fils vient de perdre son meilleur ami et Jennifer se bat pour sa vie. Tu ne crois pas qu'on devrait l'aider au lieu de le condamner?

Devant le silence de son mari, elle reprit:

— Nous devrions à la place remercier le Ciel qu'il soit sain et sauf. Il aurait pu mourir lui aussi. Jacob aura besoin de nous deux pour traverser cette horrible épreuve!

Écartelé entre la peur viscérale qu'il avait ressentie en pensant que son fils aurait pu mourir et le courroux qu'il éprouvait maintenant envers cet enfant en qui il avait mis toute sa confiance, Luc était ébranlé par la dualité de ses sentiments. À ce noir tableau s'additionnait une interminable nuit sans sommeil. Vaincu, il renonça et concéda la victoire aux larmes qu'il retenait depuis trop longtemps. Sans un mot, Mireille l'entoura de ses bras en mêlant son chagrin au sien.

Comme elle regrettait de l'avoir accusé quelques heures auparavant! La conduite de Jacob la sidérait. Ni Luc ni elle n'auraient pu prévoir ce qui venait de se produire. Leur fils avait transgressé toutes les mises en garde reçues depuis des années. Jamais ils n'auraient pu imaginer qu'il se fasse entraîner aussi facilement à consommer de la cocaïne.

Zack était mort! Comment Jacob allait-il vivre sans la présence de son ami? Qu'est-ce qui s'était passé pour qu'un tel accident arrive? Jacob a obligé Zack à conduire, en sachant très bien qu'il n'avait pas le droit de prendre le volant. Il savait que son ami n'avait pas encore son permis. Pourquoi avait-il fait ça? Sans doute parce qu'il était sous l'effet de la drogue. Je n'arrive pas à y croire, lui si responsable d'habitude. Où est-ce qu'on s'est trompés dans son éducation?

Mireille repassait en boucle toutes ces questions dans sa tête, sans trouver de réponses.

Un peu plus tard, pendant que Luc était à la cafétéria pour se mettre un petit quelque chose sous la dent, et que Jacob dormait profondément, Mireille s'apprêta à téléphoner à sa mère. Elle l'avait appelée brièvement au début de la nuit, dès qu'ils avaient reçu des nouvelles concernant l'état de son petit-fils. Maintenant, elle voulait juste entendre le son apaisant de sa voix. Elle devait aussi lui avouer l'implication de Jacob dans l'accident, la présence de cocaïne dans son sang et la mort de Zack. Marie était la seule, à part Luc, qui pouvait comprendre son désarroi et lui insuffler la force pour traverser cette épreuve.

À la première sonnerie, Marie décrocha.

— Allô ! C'est toi, ma chérie ?

Un court silence s'ensuivit, puis la voix bouleversée de sa fille se fit entendre.

— Maman, c'est terrible ce qui vient d'arriver !

La grand-mère de Jacob ressentit le souffle de la fâcheuse nouvelle lui glacer le cœur. Inquiète, elle posa la question :

— Est-ce qu'il va plus mal ?

— Il est démoli. Il n'a pas prononcé un mot depuis qu'il a appris la mort de Zack.

— Son ami est mort ? répéta Marie d'une voix incrédule.

Elle n'attendit pas la confirmation de sa fille avant de continuer :

— Et Jennifer, comment va-t-elle ?

— Je ne sais pas. Elle a été transférée à l'hôpital de l'Enfant-Jésus tellement ses blessures étaient graves. Mais il y a autre chose…

Le ton de Mireille s'atténuait au fur et à mesure qu'elle dévoilait à sa mère les renseignements divulgués par l'urgentologue. Ses dernières paroles se brisèrent dans un sanglot.

— Maman ! Jacob avait consommé de la cocaïne ! J'ai beau essayer, je n'arrive pas à y croire !

Muette de surprise devant ce geste irresponsable de son petit-fils, Marie refréna la colère qui l'envahissait afin d'apaiser la douleur de sa fille.

— Je n'ai aucun doute que c'était sûrement la première fois. Jacob exécrait tout ce qui s'apparentait à la drogue. Il s'est fait entraîner, c'est la seule explication possible ! Pour l'instant, ce qui importe, c'est qu'il soit en vie et qu'il n'ait pas subi de blessures graves.

— Son meilleur ami est mort, maman ! Comment crois-tu qu'il va réussir à vivre sans Zack ? Ils étaient inséparables depuis l'âge de cinq ans. Tu connais Jacob aussi bien que moi. Il va prendre sur ses épaules la responsabilité de cet accident, vu que la voiture lui appartenait et que c'est lui qui a demandé à son ami de conduire. Et s'il fallait que Jennifer conserve des séquelles ou, pire, qu'elle décède de ses traumatismes… Je préfère ne pas y penser.

— Une chose à la fois ! tenta de réconforter Marie. Présentement, tu es bouleversée et épuisée. Ramenez-le à la maison, le temps se chargera de le guérir. Je vais garder Lucie avec moi quelques jours, elle est ébranlée par les événements. Tu peux compter sur moi pour lui résumer les faits le plus finement possible.

Avant de terminer la conversation, elle s'enquit:

— Comment va Luc?

Mireille réfléchit quelques secondes avant d'avouer:

— Il est furieux, déçu par le comportement de son fils. En même temps, il vit une peine énorme. Il était si fier de Jacob et mettait tant d'espoir dans son avenir!

— Ne parle pas ainsi au passé! C'est bien triste, ce qui est arrivé, mais Jacob a encore toute la vie devant lui. C'est une erreur de parcours. Même s'il avait consommé de la drogue, ce n'est pas lui qui conduisait. Il a au moins démontré son sens des responsabilités en refusant de prendre lui-même le volant. Tu sais comme moi que Zack savait se servir d'une voiture, depuis le temps qu'il allait récupérer sa mère au bar. Jacob lui faisait confiance. Il s'agit d'un accident, Luc n'a aucune raison d'être désabusé. Son fils est le même aujourd'hui qu'hier.

— Tu as raison! Nous sommes tellement déstabilisés par tout ça que nous ne parvenons plus à réfléchir sereinement. Si tout va bien, Jacob obtiendra son congé de l'hôpital au début de l'après-midi. De retour à la maison, je te rappellerai. Merci de prendre soin de Lucie. Je t'aime!

Sur ces derniers mots, Mireille termina la conversation. Puis, elle balaya d'un œil fatigué le corridor de l'urgence où, tout au fond, derrière un rideau beige, reposait son fils. Sur la pointe des pieds, elle pénétra dans l'enclave. La gorge nouée, elle contempla le beau visage de l'adolescent endormi. Délicatement, du bout des doigts, elle effleura son front tout en murmurant :

— Je vais chercher papa. Il restera près de toi le temps que j'aille déjeuner.

Elle ne put s'empêcher de poser la question qui lui brûlait les lèvres :

— Pourquoi, Jacob ? Pourquoi as-tu fait ça ?

Sentant l'attendrissement l'envahir de nouveau, rapidement, elle déserta les lieux pour se diriger vers la cafétéria.

Depuis dix minutes, Luc n'avait pas bougé. Le regard vague, il fixait sur le plancher une tache sombre qui lui faisait penser à une éclaboussure de sang. Mais en réalité, ce n'était qu'un peu de café renversé. À cette heure matinale, la place était presque vide. Les quelques personnes qui s'y trouvaient affichaient une mine aux traits fatigués. Elles discutaient entre elles à voix basse, mais Luc parvenait quand même à saisir des bribes de leur conversation.

Le père de Jacob détestait les hôpitaux. En fait, ces endroits avaient toujours représenté pour lui une véritable hantise. Sa mère y avait été emmenée, un jour, et jamais il ne l'avait revue, ni morte ni vivante. Après son décès, la nounou engagée pour veiller sur Luc lui avait raconté que, dans cet endroit sordide, on tuait les gens qui y séjournaient, pour ensuite les déposer dans une grande boîte en bois. Après, on rabattait le couvercle sur eux et on les jetait dans un grand trou creusé dans la terre.

Le père de Luc, pour le protéger, lui avait simplement expliqué que sa maman était au ciel avec les anges. Il était donc entré dans une légitime colère lorsque son fils lui avait avoué pourquoi ses nuits étaient peuplées de cauchemars. Sans préambule, il avait congédié la matrone, mais le mal était fait. L'imagination fertile du gamin, alors âgé de cinq ans, avait continué de perturber son sommeil. Avec les années, la compréhension des rituels de la mort avait définitivement éloigné ces horribles rêves, mais Luc n'avait jamais oublié.

Obnubilé par le tumulte qui lui contractait l'estomac, il avait à peine touché à son déjeuner. Du bout de la fourchette, il avait chipoté dans son assiette jusqu'au moment où, devenus froids, les œufs lui donnèrent la nausée. Les affres de la consternation avaient chassé pour l'instant celles de la faim. Il voulait comprendre, simplement comprendre ce qui avait poussé son fils à agir de la sorte. Avant-hier encore, ils étaient tous réunis, heureux, discutant de l'avenir de cet adolescent rempli de talent qui les rendait si fiers. Qu'allait-il lui arriver maintenant ? Que s'était-il donc passé pour que tout bascule ainsi si rapidement ? Déchiré entre le ressentiment et le désarroi que le comportement de son fils l'obligeait à départager, le père se sentait comme un aveugle qui tâtonne dans le noir pour retrouver ses repères.

Accablé, Luc enfouit sa figure dans ses mains et, peu à peu, l'amour inconditionnel pour son enfant repoussa ses doutes. Jacob avait besoin de lui. Il verrait ultérieurement la conduite à adopter dans les circonstances. Le sommeil commençait à peser lourd sur ses paupières. Une petite marche à l'extérieur raviverait ses sens. Ensuite, il irait remplacer sa femme auprès de leur fils pour lui permettre de se restaurer à son tour.

Luc se préparait à partir lorsqu'il vit Mireille s'avancer lentement dans la place. Le cherchant, elle tournait la tête dans toutes les directions. Soudain, leurs regards se croisèrent et l'ombre d'un sourire se dessina sur les lèvres du père, chassant pour un instant la lassitude qui attristait son expression. Il retourna alors plus de vingt ans en arrière, où, dans une autre cafétéria, tellement semblable à celle-ci, il était tombé sous le charme de cette merveilleuse créature. Ce petit bout de femme venait de rallumer en lui l'étincelle du batailleur. Ils mettraient en veilleuse leurs désaccords et, ensemble, ils affronteraient la turbulence des jours à venir.

Chapitre 11

16 juillet

Perchée sur le rebord de la fenêtre de la chambre de Jacob, une tourterelle triste roucoulait, offrant son chant mélancolique à la nature qui, lentement, s'éveillait sur un jour nouveau. Escaladant le grand chêne à toute vitesse, un écureuil roux avait déjà entrepris de garnir son garde-manger. Les premiers rayons du soleil levant déposaient généreusement leur douce lumière sur la pelouse encore humide de rosée. Une légère brise venant du fleuve s'amusait à faire frémir les feuilles dans les arbres autour de la grande maison de pierre qui, à cette heure matinale, ne donnait aucun signe de vie. Pourtant, à l'intérieur personne ne dormait.

La veille, ils étaient revenus de l'hôpital à 16 heures 30 exactement. Mireille avait consulté sa montre au moment où Luc déverrouillait la porte d'entrée. Un lourd silence avait pesé sur les passagers de la mini-fourgonnette durant tout le temps qu'avait duré le retour au bercail. Assis sur la banquette arrière, le front appuyé contre la fenêtre, Jacob n'avait pas desserré les dents. Dès leur arrivée à la maison, il était monté dans sa chambre, avait refusé de souper et, sans même jeter un regard à Truffe qui quémandait une caresse, il avait claqué la porte derrière lui. Tous ses membres étaient douloureux. Une longue empreinte rouge causée par la ceinture de sécurité lui sillonnait le torse et les hanches, lui rappelant qu'il n'avait pas rêvé, et que c'était grâce à elle s'il s'en était sorti vivant. En gémissant, le garçon s'était jeté à plat ventre sur son lit et, les yeux fermés, le cœur à l'envers, il avait revu chaque détail de l'accident. Une succession d'images montrant les traits de Jennifer déformés par la peur, ses hurlements stridents, la voiture arrachée de la route qui se met à tourner sur elle-même s'étaient acharnées dans sa mémoire toute la nuit, le privant d'un sommeil qui aurait pourtant été réparateur.

Aux premières lueurs de l'aube, Jacob ressentait encore dans chaque fibre de son corps le choc terrible de la petite Escort s'écrasant au fond du fossé. Jennifer avait disparu et Zack était écrasé entre le siège et le volant. Il s'était mis à crier jusqu'à l'arrivée d'un sauveteur, qui l'avait aidé à s'extirper de la voiture. La sirène de l'ambulance en route pour l'hôpital résonnait encore dans sa tête. Depuis, il n'avait reçu aucune nouvelle de son amie. Son sort le préoccupait sans cesse. Comment allait-elle ? Est-ce que ses blessures étaient graves ? Pourvu qu'elle guérisse et qu'elle lui revienne ! S'il fallait qu'elle meure à son tour comme son ami Zack ! Cette seule pensée lui arrachait des gémissements entrecoupés de sanglots. Une peur incoercible lui broyait l'estomac. Le malheureux ne parvenait plus à retenir les larmes qui coulaient sur ses joues, inondant son oreiller.

Insensible à sa peine, le quartier reprenait vie, réveillant les bruits familiers du dehors qui l'invitaient à se lever, mais l'envie n'y était pas. Qu'allait-il faire sans Zack ? Depuis la maternelle, il ne s'était pas passé une seule journée sans qu'ils se voient, sauf l'année de ses dix ans, lors d'un voyage familial en Floride. Son ami avait attrapé une grippe juste avant leur départ. Le pauvre avait dû rester à la maison pendant que lui s'ennuyait sous les palmiers. Ce fut l'unique fois qu'il s'en était séparé si longtemps, car par la suite, son copain avait suivi la famille dans tous ses déplacements. Zacharie Langlois était mort et c'était sa faute à lui. Il s'en voulait d'avoir accepté de prendre cette maudite drogue. S'il avait refusé, Jennifer ne l'aurait pas repoussé, puisqu'elle l'aimait.

Chaque minute, chaque geste, chaque mot prononcé avant l'accident était ancré dans sa mémoire avec une précision inaltérable. Zack n'avait pas voulu prendre le volant, mais il ne lui avait pas donné le choix. Tout ce qui l'avait intéressé à ce moment-là, c'était les caresses de Jennifer. Son corps et sa raison avaient été obnubilés par la drogue, il flottait sur un nuage d'euphorie.

L'adolescent s'imaginait comme un oiseau frémissant de peur, à qui on aurait coupé les ailes. Ce qu'il advenait de Jennifer le tourmentait. Il ne pouvait pas rester ainsi dans l'ignorance, il devait savoir. Lentement, il s'assit sur le bord de son lit. Se moquant de l'heure matinale, il voulait téléphoner aux parents de la jeune fille. En grimaçant, il se leva et, d'un pas hésitant, se dirigea vers la porte. Au même moment, sa mère apparut, un plateau dans les mains.

— J'ai pensé que tu pourrais avoir faim, vu que tu n'as pas soupé hier soir.

Surprise de le voir debout, chancelant, à demi-nu, elle s'inquiéta :

— Où vas-tu comme ça ? Tu tiens à peine sur tes jambes !

Vivement, Mireille déposa son plateau sur la table de chevet, enserra la taille de son fils, puis le reconduisit vers son lit, où l'adolescent se rassit en implorant :

— Il faut que je sache comment va Jennifer. Je t'en supplie, maman, appelle ses parents !

— Je vais le faire, mais il est encore trop tôt. Ces pauvres gens ne sont sûrement pas à la maison. Ils ont dû rester au chevet de leur fille toute la nuit. Avale quelque chose en attendant.

Elle lui tendit un verre de jus d'oranges fraîchement pressées.

Jacob détourna la tête et se recroquevilla sur l'édredon.

— Je n'ai pas faim ! Je n'aurai plus jamais faim ! gémit-il.

Soucieuse de ne pas aviver sa souffrance, Mireille ne se formalisa pas de son refus. Si elle avait pu prendre sur ses épaules le tourment de son enfant, elle l'aurait accepté avec empressement. Les mots qui rassurent et consolent, ceux qu'elle utilisait depuis toujours pour apaiser les chagrins de l'enfance, avaient perdu leur pouvoir devant tant de douleur. Elle se contenta de poser sa main sur l'épaule de Jacob quelques instants, puis regagna la cuisine, où Luc l'attendait en sirotant un café froid.

Assis au bout de la table, vêtu d'un pantalon de pyjama froissé, son mari semblait fasciné par un mince rayon de soleil qui avait réussi à se faufiler à travers le store fermé. Immobile, les traits brouillés par la fatigue d'une autre nuit sans sommeil véritable, il lui apparaissait vieilli. Ses tempes semblaient plus grises et les rides autour de sa bouche, plus profondes. Son dos, si droit d'habitude, se tenait arrondi, comme si un lourd fardeau l'écrasait. Elle ressentit un léger pincement au cœur. Luc avait mal et elle ne pouvait rien faire d'autre pour le soulager que de partager sa peine avec la sienne.

Avant de s'avancer vers lui, Mireille prit le temps de réfléchir à ce qu'elle devait faire. Dans l'espace d'à peine deux jours, toute leur vie avait été chamboulée. L'heure n'était pas aux lamentations, celui qui souffrait le plus était leur fils. Ensemble, ils se devaient de lui apporter leur soutien sans aucune réserve. D'un mouvement machinal, elle resserra la ceinture de sa robe de chambre autour de sa taille. Luc sursauta en la voyant se profiler devant lui, toujours aussi silencieuse dans sa démarche.

— Comment va-t-il ?

Mireille perçut un léger tremblement dans la voix de son mari. Avant de répondre, elle alla se servir une tasse de café, puis revint s'asseoir en face de lui.

— Notre fils est démoli par la mort de Zack et il s'inquiète pour Jennifer.

Comme pour elle-même, elle murmura :

— Pourvu que cette pauvre enfant survive !

— Je ne comprends toujours pas ce qui lui a pris de consommer de la cocaïne ! Je l'avais averti aussi de ne jamais prêter sa voiture, surtout à quelqu'un qui n'avait même pas son permis de conduire !

Luc s'était levé et arpentait la cuisine d'un pas rapide. Brusquement, il se figea et posa sur Mireille un regard exalté.

— Je dois avertir Étienne ! Jacob va sûrement avoir besoin d'un avocat. Le policier qui l'a rencontré hier à l'urgence m'a prévenu qu'un enquêteur allait revenir aujourd'hui pour l'interroger au sujet de la coke. Il va tenter de savoir où il se l'était procurée. On va se retrouver avec la brigade des stupéfiants sur le dos. On n'est pas sortis du bois!

— Calme-toi! Tu t'emportes pour rien! Pourquoi ne m'avais-tu pas avertie à propos de cet enquêteur?

— J'ai oublié, c'est tout! riposta Luc sur un ton bougon.

Mireille haussa les épaules et poursuivit:

— Je suis certaine que Jacob n'a aucune idée de la provenance de la drogue. Jennifer en est sûrement la source. Je ne m'étais pas trompée quand je disais que je me méfiais d'elle. Tu vois aujourd'hui que j'avais raison!

— On sait bien, madame a toujours raison! persifla Luc. Avec ta grande clairvoyance, peux-tu me révéler ce qui va nous arriver maintenant?

Son ton était dur, presque menaçant. Mireille éprouva un profond malaise devant l'emportement de son mari. C'était la première fois qu'il lui parlait d'une façon aussi cinglante. Avant que la conversation ne dégénère, elle suggéra:

— Va prendre ta douche et pendant ce temps, je vais faire des crêpes. Je te prédis qu'à la première bouchée, tu récupéreras ton flegme de notaire. Ce n'est pas ton genre de te fâcher ainsi.

Luc posa sur elle des yeux de hibou. L'humour de sa femme ne l'amusait pas du tout. La situation était grave et le dénouement incertain. Il irait quand même prendre sa douche. Il avait vraiment besoin de se rafraîchir les idées avant d'affronter la journée qui se pointait. Sans donner suite au commentaire de Mireille, Luc enfila l'escalier pour se rendre à l'étage. Alors qu'il passait devant la porte de la chambre de Jacob, une sensation étrange s'empara de lui. L'envie d'y entrer et de serrer son petit garçon dans ses bras se confondait avec celle de l'attraper par les épaules et de le secouer pour lui faire réaliser dans quel merdier il s'était fourré. Confronté à ce dilemme, il crispa les mâchoires et préféra s'éloigner. Il n'était pas prêt, trop d'émotions l'habitaient encore. Indirectement, son fils était responsable de la mort de son ami Zack.

Pourquoi, Bon Dieu, a-t-il agi aussi stupidement? Moi qui le croyais mature, hostile à la drogue sous toutes ses formes! Comment peut-on à ce point ignorer l'étourderie d'un adolescent? J'aurais pourtant dû me méfier, après son idée stupide de vouloir suivre sa blonde à Fredericton, se reprochait-il en laissant couler sur son corps le jet rafraîchissant de la douche.

Sa toilette achevée, Luc téléphona à Étienne pour le mettre au courant des événements et lui demander conseil. Surpris dans son sommeil, l'avocat émit une série de sons inintelligibles avant de saisir l'importance de l'appel. Après avoir écouté attentivement le récit de son interlocuteur, il sortit vivement du lit. Avant de reposer le combiné sur la table de nuit, il l'avisa:

— Attends-moi, j'arrive! Surtout, ne dites rien à la police avant que je sois là!

Une demi-heure plus tard, le parrain de Jacob sonnait à la porte d'entrée. Sans attendre qu'on lui ouvre, il pénétra à l'intérieur de la maison. Les cheveux en bataille, une barbe drue lui couvrant le menton, un pan de chemise émergeant de son pantalon: Étienne, habituellement vêtu à la perfection en toutes circonstances, présentait ce matin-là l'allure négligée de celui qui n'a pas pris le temps de consulter son miroir avant de sortir. Un sourire malicieux se dessina sur les lèvres de Mireille lorsqu'elle l'aperçut ainsi affublé. Elle ne put résister à la tentation de le taquiner :

— Maître Labrie, cet accoutrement ne vous sied guère ! Que diraient vos ravissantes conquêtes en vous voyant fagoté de cette manière ?

Luc n'accorda aucune chance à son ami de répondre, il darda sur sa femme un regard outré. La voix remplie de reproches, il la reprit :

— Comment peux-tu t'amuser, alors que nous pataugeons en plein drame !

Mireille ouvrit la bouche pour répliquer, mais se ravisa aussitôt. Dans les situations difficiles, elle s'en sortait mieux en conservant son sens de l'humour. Pour Luc, c'était différent, son niveau de stress augmentait et son univers habituel devait se plier à ses états d'âme. Dans la conjoncture actuelle, Mireille devrait faire preuve de beaucoup de patience, car la tragédie qui les frappait allait au-delà de tout ce qu'ils avaient vécu auparavant.

La présence rassurante d'Étienne était la bienvenue. Déjà, Mireille remarquait un changement dans l'attitude de son mari, qui semblait moins nerveux. Luc avait une confiance absolue en son ami avocat. Il écouterait religieusement ses conseils. Elle pouvait donc concentrer toute son énergie à essayer d'aider Jacob à se reconstruire. La voix d'Étienne la tira de sa rêverie.

— Est-ce que notre loustic est dans sa chambre ? J'aimerais avoir une conversation avec lui avant l'arrivée de l'enquêteur.

— Il s'y est réfugié dès notre arrivée hier après-midi et il n'en est pas ressorti, même pas pour venir manger, lui raconta Mireille. Tu peux monter, il sera sûrement content de te voir. Il est totalement démoli par la mort de Zack, en plus de s'inquiéter pour Jennifer.

D'un hochement de tête, Étienne exprima qu'il avait compris. Sans plus attendre, il monta l'escalier au pas de course et, une fois devant la chambre, il cogna fortement sur la porte. Sans attendre de réponse, il entra dans la pièce qui baignait dans la pénombre. Pelotonné sur son lit, les yeux fixant le vide, Jacob n'avait pas bougé depuis la visite de sa mère. L'arrivée subite de son parrain le laissa parfaitement indifférent. Malgré la chaleur qui enveloppait l'endroit, l'adolescent frissonnait de tous ses membres. Étienne s'assit sur le bord du lit et releva une couverture afin de couvrir l'adolescent. Jacob ne manifesta aucune réaction. Il semblait momifié sur sa couche. Seuls les mouvements réguliers de sa respiration attestaient qu'il était vivant.

D'une voix hésitante, Étienne engagea la conversation.

— J'ai appris pour l'accident. Tes parents m'ont aussi mis au courant pour Zack. Je suis désolé.

Les épaules du garçon se contractèrent dans un sanglot déchirant. Étienne respecta son chagrin. Lorsque la débâcle de larmes s'arrêta enfin dans un ultime cri de désespoir, l'adolescent se redressa pour faire face à son parrain. Dans une étreinte virile, Étienne le serra quelques secondes dans ses bras. Peu à peu, Jacob se détendit. Les grandes effusions le mettant mal à l'aise, l'avocat raffermit sa voix avant de s'adresser à son filleul :

— Tu vas devoir reprendre le contrôle de tes émotions, car l'enquêteur qui va t'interroger tout à l'heure n'entend pas à rire. Tu devras répondre à ses questions le plus clairement possible, même s'il se répète. Ce qu'il voudra surtout savoir, c'est comment tu t'es procuré la cocaïne. Depuis des mois, la police cherche à pincer un réseau de trafiquants qui vend de la drogue à la polyvalente. Ils ont enfin une piste, et cette piste, c'est toi.

Abasourdi, Jacob fixait Étienne. L'expression de sa figure reflétait une totale incompréhension. Des trafiquants de drogue, la police, l'accident, la mort de Zack : tous ces mots résonnaient dans sa tête comme s'il était devenu l'acteur d'un mauvais film de truands. L'image de Jennifer lui présentant une ligne de coke le ramena brusquement à la soirée sur les Plaines. Il n'allait quand même pas vendre l'adolescente à la police ! Il ne dirait rien. Il songea qu'il pourrait peut-être inventer une histoire : lorsqu'ils se baladaient sur les Plaines, un type qu'ils ne connaissaient pas leur avait offert la cocaïne, et c'est lui qui l'avait achetée. Ainsi, personne ne pourrait soupçonner Jennifer. Il lui devait bien ça, elle était à l'hôpital, sérieusement blessée par sa faute. Venue de son subconscient, une petite voix impudente lui souffla : « Rappelle-toi les moments intenses que tu as connus avec elle. Ça valait la peine, non ? » Un frisson de plaisir, très vite effacé par la triste réalité, lui effleura la mémoire.

Jacob leva vers Étienne un regard désespéré. D'une voix tremblante, il bredouilla :

— J'ai peur. Tu vas rester avec moi, n'est-ce pas ?

— Ne t'inquiète pas, tes parents et moi allons assister à la rencontre. Le policier n'est pas là pour t'accuser, il veut simplement connaître les faits. Dis la vérité et tout ce dont tu te souviens. Il va insister sur la provenance de la drogue.

En prononçant ces mots, l'avocat plongea son regard dans celui de son filleul. Ses yeux noirs semblaient lire dans son âme. Il durcit le ton davantage :

— As-tu une idée où ta blonde s'était procuré la coke ?

D'une voix tremblante, Jacob mentit :

— C'est moi qui l'ai achetée.

— Je ne te crois pas et l'enquêteur ne te croira pas non plus. Et si jamais c'était le cas, il ne te lâchera pas tant que tu n'auras pas révélé tes sources. Écoute-moi bien, martela l'avocat, si tu ne veux pas avoir d'ennuis, tu dois dire la vérité, toute la vérité !

— Je ne peux quand même pas accuser Jennifer ! C'est à cause de moi si elle est à l'hôpital !

Étienne ne devait pas faiblir devant la détresse de l'adolescent. Il l'empoigna vigoureusement par les épaules pour le ramener à l'ordre.

— Ce qui est arrivé est un accident, un terrible accident ! Mais, comme dans tous les accidents, il y a des conséquences, et Jennifer devra y faire face. Ça ne sert à rien de t'accuser à sa place, la police finira quand même par découvrir la vérité. Je te pose la question encore une fois : sais-tu qui a vendu la drogue à ton amie ?

— Je ne savais même pas qu'elle en prenait, murmura Jacob.

— Je te crois, lui répondit Étienne. Maintenant, il reste juste à convaincre l'enquêteur que tu n'as aucune idée de sa provenance. Il se rabattra alors sur ta copine qui, pour le moment, n'est sûrement pas en état de lui répondre.

Devant l'air attristé de son filleul, il regretta ses dernières paroles. Avec douceur, il s'excusa :

— Pardonne-moi, je ne voulais pas tourner le fer dans la plaie. Habille-toi et viens nous rejoindre en bas. Un bon café te remettra sur pied en attendant notre visiteur.

* * *

Assis dans le salon, l'avocat et les trois occupants de la maison attendaient fébrilement la venue de l'enquêteur, qui, quelques minutes auparavant, les avait avertis de son arrivée imminente. Pâle et tremblant, Jacob caressait machinalement Truffe. Celle-ci, sentant le désarroi de son jeune maître, avait appuyé sa tête sur ses genoux. L'adolescent gardait les yeux fermés. Cette tactique lui procurait un certain réconfort, comme si ce qu'il vivait n'était qu'un rêve absurde. Il allait se réveiller et c'est Zack qui sonnerait à la porte. Il lui offrirait un café et des brioches, car son copain avait toujours faim. Leur gueuleton achevé, ils monteraient ensemble à l'étage pour écouter à tue-tête le dernier CD de Bon Jovi. Le concert terminé, ils enfourcheraient leurs bicyclettes et descendraient sur les bords de la rivière Jacques-Cartier, où ils s'amuseraient à faire rebondir des galets à la surface de l'eau. Englouti dans le puits de ses pensées, Jacob sursauta en entendant le carillon de la porte d'entrée.

Assis nerveusement sur le bout du fauteuil depuis l'appel de leur visiteur, Luc bondit sur ses pieds et, presque en courant, se précipita pour lui ouvrir. L'homme qui se présenta devant eux était de taille moyenne, et avait les épaules larges et le cou trapu. Il était aussi presque entièrement chauve: seule une mince couronne de cheveux gris ceinturait son crâne d'une oreille à l'autre. Dans son visage rond et inexpressif, des yeux bleu acier bougeaient sans cesse derrière ses lunettes de myope. Vêtu d'un costume sombre et d'une chemise blanche au col entrouvert, il en imposait par sa prestance calme et assurée.

— Je me présente, détective Jean Lanouette, annonça-t-il d'une voix ferme, en tendant la main à Luc.

— Luc Lamontagne, répondit le notaire sur un ton poli.

En apercevant Étienne qui se tenait près de Jacob, l'ombre d'un sourire se dessina sur les lèvres minces du policier.

— Bonjour, maître Labrie, je ne m'attendais pas à vous trouver ici !

— Jacob, le jeune homme impliqué dans l'accident, est mon filleul. Je suis venu lui apporter mon soutien. Comme vous allez le constater, il est très perturbé par la mort de son copain.

Le regard perçant de l'enquêteur se posa sur Jacob. Lui-même père d'un ado, il pouvait comprendre le drame que vivait cette famille. Si ce jeune écervelé connaissait la provenance de la cocaïne, il saurait lui faire cracher la vérité. Ce réseau de trafiquants qui vendait de la drogue aux enfants était devenu son obsession. Il s'était juré de le démanteler et de faire payer les coupables par tous les moyens. D'un léger hochement de tête accompagné d'un « madame » poli, il salua Mireille. Il s'approcha de Jacob, qui contemplait ses chaussures.

— Pourriez-vous m'apporter une chaise ? demanda-t-il, en s'adressant à Luc.

Le notaire obtempéra avec célérité à la requête du détective, qui s'installa en face de l'adolescent. D'une voix posée, mais ferme, il entama son enquête.

— Je ne suis pas ici pour t'accuser, mais pour connaître les faits qui ont conduit à l'accident survenu dans la nuit du 14 au 15 juillet. Je veux savoir tout ce qui s'est passé avant que vous preniez la route, et pourquoi c'était ton copain qui conduisait ta voiture. N'omets aucun détail, et je ne veux pas entendre « Je ne m'en souviens pas ».

Jacob jeta vers sa mère un regard apeuré. Mireille l'encouragea d'un sourire compréhensif. C'est d'une voix hésitante qu'il entreprit de raconter les événements de la soirée depuis leur départ de Cap-Santé jusqu'au moment du drame. Il tenta d'éluder certains éléments de sa promenade sur les Plaines d'Abraham avec Jennifer, mais l'enquêteur ne se laissa pas berner. Devant la gêne manifeste de l'adolescent, il lui proposa :

— Préfères-tu que tes parents nous laissent seuls avec maître Labrie ?

Jacob jeta un regard implorant à sa mère. Il voulait qu'elle soit là. Il avait besoin d'elle. Il secoua la tête en signe de négation.

Le détective l'obligea à tout déballer, même les détails qui lui faisaient monter le rouge au front. Le jeune homme termina son exposé en bredouillant :

— Je voulais juste qu'elle m'aime ! C'est pour ça que j'ai accepté de prendre de la coke. Je ne voulais pas qu'il arrive un accident ! C'est ma faute !

Durant l'explication sincère de l'adolescent, le policier était demeuré muet, fixant sur lui son regard inquisiteur. Après quelques secondes, il énonça sa question :

— Je n'ai aucun doute sur la véracité de tout ce que tu viens de raconter. Maintenant, ce que je veux savoir, c'est d'où provenait la cocaïne ? C'est toi ou c'est elle qui l'avait achetée ?

Son ton se fit plus dur et ses prunelles moins amicales lorsqu'il commanda :

— Tu vas me dire qui est votre *pusher* !

La question de l'enquêteur fit bondir Luc de son siège. Très vite, Étienne lui signala de se tenir coi s'il ne voulait pas nuire à Jacob. Les dents serrées, il se rassit, bouillant de rage. Cet homme soupçonnait son fils de trafic de drogue. Luc était sidéré.

Après avoir consulté l'avocat d'un coup d'œil désespéré, l'adolescent avoua, d'une voix chevrotante :

— C'est Jennifer qui m'a offert la coke, elle l'avait dans son sac à dos. Je ne sais pas où elle l'avait achetée. C'était la première fois que…

Sa voix se brisa dans un sanglot. Mireille s'élança vers lui et emprisonna les mains de son fils dans les siennes. Elles étaient moites et toutes tremblantes.

— Vous voyez bien qu'il ne sait rien ! C'est Jennifer Leblond que vous devriez faire parler, c'est elle la coupable dans tout ça ! Notre fils n'avait jamais consommé de drogue auparavant, nous pouvons vous le jurer.

Mireille était déchaînée. Jamais elle n'accepterait que son enfant soit accusé à tort. Elle le défendrait jusqu'à son dernier souffle. Rien ni personne ne l'arrêterait. La mère en colère darda un regard noir sur l'enquêteur, qui s'apprêtait à se lever.

Le détective Lanouette n'avait plus rien à faire dans cette maison. Ce garçon ne connaissait pas la provenance de la cocaïne, il en était convaincu. Il savait déjà que le sac à dos de Jennifer Leblond, trouvé sur les lieux de l'accident, contenait la drogue. Encore une fois, il avait fait chou blanc. L'unique personne qui aurait pu l'éclairer dans son enquête n'avait pas survécu à ses blessures. Il l'avait appris ce matin, juste avant de se présenter chez les Lamontagne. Avec indulgence, il lorgna l'adolescent en pleurs. *Ce pauvre gamin aura besoin d'aide pour surmonter cette épreuve, surtout quand il apprendra la mort de sa petite amie,* pensa-t-il en son for intérieur.

Après avoir salué le notaire et sa femme, le détective sortit sur le perron, accompagné par l'avocat, à qui il avait fait signe de le suivre.

En silence, Étienne chemina aux côtés du détective, attendant patiemment que l'homme aborde le sujet qui le préoccupait. À quelques pas de sa voiture, le policier s'arrêta et, d'une voix navrée, il lui confirma le décès de Jennifer Leblond.

— J'ai préféré vous en faire part, car vous êtes très près de la famille. Vous saurez mieux que moi informer ce malheureux garçon. Je lui ai volontairement caché cet aspect du drame.

Peu volubile, l'enquêteur abrégea ses commentaires. Il monta dans sa voiture et démarra sur les chapeaux de roues. Statufié par la nouvelle qu'il venait d'apprendre, Étienne demeura un long moment les yeux fixés sur la route où, peu à peu, s'estompa le messager de malheur. Comment allait-il s'y prendre pour annoncer cette fatalité à son filleul, déjà démoli par la mort de son meilleur ami ? L'avocat leva son regard vers le ciel et grinça entre ses dents :

— Bon Dieu, si Tu m'entends, je veux juste Te dire que si c'est Toi qui régentes nos vies, Tu viens de foutre le bordel dans cette famille ! Son meilleur ami, ce n'était pas assez ? Il a fallu que Tu arraches aussi la vie de la jeune fille qu'il aimait ! Dis-moi maintenant ce que je dois faire pour aider Jacob à surmonter cette épreuve ! Tu dois le savoir, Toi qui sais tout !

Quelqu'un arrivait derrière lui, mais Étienne ne se retourna pas. La gorge nouée, au bord des larmes, il serra les poings et attendit que Mireille lui adresse la parole. Il l'avait reconnue à l'odeur subtile de son parfum. Doucement, elle posa sa main sur son bras, l'obligeant à se retourner.

— Qu'est-ce qu'il voulait te dire ? balbutia-t-elle, appréhendant sa réponse.

Elle se tenait là, devant lui, les traits altérés par l'inquiétude et la fatigue. Un infime tremblement à la commissure des lèvres donnait l'impression qu'elle allait se mettre à pleurer. Étienne se retint de la serrer dans ses bras, s'évitant ainsi une trop forte montée d'émotion. Il détestait perdre le contrôle d'une situation et c'est ce qu'il pressentait s'il se laissait aller à trop d'épanchements. Par contre, l'avocat n'avait pas non plus l'habitude de faire des détours. C'est d'une voix assurée qu'il lui révéla ce qu'il venait d'apprendre.

— Ce n'est pas vrai ! s'écria Mireille en ouvrant de grands yeux incrédules.

Ses jambes ne la supportant plus, elle se laissa choir sur la chaise la plus proche, posa les mains sur son visage et courba la tête sur sa poitrine. À plusieurs reprises, comme une litanie, elle répéta les mêmes mots : « Ce n'est pas vrai… ce n'est pas vrai… » Finalement, elle jeta un regard résigné vers Étienne, qui lui tendit les mains pour l'aider à se remettre en position verticale.

— Viens, nous n'avons pas le choix d'avertir Jacob.

— Donne-moi encore quelques minutes, s'il te plaît, murmura-t-elle, en essuyant ses larmes du revers de la main.

Demeurés seuls à l'intérieur, le père et le fils étaient enlisés chacun dans ses réflexions. La tête basse, Jacob n'osait pas lever les yeux vers Luc, chez qui il pressentait une profonde amertume. Les minutes s'égrenaient dans un pénible silence. Déchirant cette atmosphère insupportable, la voix courroucée de Luc retentit :

— Je n'ai jamais eu aussi honte de toute ma vie ! Qu'est-ce qui t'a pris de consommer de la coke ? Moi qui te faisais confiance, comme un imbécile ! Tu as vu ce qui est arrivé ? Des fois, je me demande…

— Tu te demandes si je n'aurais pas été mieux de crever, moi aussi ! Dis-le, surtout ne te gêne pas ! hurla Jacob en bondissant sur ses pieds.

Abasourdi par la réplique de son fils, Luc tenta de se reprendre.

— Ce n'est pas ce que j'ai voulu dire ! Je faisais référence au choix de t'avoir offert une auto. Je croyais que tu avais plus de maturité...

— Toi aussi, tu penses que c'est de ma faute ? J'aurais fait exprès de tuer mon meilleur ami ?

Ne pouvant tenir davantage devant la détresse de Jacob, Luc se précipita vers lui pour le prendre dans ses bras. L'adolescent ne lui opposa aucune résistance, mais il ne partagea pas son étreinte. Au même moment, Mireille entra dans le salon, suivie d'Étienne. Devant les traits ravagés de sa femme, Luc comprit qu'une autre catastrophe venait de s'abattre sur eux. Il libéra Jacob et, du regard, consulta les deux arrivants. L'ambiance s'alourdit davantage lorsqu'il devina la cause de leurs mines défaites. À son tour, Jacob entrevit le drame. Il s'élança vers sa mère en criant :

— Qu'est-ce qui se passe, maman ? As-tu reçu des nouvelles de Jennifer ?

Ne pouvant lui cacher la vérité, Mireille se vit forcée de lui répondre.

— Viens t'asseoir sur le divan avec moi, je vais t'expliquer...

— Je ne veux pas m'asseoir, je veux savoir comment va Jennifer !

— Ses blessures étaient si graves qu'elle n'a pas survécu, même si les médecins ont tout tenté pour la sauver, lui confia sa mère d'une voix fragilisée par l'émotion.

L'espace d'un cri de désespoir, le temps suspendit son cours. Incrédule, Jacob s'accrocha à sa mère comme à une bouée de sauvetage. Incapable de supporter le poids de l'adolescent, Mireille faillit s'écrouler par terre. Accourus à son aide, Étienne et Luc saisirent le garçon par la taille et l'entraînèrent vers le siège le plus proche. Les yeux hagards, les lèvres tremblantes, la gorge nouée, Jacob n'arrivait pas à parler. Autant dépourvus de mots, les trois adultes qui entouraient l'adolescent ne pouvaient lui offrir comme réconfort que leur seule présence. Après une longue pause drapée d'un silence absolu, les yeux mouillés de chagrin, Jacob murmura :

— Pourquoi est-ce que je ne suis pas mort, moi aussi ? C'est injuste !

— Je ne veux pas t'entendre dire ça ! Jamais ! Tu m'entends ! s'écria Mireille, abasourdie par les divagations de son fils.

L'adolescent ne répliqua pas au cri du cœur de sa mère. Lentement, comme s'il portait le poids du monde sur ses épaules, il se leva de sa chaise. Le dos voûté, il aligna ses pas vers l'escalier conduisant à l'étage. En passant près de son père, le jeune homme s'arrêta et, sans même le regarder, il l'avisa :

— Je monte dans ma chambre et je ne veux plus voir personne.

Luc aurait voulu le serrer dans ses bras pour le consoler, comme il l'avait fait tellement de fois depuis qu'il était né, mais il n'osa pas. Par le ton de sa voix, son fils venait de lui interdire tout geste de consolation. Un vide immense se creusa dans son âme. Il respira à fond afin d'endiguer les larmes qui menaçaient d'affluer. Il tourna sur lui-même et s'enfuit vers la cuisine pour camoufler sa peine.

Se sentant inutile, ne sachant trop comment agir pour soulager la détresse de ses amis, Étienne préféra s'esquiver.

— Je dois malheureusement vous laisser, car j'ai un rendez-vous important à 9 heures à Québec.

En consultant sa montre, il réalisa qu'il était déjà 9 heures 30. Embarrassé par son mensonge, voulant en rajouter, l'avocat s'emmêla davantage.

— Je n'ai pas vu le temps passer. En fait, ce rendez-vous n'avait pas tellement d'importance. Je peux le remettre, si je réussis à joindre mon client...

— Tu peux partir, Étienne. Ne t'en fais pas pour nous. Nous allons surmonter cette épreuve, lui affirma Mireille en écourtant ses explications.

— Si vous pensez que je peux être utile à Jacob, n'hésitez pas à m'appeler. Je serai toujours disponible pour mon filleul, certifia-t-il d'une voix sincère.

— Je te remercie, et je te promets que nous tiendrons compte de ton offre. Jacob a beaucoup d'affection pour toi. Et surtout, il te fait confiance.

Gentiment, elle le reconduisit à la porte et se hissa sur la pointe des pieds pour l'embrasser sur la joue. Leur ami parti, Mireille pensa aller retrouver Luc dans la cuisine, mais le cœur n'y était pas. Un court moment de solitude s'imposait pour lui permettre de recouvrer son courage.

Sans faire de bruit, elle se glissa dehors et se dirigea vers le jardin, où elle savait trouver la paix. Malgré la touffeur, la chair de poule courait sur ses bras. En frissonnant, elle les croisa sous ses seins, puis se recroquevilla dans une chaise de parterre sur laquelle le soleil répandait sa bienfaisante chaleur. Avant de s'enfoncer dans ses pensées, elle jeta un regard indifférent alentour. Assoiffées et n'ayant pas été arrosées depuis plus de quarante-huit heures, les fleurs en pot courbaient tristement leurs tiges. Sous les rayons brûlants de l'astre du jour, la terre du jardinet craquait de partout, réclamant à boire. Préoccupée par l'infortune qui chavirait sa vie, Mireille ne voyait plus autour d'elle la nature qui réclamait ses soins. La douleur de son fils était devenue la sienne.

Toute sa vie, son enfant conserverait dans sa mémoire le souvenir de cet horrible accident qui lui avait volé son meilleur ami et la jeune fille qu'il aimait. Peu importait le nombre d'années qui s'écouleraient, l'endroit où il vivrait, ce fardeau risquait de lui empoisonner l'existence. L'essentiel, pour l'instant, était de le convaincre qu'il n'était pas responsable de la mort de Zack et de Jennifer. Existait-il un moyen pour adoucir les tourments qui torturaient Jacob ?

Comment allons-nous réussir à le délivrer de cette culpabilité qui risque de le détruire chaque jour davantage ?

Chapitre 12

18 juillet

Le ciel était en furie. Des éclairs zébraient l'horizon, suivis par des grondements de tonnerre assourdissants qui se succédaient en cascade. La pluie tombait à verse et rebondissait sur les fenêtres, pour ensuite s'écouler vers le sol en formant de longues arabesques. Le nordet avait chassé la moiteur des jours précédents pour la remplacer par une atmosphère frisquette, qui obligeait à se vêtir chaudement. La température morose du dehors se mariait parfaitement avec la désolation qui régnait à l'intérieur de la grande demeure des Lamontagne. Dans quelques heures auraient lieu les funérailles de Zacharie, ce qui faisait planer sur la maisonnée une ombre de tristesse infinie.

Réveillée depuis l'aube, Mireille demeurait pelotonnée aux côtés de Luc, profitant de la bénéfique chaleur de son corps. Elle n'osait pas bouger, de peur de le priver des quelques moments de repos qu'il réussissait à s'accorder depuis l'accident. Leurs nuits étaient devenues un véritable enfer. Toujours aux aguets, alarmés par les sanglots provenant de la chambre de Jacob, leur sommeil n'avait plus rien de réparateur. Leur fils souffrait et il refusait toute consolation, alléguant qu'il ne méritait pas leur indulgence. Chaque jour, il s'enfonçait davantage dans son sentiment de culpabilité. Mireille était de plus en plus inquiète, ce que Luc se défendait de ressentir, comme s'il y voyait une faiblesse. Elle connaissait bien son homme. Alors, ce qu'il n'osait pas avouer, elle le lisait dans ses yeux. La journée qui commençait serait difficile. Comment allait réagir son fils en voyant Zack dans son cercueil ? Au fond d'elle-même, elle souhaitait qu'il refuse de les accompagner au salon funéraire. Et s'il regrettait toute sa vie de ne pas avoir reconduit son meilleur ami à son dernier repos ? Mireille était déchirée. Que pouvait-elle faire ? Une chose était sûre, elle ne l'obligerait pas. Ce serait son choix à lui.

Aucune nouvelle de la famille de Jennifer ne leur était parvenue depuis qu'ils avaient appris son décès par l'enquêteur. À deux reprises, par sympathie, Mireille avait tenté d'appeler les parents de l'adolescente pour offrir ses condoléances, mais personne ne lui avait répondu. Elle souhaitait qu'ils ne tiennent pas Jacob responsable du décès de leur fille. Elle ne connaissait pas ces gens, mais elle pouvait imaginer leur immense chagrin, la mort d'un enfant étant l'ultime souffrance infligée à des parents. Le destin avait voulu que leur fils survive à cette tragédie. Si le destin s'appelait Dieu, elle Le remerciait de toute son âme.

Le dos tourné à sa femme, Luc ne dormait pas. La fraîcheur de sa peau contre ses reins lui procurait un tendre réconfort. Par le rythme de sa respiration, il savait qu'elle était réveillée depuis des heures. Nul besoin d'être devin pour connaître le sujet de ses préoccupations. Lui-même, obsédé par les derniers événements, n'arrivait plus à se concentrer sur autre chose que ce maudit accident qui avait chamboulé la vie de tout le monde. Même si Luc le camouflait bien, le comportement de Jacob le tracassait fortement. Son fils se repliait chaque jour davantage sur sa peine. Il se terrait dans sa chambre comme un forçat condamné à l'isolement absolu. *Dès que les funérailles de Zack seront derrière nous, je vais l'emmener passer quelques jours avec moi dans une pourvoirie sur la Côte-Nord. Depuis le temps qu'il en rêve! Je vais lui prouver que la vie a encore bien des agréments à lui offrir,* songeait-il.

La porte de la chambre s'entrouvrit juste assez pour livrer passage à Lucie qui, sur la pointe des pieds, pénétra dans la pièce. C'était la première fois depuis qu'elle avait atteint l'âge de huit ans que l'adolescente cherchait refuge dans le lit de ses parents afin de calmer son anxiété. En l'apercevant, toute menue dans sa chemise de nuit, la chevelure ébouriffée, Mireille lui tendit les bras. Elle se poussa un peu afin de lui creuser un nid entre elle et son père. Silencieuse, Lucie se glissa sous les couvertures et se lova dans les bras de Luc, qui s'était dressé sur son séant. Revenue à la maison la veille avec sa grand-mère, la jeune fille avait été mise au courant de la mort de Zack et de Jennifer. Ébranlée, elle avait tout d'abord refusé d'y croire. Zack occupait une place importante dans sa vie. Âgée d'à peine un an lorsque le garçon était devenu l'ami omniprésent de son frère, Lucie le considérait comme un membre de la famille. N'ayant encore jamais été confrontée à la mort dans sa courte existence, Lucie était aussi profondément troublée par la perte de Jennifer. Repentante face aux sarcasmes qu'elle avait utilisés pour se moquer de la petite amie de Jacob, elle avait éclaté en sanglots à l'annonce de la mauvaise nouvelle. Mireille avait tenté d'apaiser son chagrin, mais la jeune fille était demeurée inconsolable.

La veille, au cours du souper, Luc avait maladroitement effleuré le sujet des obsèques de Zack. Une chape de silence s'était alors abattue sur la tablée. Jacob avait brusquement repoussé son assiette et s'était enfui dans sa chambre. Lucie s'était remise à pleurer, incapable de terminer son repas. D'une voix agressive, Mireille avait tancé son mari :

— Tu n'aurais pas pu attendre qu'on ait fini de manger avant de parler de ça ?

Sur le même ton, Luc avait riposté :

— Parce que tu penses qu'il y a des moments définis pour en discuter ? Je te ferai remarquer que c'est demain qu'on enterre ce pauvre garçon.

Avec fracas, sans un mot de plus, il avait repoussé sa chaise et s'était évadé vers le salon, tandis que Lucie s'enfuyait dehors, Truffe sur les talons.

Demeurée seule en compagnie de sa mère, Mireille s'était vidé le cœur. Marie, qui comprenait la détresse de sa fille unique, avait passé la nuit avec eux afin de leur offrir son soutien.

— Je suis épuisée, maman, avait soupiré Mireille en s'essuyant les yeux. Et ce n'est pas terminé. Comment crois-tu que Jacob va réagir en voyant Zack dans son cercueil ? Lorsqu'ils vont le mettre en terre ? Si tu savais comme j'ai mal ! Je voudrais tellement prendre sa douleur sur mes épaules. Et il y a Luc qui, au lieu de me soutenir, préfère ruminer sa déception. Je l'aime, mais parfois, il est insupportable. Jacob se rend bien compte que son père a honte de lui.

— Après les funérailles, je pourrais lui parler, si tu veux. Nous avons toujours eu une belle relation, lui et moi. L'avis d'une autre personne pourrait l'aider à mieux évaluer la situation. Je pense qu'il a peur que son chagrin lui subtilise son côté rationnel, ce n'est sûrement pas parce qu'il a honte de Jacob. Il est dépassé par les événements, c'est tout. Nous sommes tous affectés par ce qui arrive. Il ne faut pas oublier non plus notre Lucie, qui elle aussi a perdu un grand frère, car c'est ainsi qu'elle considérait l'ami de Jacob.

C'était ce à quoi Mireille songeait en ce triste matin pluvieux qui annonçait une journée insupportable en émotions. Elle devrait être vigilante afin de ne pas attiser le stress chez son mari. Luc était à fleur de peau. Depuis plus de vingt ans qu'ils vivaient côte à côte, elle le connaissait par cœur. Lorsque son époux se retrouvait dans une situation où il n'avait plus le contrôle, il devenait irascible. Le cauchemar dans lequel toute la famille se débattait présentement affectait tout un chacun. Depuis trois jours, ils ressemblaient à des survivants ; les éclats de rire s'étaient tus, les bruits familiers de la maisonnée avaient disparu, les regards ne reflétaient que tristesse et les mots étaient remplis d'appréhension.

La voix inquiète de sa fille la sortit de sa rêverie.

— Maman, j'aimerais mieux rester ici avec grand-maman. Je ne veux pas aller à l'église.

Compréhensive, sa mère la rassura :

— C'est comme tu veux, ma grande. Rien ne t'y oblige.

Lucie garda le silence quelques secondes, puis bredouilla :

— Penses-tu que Zack va m'en vouloir si je ne vais pas le voir dans son cercueil ?

Tendrement, Mireille effleura le front de sa fille d'un baiser, puis murmura :

— Je suis certaine qu'il va comprendre. Il aimait bien te taquiner, tu t'en souviens ? C'était un signe qu'il t'aimait beaucoup.

Lucie s'octroya un court instant de réflexion avant de poser la question qui la tracassait :

— Est-ce que tu crois qu'il peut nous voir et entendre ce que l'on dit ?

Luc qui, durant ce temps, avait suivi la conversation, répondit à sa fille :

— Si tu veux mon avis, le mot mort veut dire *cessation définitive de la vie,* ce qui, dans mon livre à moi, signifie le néant. Je ne crois pas qu'il y ait une autre vie après. Donc, Zack ne peut plus ni te voir ni t'entendre.

C'était la première fois qu'ils abordaient ce sujet avec leur fille, et Mireille n'appréciait pas l'explication de son mari. Les enfants étaient élevés dans la religion catholique, mais personne dans la famille n'était pratiquant. Une seule fois par année, ils se rendaient tous à l'église pour la messe de minuit. Leurs dévotions s'arrêtaient là. Par contre, elle voulait laisser à chacun son libre arbitre. Ce n'était pas à eux, les parents, de choisir pour leurs enfants en voulant leur imposer leurs croyances. Les paroles de son père avaient semblé satisfaire Lucie, donc, Mireille n'ajouta rien pour ne pas heurter davantage l'humeur de Luc. Il serait toujours temps de ramener le sujet sur la table, lorsque le calme serait revenu.

— Et si on se levait ? J'entends ma mère qui brasse dans la cuisine. Elle est sûrement en train de préparer le petit-déjeuner, leur fit remarquer Mireille en repoussant les couvertures au pied du lit.

N'obtenant aucune réponse, elle haussa les épaules et alla s'enfermer dans la salle de bain.

Une demi-heure plus tard, ils étaient tous autour de la table à savourer le délicieux repas préparé par Marie. Sauf Jacob.

* * *

La pluie qui tambourinait contre la fenêtre de sa chambre avait fait sombrer l'adolescent dans un puits de souvenirs. Par une journée maussade semblable à celle-ci, Zack et lui avaient voulu jouer aux morts-vivants. Sous la galerie de la maison de sa mère, son ami avait creusé une cachette dans laquelle les deux compères s'étaient allongés côte à côte. Après, ils avaient rabattu une bâche au-dessus du trou afin de se retrouver dans une noirceur totale. Ils devaient tenir le plus longtemps possible pour en ressortir sous la forme de zombies. Leur expérience n'avait duré que quelques minutes. L'humidité et le silence oppressant qui s'étaient abattus sur eux avaient transformé leur jeu stupide en épouvante.

À la seule pensée qu'aujourd'hui on allait enterrer Zack, qu'il serait tout seul au fond de la fosse, et que jamais il n'en sortirait, Jacob revivait la même panique qui s'était emparée de lui ce jour-là. Cette fois-ci, cependant, ce n'était pas un jeu, mais la terrible réalité. Jamais il ne reverrait son ami. Jennifer non plus.

L'image de la jeune fille se substitua à celle de Zack. Depuis l'annonce de son décès, il n'avait reçu aucune nouvelle des parents de sa copine. Il savait que sa mère avait tenté de joindre ses parents, mais sans succès. Elle aussi serait ensevelie sous la terre. Son ravissant visage qu'il avait embrassé tant de fois se décomposerait pour être bouffé par les vers. Cette pensée lui donna la nausée. Une main couvrant sa bouche, Jacob se précipita vers la salle de bain pour y vomir cette horreur. Blanc comme un linge, il s'aspergea la figure d'eau froide avant de regagner sa chambre. Désorienté, ne sachant plus quoi faire, au bord des larmes, l'adolescent appuya son front contre la fenêtre et ferma les yeux. La pluie avait cessé, mais avait déposé sur la vitre une bienfaisante fraîcheur. Les images de l'accident affluèrent à sa mémoire. Les cris effrayés de Jennifer le poursuivaient sans arrêt. Aucune accalmie ne lui était permise pour chasser de son esprit ne serait-ce que quelques heures cette scène insupportable.

— Je vais devenir fou si ça n'arrête pas ! gémit-il en se saisissant la tête entre les mains.

Des bruits familiers et la bonne odeur du café émanant de la cuisine le ramenèrent dans la réalité. Comme un automate, il enfila un t-shirt et un pantalon de pyjama qui traînaient par terre dans un coin de la pièce.

Avant de sortir, Jacob eut un court instant d'hésitation. Un malaise sournois s'emparait de lui chaque fois qu'il croisait le regard d'une autre personne. L'impression douloureuse qu'on le jugeait le blessait profondément. La honte devenait omniprésente lorsqu'il se retrouvait en présence de son père. Il devinait dans ses yeux toute la déception qu'il lui avait causée par sa conduite inqualifiable, et qu'il provoquait encore par sa seule présence. Il aurait tellement préféré se terrer dans son repaire plutôt que d'aller aux funérailles pour se jeter en pâture à la foule, qui, d'avance, l'avait condamné.

Évitant de faire du bruit, l'adolescent sortit de sa chambre sur la pointe des pieds, comme s'il cherchait à se cacher. En descendant l'escalier, il se motivait: *Zack était mon meilleur ami, mon frère de sang, je ne peux pas l'abandonner. Même si je crève de trouille, je dois aller le voir pour lui demander pardon et lui dire que je ne l'oublierai jamais.*

Le sourire chaleureux de sa mère l'accueillit à l'entrée de la cuisine, ce qui eut pour effet d'alléger sa tristesse. Tous les autres étaient partis se préparer. Mireille lui tendit une tasse de café, qu'il accepta avec plaisir. Sa présence silencieuse et enveloppante apaisait ses craintes face aux événements à venir. Ses mains tremblaient lorsqu'il porta la boisson chaude à ses lèvres. Les heures qui allaient suivre le terrorisaient. Sentant son désarroi, sa maman se posta derrière lui et l'entoura de ses bras avec toute la force de son amour.

* * *

L'orage avait cessé, laissant sur l'asphalte de nombreuses rigoles que les timides rayons du soleil peinaient à assécher. Les gens venus rendre un dernier hommage au défunt zigzaguaient entre les flaques d'eau pour arriver jusqu'au salon funéraire, où était exposée pour quelques heures la dépouille de Zacharie Langlois.

Escorté de son père et de sa mère, Jacob pénétra à l'intérieur, le cœur battant à tout rompre. À peine était-il entré que tous les regards convergèrent vers lui. Il ferma les yeux et, l'espace de quelques secondes, il crut qu'il allait s'évanouir. Lorsqu'il releva les paupières, la mère de Zack se tenait bien droite devant lui, la figure ravagée par les larmes. Vêtue d'une veste de cuir et d'un jean élimé, les cheveux décoiffés, un maquillage délavé par les pleurs, elle affichait une allure pathétique. Contre toute attente, elle serra Jacob très fort dans ses bras en sanglotant sur son épaule.

— Mon pauvre Ti-Loup est mort ! répétait-elle en reniflant.

Immobile, incapable de prononcer un mot, Jacob ne savait pas comment réagir. La mère de Zack ne lui en voulait pas ; il n'y comprenait rien. Incrédule, comprimé dans l'étreinte de la femme éplorée, il était submergé par l'émotion. Elle lui saisit la main et l'entraîna avec elle.

— Viens, viens voir ton ami, on dirait qu'il dort, murmura-t-elle.

En titubant, la mère endeuillée se dirigea vers le cercueil où reposait son unique enfant. Elle s'effondra sur le prie-Dieu, entraînant Jacob à s'agenouiller à ses côtés. Paralysé par le spectacle qui s'offrait à lui, l'adolescent crut que son cœur allait s'arrêter. Immobile, comme coulé dans la pierre, son ami était étendu là, les mains croisées sur la poitrine. Son visage rigide, d'une pâleur extrême, n'avait plus rien en commun avec celui au regard clair et toujours souriant qui le caractérisait. Sa chevelure, habituellement libre aux quatre vents ou hérissée par du gel, était parfaitement lisse, dégageant ainsi son front, sur lequel on remarquait une fine cicatrice. Jacob ferma les yeux et vagabonda dans le passé, jusqu'au jour où Zack s'était lui-même infligé cette blessure. L'incident était arrivé quelques jours avant Noël. Ils avaient onze ou douze ans, il ne se rappelait plus très bien. Ce matin-là, les deux complices avaient supplié Mireille de les emmener au Centre Nature à

Saint-Basile pour faire de la planche à neige. Après plusieurs descentes, la routine avait fini par les ennuyer. Confiants dans leur talent, ils avaient osé quelques prouesses qui s'étaient terminées par une chute spectaculaire. Zack avait été conduit à l'hôpital, où, grâce à quelques points de suture, le médecin de l'urgence avait réparé les dégâts. Une boule d'émotion obstrua la gorge de Jacob en se remémorant cet épisode de leur enfance.

La mère de Zack n'avait pas bougé. Sur un ton monotone, elle psalmodiait des paroles incompréhensibles, tout en flattant tendrement l'épaule du défunt. Son bras appuyé contre le sien mettait l'adolescent mal à l'aise. Malgré l'inconfort qu'il ressentait, il n'osait pas se lever, de peur de la déranger. Incapable de supporter davantage l'image de son ami figé dans la mort, il joignit ses mains en prière, ferma les yeux et appuya son front sur ses doigts entrecroisés.

Mireille s'approcha et posa doucement sa main dans son dos.

— Viens, lui souffla-t-elle à l'oreille.

Docilement, le regard baissé, Jacob se redressa et suivit sa mère, qui le tenait fermement par le bras. Elle le conduisit à l'écart, dans la salle réservée aux visiteurs venus rendre un dernier hommage à la personne décédée.

Mireille proposa à Jacob de s'asseoir, mais il refusa. Par contre, il accepta un verre d'eau, qu'il alla boire près de la fenêtre. Les épaules affaissées, la mine triste et le regard humide qu'il arborait chamboulèrent le cœur de sa mère, qui ne savait plus quoi inventer pour adoucir sa peine. À la vue de Zack étendu dans son cercueil,

Mireille s'était sentie tellement troublée qu'elle osait à peine imaginer ce que Jacob avait éprouvé.

Si tout ce cauchemar peut enfin s'arrêter, qu'on puisse recommencer à vivre! pensait-elle. Dans son for intérieur, elle savait qu'ils ne se trouvaient qu'aux débuts d'un long cheminement pénible avant que leur fils puisse être de nouveau heureux.

— On va y arriver ! murmura-t-elle en redressant la tête et en replaçant le châle qui avait glissé de ses épaules.

Une présence dans son dos la fit se retourner. Luc se tenait derrière elle, élégant dans son costume marine, sa chemise blanche et sa cravate grise retenue par une épingle en or gravée de ses initiales. D'un geste délicat, il lui entoura la taille de son bras.

— Où étais-tu passé ? chuchota-t-elle.

— J'étais dehors. J'avais besoin de respirer un peu d'air frais.

Le temps d'un court silence et Luc murmura, en désignant Jacob :

— Comment va-t-il ? Il était agenouillé près du cercueil, à côté de la mère de Zack, quand je suis sorti.

— Il est muet comme une carpe. Il ne dit rien, il garde tout en dedans. Je ne sais pas ce qu'il pense, et je n'aime pas ça.

Luc rejoignit son fils près de la fenêtre. Dans chaque fibre de son être, il ressentait l'immense souffrance que dégageait l'aura de son enfant. Il s'approcha et, avec toute la force de son amour, il l'enserra dans ses bras. Jacob s'abandonna à l'étreinte paternelle. Des sanglots trop longtemps emprisonnés jaillirent, semblables aux cris d'une bête blessée. Discrètement, refoulant les larmes qui lui piquaient les yeux, Mireille respecta leur intimité et se retira.

Luc entraîna son fils vers la chaise la plus proche et, avec une douceur infinie, l'aida à s'asseoir avant qu'il ne s'effondre. Délicatement, avec des gestes tendres, comme lorsqu'il était un tout petit garçon, Luc prit son mouchoir de poche pour essuyer les larmes qui coulaient sur les joues de Jacob. Peinant à retenir les siennes, il répétait d'une voix feutrée :

— Ça va aller… ça va aller…

Jacob murmura :

— J'ai tellement de peine, papa ! C'est ma faute si Zack est mort !

Luc ne savait plus quoi dire face à ces paroles que son fils répétait sans cesse depuis l'accident. Il tenta quand même quelques mots d'encouragement, qui se retournèrent contre lui :

— Ça ne sert à rien de t'accabler ! Je te le répète encore une fois, c'était un accident.

Jacob répondit sur un ton amer :

— Tu ne comprends rien !

Mireille apparut sur le seuil de la porte.

— C'est le temps de se rendre à l'église.

Soutenu de chaque côté par la présence immuable de ses parents, le jeune homme assista au service funèbre, résistant à l'envie de s'enfuir le plus loin possible de ce spectacle macabre. Sa souffrance était si grande qu'il enviait le sort de Zack, pour qui la douleur n'existait plus.

Furtivement, Mireille jetait de temps à autre un œil sur la mère du défunt, qui sanglotait et se mouchait sans arrêt. Accompagnée par un homme qui semblait avoir à peine dépassé la vingtaine, la femme s'appuyait sur lui afin de trouver un peu de réconfort.

Mireille ressentait une profonde tristesse envers la malheureuse, qui avait cruellement perdu son unique enfant. Sa détresse faisait peine à voir, car même si elle le négligeait, elle l'aimait sûrement de tout son cœur. Ses pensées ramenaient constamment Mireille vers le même questionnement. Pourquoi Jacob et non les autres ? Pourquoi seul son fils avait survécu à ce terrible accident ? Qu'allait devenir sa vie, maintenant ? Qu'en était-il de son avenir ?

Au même moment, Luc se tourna vers son épouse et leurs regards se croisèrent en parfaite symbiose. Leur si précieuse complicité en avait pris un coup depuis l'accident, mais à ce moment, il lui sembla que l'harmonie refaisait surface. Le charme ne dura cependant qu'un instant. Mireille détourna la tête et reprit une attitude pieuse. Luc retourna alors à ses réflexions. Il ne procrastinerait pas. Dès demain il proposerait à Jacob le voyage de pêche sur lequel il cogitait et qu'il avait pensé lui offrir. Son fils devait reprendre au plus vite le cours de sa vie et tenter d'oublier cette nuit infernale. La perte de Zack, c'était bien malheureux, mais il se ferait d'autres amis une fois rendu au cégep. S'il soumettait l'idée à sa belle-mère d'héberger l'étudiant durant la semaine, et que tous les week-ends, il puisse revenir à la maison, ce serait la solution idéale. Il ne restait plus alors qu'à en discuter avec sa femme.

Mireille sera sûrement d'accord avec cet arrangement. Elle sait combien Marie aime son petit-fils, et que cet amour est réciproque. C'est évident, je ne lui achèterai pas une autre auto cette année. Je verrai quand il aura dix-huit ans. D'ici là, il aura eu le temps de se remettre de l'accident.

L'office religieux achevé, le cortège funéraire se dirigea vers le cimetière. Aménagé autour de l'église Sainte-Famille, datant de 1713 sous le Régime français, ce lieu superbe entouré d'arbres majestueux ayant pour toile de fond le fleuve Saint-Laurent accueillerait dans son sein la dépouille de Zacharie Langlois pour son dernier repos. En signe d'au revoir, le soleil traversa les nuages, chassant pour de bon la grisaille. En cadeau d'adieu, il déposa sur le cercueil son éclatante lumière. L'inhumation se déroula dans un silence pénible, parfois entrecoupé par les sanglots de la mère du défunt. Jacob détourna les yeux lorsque les fossoyeurs commencèrent à descendre la bière dans la fosse. La même épouvante qui l'avait saisi lors de leur expérience d'enfance s'empara de nouveau de lui. Paniqué, il se mit à trembler de tous ses membres. Brusquement, il décampa vers la sortie. Rejoint très vite par ses parents, il ne pouvait que balbutier :

— Je veux partir d'ici ! Ramenez-moi à la maison, s'il vous plaît !

* * *

Plus tard, en après-midi, le beau temps était revenu pour de bon, remplaçant la fraîcheur et les averses qui avaient sévi une partie de la journée par une chaleur humide qui faisait coller les vêtements à la peau. Les rayons du soleil n'avaient pas encore asséché totalement la pelouse, d'où s'échappait une subtile odeur d'herbe mouillée. Couvertes de gouttelettes de pluie, les corolles des fleurs du jardin semblaient habillées de jolies perles translucides.

Installés sur la terrasse, Luc, Mireille et Marie sirotaient un bloody mary en discutant de la situation des derniers jours. Dès leur retour du cimetière, Jacob avait regagné sa chambre, prétextant un mal de tête. Il n'était pas réapparu depuis.

Après avoir sollicité la permission de ses parents, Lucie était allée rejoindre une amie, qui l'avait invitée à passer la nuit chez elle. L'adolescente était chavirée par la crise que traversait sa famille. La mort de Zack et de Jennifer heurtait durement sa sensibilité. Elle ne reconnaissait plus son frère dans ce jeune homme silencieux, toujours enfermé dans son antre. Elle préférait s'éloigner de cette ambiance qui lui donnait envie de pleurer. Pendant que son père et sa mère assistaient aux obsèques de Zack, elle avait supplié sa grand-mère de la ramener avec elle à Québec. Marie lui avait promis d'en discuter avec Luc et Mireille, ce qu'elle s'apprêtait à faire.

— J'aimerais bien que Lucie revienne chez moi pour quelques jours. La situation présente est très dure pour elle. Je ferais en sorte de lui changer les idées. Ça permettrait aussi à Jacob de reprendre le dessus.

Un léger sourire aux lèvres, elle conclut :

— L'idée vient d'elle, de toute façon.

Mireille accepta avec reconnaissance l'aide de sa mère. Enfoncé dans ses pensées depuis un moment, Luc sursauta lorsque sa femme quêta son avis.

— Qu'en penses-tu, Luc ?

— Hem ! Ce que je pense de quoi ? bredouilla-t-il, émergeant de son mutisme.

Mireille lui répéta l'offre de Marie, en lui exposant les bienfaits que ces quelques jours supplémentaires passés loin du drame auraient sur leur fille. Son mari hocha la tête en signe d'approbation, puis déballa à son tour son projet.

— Je vais amener Jacob sur la Côte-Nord pour une partie de pêche entre gars. Et je pense que je vais inviter Étienne à nous accompagner, renchérit-il, fier de son idée.

Devant le silence poli de son auditoire, son regard inquisiteur voyagea de sa femme à sa belle-mère.

— À voir vos expressions, on dirait quasiment que je viens de sortir du placard ! ironisa-t-il sur un ton déçu.

— Ce que tu veux faire pour Jacob est très louable, le conforta Mireille, et je sais que ce voyage, en temps normal, aurait beaucoup intéressé notre fils. Mais je ne crois pas que ce soit le bon moment. Il est encore trop fragile.

— Justement ! s'emporta le père de l'adolescent. Ce dont il a besoin, c'est de se sortir de la tête ce qu'il vient de vivre. Et quoi de mieux pour ça qu'un dépaysement total en plein bois ?

Luc se leva et se mit à marcher de long en large sur la terrasse, pour finalement s'arrêter devant sa femme.

— Je sais qu'il n'oubliera jamais la mort de ses amis. Mais calvaire ! Il ne peut pas non plus demeurer le restant de sa vie encabané dans sa chambre ! Je vais le sortir de force, s'il faut ! hurla-t-il en tournant les talons pour aller s'enfermer dans son garage.

Médusée devant l'emportement inhabituel de son gendre, Marie consulta sa fille du regard.

— J'ai de la misère à le reconnaître, moi aussi, soupira Mireille. Je n'ai jamais vu Luc aussi déstabilisé. C'est terrible ce qui est arrivé, mais nous n'y pouvons rien. Il va falloir cheminer un pas à la fois pour reconstruire notre bonheur, car plus rien ne sera pareil dorénavant. Cet accident est en train de détruire non seulement notre fils, mais toute la famille. Je vais m'acharner à redonner le goût de vivre à Jacob, mais nous devrons tous être patients et nous serrer les coudes. C'est ce que Luc ne réalise pas. Il veut aller trop vite. Il est déchiré entre la déception et le chagrin de voir souffrir son fils sans pouvoir l'aider. Un lien s'est effiloché dans leur confiance mutuelle. Tu connais la grande sensibilité de ton petit-fils: il ressent la désillusion que vit son père, même si celui-ci tente de la dissimuler du mieux qu'il le peut.

Compréhensive, Marie avait écouté jusqu'au bout l'exposé de sa fille. D'un geste tendre, elle lui saisit la main en la pressant délicatement.

— On n'a jamais plié dans l'adversité, ce n'est pas aujourd'hui qu'on va commencer. Je connais ton mari presque aussi bien que toi, et je peux t'assurer que tout ce qu'il désire, c'est que Jacob reprenne les rênes de sa vie. Il va juste un peu trop vite, tu as raison. Ça va prendre du temps et bien des larmes avant d'en arriver là. Vous allez devoir être patients et accepter que le Jacob d'avant n'existe plus. Cette épreuve va le changer pour toujours.

L'arrivée inopinée d'Étienne mit fin à la conversation. Les deux femmes l'invitèrent à s'asseoir avec elles. Mireille lui offrit à boire, ce qu'il refusa poliment. Ayant retrouvé sa prestance coutumière, l'avocat se présentait vêtu d'un costume gris clair et d'une chemise bourgogne impeccablement fermée au collet par une cravate au nœud parfait. Bien coiffée, son abondante chevelure poivre et sel agrémentait son apparence irréprochable. S'adressant à Mireille d'une voix émue, il s'excusa :

— Je n'ai pas pu assister aux obsèques de Zack, je suis vraiment désolé. J'espère que Jacob ne m'en voudra pas. Je plaidais au palais de justice ce matin, et la cause s'est révélée plus ardue que prévue.

— Ce n'est pas grave, le rassura Mireille, indulgente. Jacob était tellement perturbé qu'il n'a pas remarqué ton absence. En tout cas, il n'y a pas fait allusion.

Pour meubler le silence qui s'ensuivit, Étienne parla de la météo.

— Il était temps qu'il pleuve, les pelouses commençaient à jaunir et…

— Si tu veux voir Luc, il est dans son garage, l'interrompit Mireille, que le sujet n'intéressait pas.

Maître Labrie la remercia d'un sourire en coin, salua la mère et la fille et se dirigea vers l'endroit où il savait qu'il trouverait son ami.

Après s'être réfugié dans son garage dans le but d'apaiser la tourmente qui grondait en lui, Luc n'arrivait pas à s'en libérer, même en prenant de profondes respirations et en serrant les poings de toutes ses forces. Habitué à régler les difficultés du quotidien et à trouver une solution à chaque problème, il était totalement désarmé devant la détresse de son fils. Malgré tous ses efforts pour bannir de son esprit le désappointement qu'il nourrissait envers Jacob quant à sa conduite insensée, il n'y parvenait pas.

En entendant ouvrir la porte du garage, dérangé dans sa réflexion, Luc sursauta. D'un pas léger, le sourire aux lèvres, Étienne avançait vers lui. Eux aussi avaient été des amis d'enfance. Toutes ces années, ils avaient été inséparables, tout comme Zack et Jacob. Aujourd'hui encore, ils se côtoyaient comme des frères. Envahi par un trouble étrange, Luc s'imagina à la place de son fils, qui se sentait responsable de la mort de son copain. Il comprit mieux alors l'étendue de sa peine. Sans attendre, il alla au-devant d'Étienne, qui l'accueillit dans une étreinte virile. Luc n'attendit pas avant de laisser éclater son désarroi :

— J'avais confiance en lui ! Jamais je n'aurais pensé qu'il puisse être tenté par la drogue. La veille, je l'avais averti de ne pas prêter sa voiture à qui que ce soit. Il m'avait promis. Ce qui me met en maudit, c'est que j'ai l'impression d'avoir failli à mon devoir de père en lui offrant cette bagnole. Je pensais qu'il était plus responsable que ça ! Calvaire, Étienne, je lui ai mis une arme entre les mains ! Mireille avait raison de s'inquiéter, j'aurais dû l'écouter !

— Ta femme est douée d'un sixième sens en ce qui concerne les enfants. Elle t'avait démontré sa réticence face à ce choix de cadeau d'anniversaire pour Jacob, mais tu t'es moqué de ses craintes en l'appelant maman poule ! lui rappela Étienne, qui avait été témoin de la scène.

— Encore une fois, elle a raison à propos du voyage de pêche sur la Côte-Nord que je pensais offrir à Jacob. Il n'est pas prêt. Je vais suivre ses conseils, mais ce n'est que partie remise. Je t'invite même, mon *chum*, à nous accompagner, si le cœur t'en dit !

— Ce sera avec plaisir, répondit Étienne, qui en profita pour s'excuser de nouveau de son absence aux funérailles.

D'un mouvement désabusé, Luc signifia qu'il n'avait aucune raison de s'en vouloir, qu'il comprenait très bien. Un temps vide s'ensuivit avant qu'il reprenne la parole :

— Dis-moi qu'on est en train de rêver tous les deux, et que quand on va se réveiller, il n'y aura pas eu d'accident !

De sa voix chaude et éloquente, Étienne le désillusionna :

— Je voudrais bien moi aussi que ce soit juste un damné rêve, mais c'est la triste réalité, et nous allons devoir y faire face. J'ai appris par l'enquêteur Lanouette que la police avait mis la main sur la personne qui avait vendu la cocaïne à Jennifer Leblond. En questionnant les parents de la demoiselle, ils ont remonté jusqu'à l'amie chez qui leur fille allait très souvent. Il s'est avéré qu'il s'agissait bien de la coupable.

— Bien content pour la police, soupira Luc, mais ce n'est pas ça qui va ramener Zack et Jennifer à la vie. Ce n'est pas ça non plus qui va libérer mon fils de sa culpabilité.

Il rajouta sur un ton repentant :

— Quand j'ai appris qu'il avait consommé de la drogue, j'étais tellement déçu et enragé que mes paroles ont dépassé ma pensée. Il m'en veut, Étienne. Il refuse de me parler. Mon fils rejette toute consolation venant de moi. Je l'ai serré dans mes bras avant le service funéraire et je pouvais sentir sa résistance. Mireille a plus le tour avec lui.

— Tu sais que tu es bigrement chanceux d'avoir une femme comme elle ! Je t'envie parfois. J'accumule les conquêtes, mais ça ne mène jamais nulle part. J'ai l'impression de tourner en rond. J'ai dépassé la mi-quarantaine et je n'ai rien construit de solide. Je vogue toujours sur un radeau à la dérive.

Le regard vague, l'avocat soupira :

— Ma vie professionnelle est un succès sans contredit, mais ma vie personnelle est un vrai fiasco !

Attentif, Luc avait écouté les doléances de son ami, mais il ne fit aucun commentaire.

Rapidement, Étienne reprit contenance et, d'une voix joyeuse, il annonça :

— Le recrutement pour notre Club social a atteint hier l'objectif de cent membres. Nous sommes prêts pour l'achat du chalet. Nous allons nommer notre groupe le Club sélect de la Jacques-Cartier. Qu'en penses-tu ? Nous avons besoin maintenant d'un notaire, et pas de n'importe lequel, du meilleur !

Devant le peu d'enthousiasme démontré par son vis-à-vis, Étienne renchérit :

— Je compte toujours sur toi pour être mon vice-président ! Tu n'as pas changé d'idée, au moins ?

— Penses-tu que j'ai la tête à ça ? aboya Luc, affichant un air excédé.

Contrit, l'avocat tenta de se racheter de son manque de tact.

— Je sais que tu vis des moments très difficiles. Nous allons te donner le temps qu'il faut pour décanter tout ça. Quand tu seras prêt, fais-le-moi savoir et nous déposerons l'offre d'achat du chalet. Mais ne traîne pas trop ! ne put-il s'empêcher d'ajouter avant de quitter son ami pour retourner à ses affaires en cours.

Luc grogna un bref « salut ! » qui se perdit dans l'espace.

Seul à nouveau, il retourna à ses réflexions. Habitué à contrôler ses émotions ainsi qu'à planifier quasiment chaque heure de sa journée, il se sentait pris au piège dans toute cette turbulence. Plus rien n'avait de sens, leur vie si bien rodée éclatait de toutes parts. Tout ça à cause d'un maudit accident qui n'aurait jamais dû avoir lieu ! Luc s'installa à sa table de dominos, mais le cœur n'y était pas. Son passe-temps favori ne l'attirait plus. Le regard vague, il fixait les petites pièces de bois noir sur lesquelles étaient peintes différentes séquences de points blancs, comme s'il ne savait plus comment les utiliser.

Si au moins il voulait me parler ! Je lui expliquerais que je ne lui en veux pas, qu'il avait mal compris ce que je voulais dire, que je suis prêt à tout faire pour l'aider, pensait Luc avec un douloureux pincement au cœur.

Chapitre 13

20 juillet

Le cortège funéraire accompagnant Jennifer à son dernier repos venait de quitter la bienfaisante fraîcheur qui régnait dans la maison de Dieu pour se retrouver dehors sous un ciel gris et triste. Le son lugubre du glas qui, à chaque coup, déchirait le silence, résonnait dans le cœur du père affligé comme un cri d'agonie.

La haine que l'homme d'affaires vouait à celui qu'il considérait comme responsable du décès de sa fille ne faisait que s'attiser. L'unique rescapé de la tragédie hantait ses jours et ses nuits. Il le maudissait pour avoir survécu. Des pensées assassines brouillaient parfois son jugement. Le père endeuillé n'avait alors qu'une envie : celle d'étrangler Jacob Lamontagne de ses propres mains. À deux reprises, son épouse avait dû le retenir de force, le menaçant d'appeler la police s'il quittait la maison pour se rendre chez le notaire. La pauvre femme craignait vraiment que son mari ne mette ses menaces à exécution tellement il était furieux.

* * *

Mireille s'était installée sur la terrasse pour faire des mots croisés. Pieds nus, vêtue d'une robe légère de tissu fleuri mettant en évidence l'arrondi de sa poitrine, elle prenait ses aises. À l'aide d'une barrette, elle avait relevé ses cheveux derrière sa tête afin de dégager son cou. Le coin d'ombre qu'elle avait choisi la protégeait des rayons ardents du soleil, mais pas de la chaleur intense qui enveloppait les lieux. La nature semblait endormie. Pas un souffle de vent pour agiter les feuilles. Même les oiseaux s'étaient tus, accablés par la touffeur du milieu du jour. La peau moite de ses mains l'empêchait de tenir fermement le crayon, qui lui glissait entre les doigts. En soupirant, Mireille délaissa son jeu et s'empara du verre d'eau fraîche qu'elle avait pris soin d'apporter en sortant. Avec délice, elle le porta à ses lèvres et l'avala d'un trait.

— Hum, ça fait du bien ! soupira-t-elle.

La tranquillité qui l'entourait atténuait la tension des derniers jours. À l'aube, Luc et Jacob étaient partis à la pêche. Malgré la réticence de son fils, le père était parvenu à le convaincre de l'accompagner, juste pour quelques heures, s'étaient-ils entendus. Mireille avait remarqué peu de changement dans l'attitude de l'adolescent, qui persistait à se replier sur lui-même. Qu'il ait consenti ce matin à suivre son père l'avait sidérée. Il s'agissait de la première brèche dans son mur de réclusion. *Pourvu que tout se passe bien, que Luc ne cherche pas à brusquer les choses,* ne cessait-elle de se répéter intérieurement. La veille, elle avait discuté avec son mari de la possibilité de référer Jacob à un psychologue. Peu ouvert à l'idée, le père avait boudé sa suggestion, préférant se rabattre sur son idée.

— Demain, je vais l'emmener à la pêche au lac Saint-Joseph. Tu t'en souviens ? C'est là que Zack nous avait accompagnés pour la première fois. C'est là aussi que leur penchant pour ce sport a débuté. Je suis sûr que ça va lui changer les idées, c'est exactement ce dont il a besoin. À son âge, il a encore tellement de trucs à découvrir qu'il va s'en remettre, tu verras !

Il avait aussi affirmé, sur un ton un peu railleur :

— Si je ne réussis pas à le faire sortir de sa chambre d'ici une semaine, tu auras le feu vert pour ton psy.

La veille, lorsque Jacob avait acquiescé à l'offre de Luc, Mireille avait failli hurler de joie. Son mari avait peut-être raison, après tout. L'ouverture demeurait bien ténue, mais elle était là. Elle devait y croire. Elle souhaitait de toute son âme que cette sortie procure un peu de joie à Jacob.

Lucie étant encore chez sa grand-mère, Mireille se retrouvait donc seule à la maison en compagnie de Truffe qui, liquéfiée par la chaleur, ronflait à ses pieds.

— Je pense que je vais me taper un petit roupillon en attendant leur retour, annonça-t-elle à la chienne, qui ouvrit un œil indifférent pour le refermer aussitôt.

* * *

Déçu, le geste brusque, Luc finissait d'arrimer la remorque à bateau derrière sa fourgonnette. Jacob était déjà assis dans l'habitacle, côté passager. Silencieux, le regard éteint, l'adolescent attendait que son père ait terminé sa besogne pour regagner au plus vite le seul endroit où il trouvait une infime sensation de bien-être. Si on pouvait qualifier de bien-être la profonde solitude dans laquelle il se complaisait. La veille, c'était avec beaucoup de réticence qu'il avait accepté d'accompagner son père à la pêche. Ce qui l'avait finalement décidé, c'était le désir de se retrouver à l'endroit où, avec Zack, il avait sorti sa première truite de l'eau dix ans auparavant. Une belle prise de deux kilos qu'il avait failli échapper tellement il était surexcité. Son père avait dû venir à son secours avant qu'il ne bascule par-dessus bord. Dans les jours qui avaient suivi, son copain et lui n'avaient parlé que de ce moment fantastique, impatients de renouveler l'expérience. La semaine suivante, Zack avait attrapé à son tour un omble de taille imposante. Les deux compères venaient de se découvrir une autre passion commune.

Un regret s'additionna à la peine de Jacob, celui d'avoir blessé son meilleur ami en préférant sortir avec Jennifer plutôt que de l'accompagner à la pêche comme prévu. Ils avaient fait un pacte des années auparavant, qu'ils s'adonneraient à la pêche ensemble chaque jour suivant son anniversaire, et il ne l'avait pas respecté. La mort de la jeune fille l'affligeait terriblement, mais la perte de Zack le chagrinait au-delà des mots. Il n'arrivait pas à penser à autre chose. Un abîme sans fond s'était creusé dans son être, lui donnant l'impression que, lentement, sa propre vie s'y enfonçait de plus en plus.

Le père et le fils étaient arrivés aux aurores afin de profiter de la fraîcheur matinale, mais depuis, aucun poisson n'avait mordu le bout de leur ligne. L'avant-midi s'était déroulé dans le silence le plus total. Tous les efforts pour engager une conversation entre les deux étaient demeurés vains. Jacob soupçonnait Luc de l'avoir entraîné là pour lui faire la morale. Peu importait les intentions de son paternel, il refuserait de les entendre.

Luc réfléchissait. Il s'était attendu à un peu plus de coopération de la part de son rejeton. Son unique but était de l'aider à sortir de son état végétatif en le replongeant dans une activité qu'il adorait. Ils auraient pu discuter ensemble de ses projets ou de son entrée au cégep, qui aurait lieu dans un mois à peine. Mais il s'était buté à un mur de béton, Jacob lui ayant carrément fermé la porte. Exaspéré, il s'était résigné à remettre le dossier dans les mains de sa femme. Mireille possédait une approche particulière envers les gens en détresse. Comparativement à sa femme, Luc était un excellent orateur, mais sans aucun talent pour l'écoute. Les malheurs des autres le mettaient mal à l'aise. La souffrance de son fils n'était plus une simple peine d'enfant, mais celle profonde et cruelle d'un adulte. Il se rangea du côté de Mireille. L'idée du psychologue n'était pas si bête, après tout. Peut-être que Jacob serait plus à l'aise de se confier à un étranger ?

Avant de monter dans la fourgonnette, Luc alla se laver les mains dans l'eau claire du lac, pour ensuite les frotter contre son pantalon pour les assécher. La chaleur était bien installée, le soleil brûlant du midi lui cuisait la peau. Il souleva sa casquette et, du revers de son bras, s'essuya le front. Il s'octroya quelques minutes encore pour savourer le paysage idyllique qui l'entourait. Puis, il monta dans son véhicule, mit l'air climatisé et se dirigea vers la maison. L'itinéraire se déroula dans une atmosphère pesante. Jacob avait fermé les yeux, croisé les bras sur sa poitrine et tourné son visage vers la fenêtre. Emmuré dans son silence, il semblait dormir. En le voyant si amorphe, lui d'habitude tellement vivant, le père de l'adolescent ressentit un douloureux serrement au cœur. Encore une fois, le sentiment d'impuissance qui l'assaillait face au drame que vivait son fils le mit hors de lui.

Je me sens tellement inutile ! Pourquoi est-ce qu'il refuse mon aide ? Je lui ai pourtant dit que je ne lui en voulais pas, que c'était un accident. Je ne pouvais quand même pas le féliciter pour avoir consommé de la coke! rageait-il.

* * *

Mireille venait tout juste de terminer sa sieste quand elle entendit une voiture s'engager dans l'entrée: elle alla à la rencontre de Jacob et Luc, désireuse de se faire raconter les péripéties de leur excursion. Avant même qu'ils soient descendus du véhicule, un pressentiment d'échec s'empara d'elle. La physionomie de Luc augurait très mal au travers du pare-brise. Les dents serrées, son mari descendit de la fourgonnette en claquant la portière derrière lui. En passant près d'elle, il haussa les épaules en signe de reddition. Il avança de quelques pas, puis se retourna:

— Tu peux appeler ton psy, moi, je renonce!

Sans un mot de plus, Luc s'éloigna vers la maison, laissant flotter derrière lui un malaise empreint de tristesse.

Mireille compatit à son chagrin. Elle aussi avait mis trop d'attente dans cette sortie père-fils. Elle n'avait pas envisagé un changement radical, une infime lueur d'espoir aurait suffi à la contenter. Même si elle avait envie de courir derrière son mari pour le serrer dans ses bras en lui disant qu'il avait fait de son mieux, elle choisit d'aller vers Jacob. L'adolescent avançait vers elle, avec, au fond des yeux, la même détresse qui embrouillait leur lumière depuis le jour du drame. Avec une voix qu'elle ne lui connaissait pas, et sans même prendre le temps de s'arrêter, il l'apostropha:

— Je ne veux plus jamais aller à la pêche! J'ai horreur de ça! Tu avertiras papa, il n'a pas l'air de comprendre!

Estomaquée par le ton autoritaire de son fils, Mireille demeura bouche bée. Lorsqu'elle voulut répondre, il était déjà rendu sur la terrasse. Jacob entra dans la cuisine sans même refermer la porte derrière lui. L'espace d'une minute de découragement, la mère sentit ses forces vaciller. Un nuage de lassitude tournoya au-dessus de sa tête, cherchant à lui saper sa détermination.

— Ce n'est pas le moment de flancher, ma vieille ! C'est juste le début et tu n'as aucune idée de quand ni de comment ça va finir ! Accroche-toi solide, si tu veux passer au travers, s'exhorta-t-elle à mi-voix.

À son tour, elle choisit de regagner l'intérieur pour débuter la préparation de son souper, même si elle n'en avait aucune envie. Jacob mangeait du bout des lèvres et, aussitôt le repas achevé, il disparaissait de nouveau dans sa chambre. Quant à Luc, il s'empressait d'avaler son assiettée pour aller se réfugier au salon, où il écoutait les nouvelles à la télévision.

Ce soir, elle irait chercher sa fille à Québec. La présence radieuse et spontanée de l'adolescente lui manquait trop.

— Je m'ennuie de toi, mon petit rayon de soleil, murmura-t-elle.

Debout devant le comptoir de la cuisine, elle s'interrogeait sur ce qu'elle allait cuisiner pour le repas du soir.

— Je me demande pourquoi je me complique la vie ainsi. De toute façon, personne n'a d'appétit ! soupira-t-elle.

* * *

Quelques jours plus tard, dans la cour derrière la maison, Lucie se récréait en lançant un Frisbee à Truffe. La chienne obèse ne courait pas assez vite pour attraper le disque volant, qui atterrissait toujours très loin en avant d'elle. C'est la langue pendante et les oreilles frôlant le sol qu'elle finissait péniblement par atteindre l'objet convoité. Elle se laissait alors choir par terre, posait ses pattes dessus, attendant que l'adolescente vienne le récupérer.

— Ce que tu peux être paresseuse, ma grosse ! se moquait Lucie en la caressant gentiment.

Le jeu ne dura pas longtemps : l'animal épuisé abandonna sa partenaire pour aller s'étendre sur l'herbe fraîche.

La sœur de Jacob s'ennuyait de leurs jeux. Elle se divertissait avec Truffe, car son frère ne voulait plus s'amuser avec elle. Muré dans son silence, il ne souriait plus, ne se chamaillait plus. Il ne se défendait même plus quand elle l'asticotait. Parfois même, il lui faisait peur, surtout lorsqu'il fixait le vide.

S'embêtant toute seule, ne trouvant rien à faire, l'adolescente choisit de rejoindre sa mère, qui travaillait dans ses plates-bandes, à l'avant de la maison.

Assis dans la chaise suspendue au fond de la cour, près du jardin, Jacob se balançait doucement. Les yeux grands ouverts, l'expression figée, il vagabondait parmi ses idées noires. Depuis deux jours, l'adolescent avait adopté cet endroit, où il passait maintenant le plus clair de son temps. Obligé par ses parents à quitter sa chambre, il n'avait pas eu le choix d'obéir, sous peine de les avoir sur le dos en permanence. Bourré de souvenirs, cet endroit lui plaisait. Des années auparavant, assis côte à côte, serrés l'un contre l'autre vu l'exiguïté de la chaise, lui et Zack se racontaient des histoires qu'ils inventaient au gré de leur imagination. C'était là qu'après avoir chipé des cigarettes à l'amant de sa mère, son copain, qui n'en était pas à sa première clope, lui avait offert d'en griller une. Réticent au début, Jacob avait fini par céder aux arguments de Zack, qui lui avait juré qu'il adorerait l'expérience. Étant donné qu'il s'agissait d'une sévère interdiction de la part de ses parents, la tentation était beaucoup plus grande. La première bouffée l'avait asphyxié. Les yeux remplis de larmes, une toux rauque lui déchirant la poitrine, Jacob avait cru sa dernière heure arrivée. Sous les moqueries de son camarade, il s'était promis de ne jamais récidiver. Et il avait tenu sa promesse. Cette réminiscence dessina sur ses lèvres l'ombre d'un sourire.

* * *

Au volant de sa rutilante voiture de l'année, l'homme d'affaires se dirigeait vers la propriété des Lamontagne. À mi-chemin, il s'était arrêté dans un bar pour calmer sa soif, tout en noyant sa peine. Même après plusieurs bières, sa douleur persistait, mais subtilement, sa colère s'était apaisée. Sa rage de vengeance se diluait dans l'alcool, se transformant discrètement en larmes amères qui lui brouillaient le regard. Pour récupérer une certaine paix d'esprit, il se devait de rencontrer face à face celui qu'il tenait toujours responsable de la perte de sa fille. Il ne parvenait pas à accepter la fatalité. Pour lui, ce qui était arrivé n'était qu'une injustice. Cracher dans la face de ce petit crétin tout ce qu'il pensait de sa personne allait peut-être lui apporter un soupçon de réconfort. Or, plus il approchait de sa destination, moins il en était certain.

Le bruit d'un moteur de voiture attira l'attention de Jacob. D'où il était, il ne pouvait voir de qui il s'agissait. De toute manière, il s'en fichait, plus personne ne venait à la maison pour lui. Soudain, une forte voix masculine qui semblait quêter des informations le fit sourciller. Jacob ne saisissait pas le sens des mots, mais il reconnaissait cette intonation. Le rapprochement ne se fit pas attendre. Le père de Jennifer était là, tout près. Comme un animal pris au piège, Jacob se mit à trembler, tout en cherchant une issue pour s'échapper sans être vu. Une autre voix s'ajouta, celle de sa mère, s'adressant au visiteur qui venait de parler à Lucie.

— Bonjour, monsieur ! Puis-je savoir de quoi il s'agit ?

La réponse jaillit, sèche et agressive.

— Je suis Ludger Leblond. Jennifer Leblond était ma fille. Je...

Stupéfaite, Mireille n'entendit pas le reste de la phrase. Elle était bouleversée, et les mots de réconfort qu'elle cherchait à prononcer n'arrivaient pas à franchir ses lèvres. Effrayée devant le ton acerbe du visiteur, Lucie se réfugia dans les bras de sa mère.

— Je veux voir le responsable de la mort de ma fille ! J'ai deux mots à lui dire ! scanda-t-il sur un ton impatient, en s'approchant un peu trop près de la femme.

L'arrivée de Luc soulagea Mireille, qui commençait à craindre le comportement menaçant du personnage. Lorsqu'il s'était avancé vers elle, lui soufflant son haleine en pleine figure, elle avait très vite compris qu'il était ivre. La voix puissante de son mari allégea quelque peu l'acrimonie de l'homme d'affaires, qui se retourna vers lui pour le dévisager. Peu impressionné, Luc lui tendit une main amicale que l'autre serra poliment.

— À qui ai-je l'honneur ? s'enquit-il.

— Ma fille est morte à cause de votre fils, ça ne vous rappelle rien ? lui cria Ludger Leblond sur un ton amer.

Immobiles, face à face, sans dire un mot, les deux hommes se regardaient droit dans les yeux. Sensiblement de la même taille et du même âge, ils dégageaient la même force virile. L'accusation avait touché Luc droit au cœur. Lorsqu'il prit la parole, sa voix tremblait de rage contenue.

— La mort de Jennifer était un accident, juste un maudit accident ! Si votre fille n'avait pas procuré de drogue à mon fils, tout ça ne serait jamais arrivé !

Le visage du père endeuillé blêmit sous l'insinuation. Il serra les poings et recula, comme s'il avait peur de frapper sur l'homme devant lui. Mireille en profita pour tenter une conciliation.

— Nous comprenons votre chagrin…

— Vous ne comprenez rien du tout ! Votre fils est bien vivant, il n'a même pas une égratignure, tandis que ma fille à moi est morte ! On dirait que vous ne réalisez pas ce que ça veut dire. Il y a deux jours, nous avons assisté à ses funérailles. Tout ce qui reste de cette belle enfant se trouve dans une urne. Nous ne la reverrons plus jamais ! Vous savez au moins ce que ça signifie, JAMAIS ?

Mireille entraîna Lucie dans la maison pour la soustraire à cette pénible scène. Emporté par sa douleur, le pauvre homme hurlait et tournait en rond en gesticulant.

— Votre gars, lui, il va continuer sa vie, faire de grandes études, se marier, fonder une famille, tandis que ma Jennifer…

Incapable de poursuivre, de grosses gouttes de sueur perlant sur son front, il termina, d'une voix à peine audible :

— Nous n'avons plus d'enfant. Tous les deux nous ont été enlevés de la même façon. C'est tellement injuste !

Pris de pitié pour le malheureux père, Luc lui proposa quelque chose à boire, ce qu'il refusa en murmurant :

— J'ai assez bu pour aujourd'hui. Pour un bon bout de temps, d'ailleurs !

Le dos courbé, Ludger Leblond fit quelques pas avant de se retourner. D'une voix lasse, il s'excusa :

— Je me suis conduit comme un malappris, je le regrette. Vous direz à votre fils que je suis passé, c'est tout. Je préfère ne pas le rencontrer. Je vais m'éviter ainsi une autre crise inutile. Ce n'est pas de cette manière que je vais ressusciter ma fille.

Après son départ, Luc s'attarda un moment sur le perron, pour permettre à la boule d'émotion qui lui obstruait la gorge de se dissiper. Ce pauvre homme avait perdu ses deux enfants dans des accidents de la route. Il pouvait comprendre son désarroi. S'imaginer un seul instant qu'il puisse être dépossédé ainsi de son fils et de sa fille lui déchirait l'âme. Se refusant à étaler son malaise devant sa femme, qui en portait déjà beaucoup sur ses épaules, il décida de tondre la pelouse, même si elle n'en avait nul besoin. En démarrant la tondeuse, Luc songea: *Je pourrais acheter un petit tracteur. Ça intéresserait peut-être Jacob. Je vais en discuter avec Mireille, pour voir ce qu'elle en pense.*

* * *

Jacob avait tout entendu de la conversation entre ses parents et le père de Jennifer. Camouflé dans un coin de la maison, il avait reçu chaque mot comme un coup de poing. Une peur viscérale s'était emparée de lui. Incapable de bouger, il était demeuré planté là, le cœur battant la chamade.

Le bruit assourdissant de la tondeuse à gazon le ramena à la réalité. Une envie irrépressible de fuir le plus loin possible s'empara de lui. En courant, il fonça vers le garage pour y prendre sa bicyclette. Comme dans un rêve où tout devient irréel, Jacob enfourcha son vélo et, faisant voler le gravier derrière lui, il s'élança en plein milieu de la route en direction de nulle part. Ignorant les automobilistes qui klaxonnaient derrière, debout sur le pédalier, l'adolescent filait à fond de train. Obligé de céder le passage, il obliqua vers l'accotement, sans ralentir son allure. Exténué, il termina sa course dans le chemin du Bois-de-l'Ail. Les jambes flageolantes, il s'affaissa dans l'herbe.

Il s'étendit de tout son long et, lentement, sa respiration retrouva un rythme régulier. Intuitivement, le jeune homme s'était rendu à l'endroit même où, avec Jennifer, il avait fait l'amour treize jours auparavant. À un rythme effréné, les images se succédaient, se superposaient, comme si son regard pouvait voir à l'intérieur de sa tête. Dans son corps, Jacob ressentait le même émoi que cette nuit-là, quand, pour la première fois, il était devenu l'amant d'une ensorcelante jeune fille. Ce qu'il avait éprouvé alors s'étendait au-delà du simple plaisir des sens. Tout son être s'était transformé pour devenir de l'adolescent gauche qu'il était un homme comblé et protecteur. Il s'était senti envahi d'un courage prodigieux, prêt à affronter le pire des dangers pour secourir celle qu'il aimait. Cet état de grâce n'avait duré que l'espace d'un jour. Au lieu de la défendre, il l'avait sottement mise en péril. Le père de Jennifer l'avait crié dans sa douleur, en l'accusant d'avoir tout enlevé à son enfant: son avenir, ses rêves, sa joie future d'être mère. En voyant la détresse de cet homme, l'ampleur de sa faute lui avait sauté à la figure. Jamais les parents de sa victime n'arriveraient à lui pardonner.

Confondu, embrouillé dans ses pensées, Jacob prenait sur ses épaules tous les torts, innocentant Jennifer qui lui avait fourni la drogue, et Zack, qui avait accepté de conduire la voiture, bien qu'il eût ainsi contrevenu à la loi.

Il était l'unique survivant du drame, ce qu'il se refusait à accepter.

Pourquoi je suis en vie? Je n'aurais pas tant à souffrir si j'étais mort moi aussi. Plus rien ne m'intéresse. Je ne veux plus voir personne. Je n'ai plus d'avenir, ressassait-il, les yeux imbibés de désespoir.

L'absence de Jacob ne fut remarquée qu'à l'heure du repas, ses parents le croyant dans sa chambre. Mireille avait pensé servir le souper sur la terrasse, vu la température agréable de ce début de soirée. La table était mise, prête à accueillir les convives. Une salade confectionnée avec les légumes du jardin et un plat rempli de sandwichs variés aux œufs, au jambon ou au poulet n'attendaient que d'être dévorés. La maîtresse de maison s'adressa à sa fille, qui dessinait, assise sur les marches de la véranda.

— Ma chérie, irais-tu prévenir ton frère que le souper est prêt ?

— Vas-y, toi ! Moi, il ne m'écoute pas ! ronchonna Lucie.

Mireille soupira et n'insista pas. L'adolescente se rebiffait souvent depuis son retour à la maison. La taciturnité de Jacob l'affectait et la rendait maussade. Habituée à se chamailler et à partager ses jeux avec son frère et Zack, qui, la plupart du temps, en faisait partie, elle vivait comme un rejet l'isolement de Jacob.

— Va avertir ton père, tu veux bien ?

— Tout de suite, maman ! répondit Lucie d'une voix redevenue joyeuse.

L'adolescente déposa son dessin sur le coin de la table avant de s'élancer vers le garage. Mireille y jeta un coup d'œil et elle sentit sa gorge se nouer. Au milieu de la page blanche, un garçon au visage souriant, les cheveux ébouriffés, la fixait de son regard chaleureux. Sur son épaule dénudée, un dragon crachant le feu lui révéla sans l'ombre d'un doute l'identité du modèle. La perfection du croquis était stupéfiante. Zacharie était là, devant elle.

Avec douceur, presque vénération, Mireille se saisit de l'esquisse et la posa sur son cœur. Lucie possédait un talent indéniable pour le portrait. Tout en admirant l'œuvre de sa progéniture, Mireille comprit en cet instant combien Zack manquait à sa fille. La mort avait ravi à leur famille un membre précieux, qui n'était pas de leur sang, mais qui détenait la même valeur.

Délicatement, elle reposa le dessin sur la table, prit une profonde respiration afin de refouler la forte émotion qui l'avait assaillie et monta à l'étage frapper à la porte de la chambre de Jacob. Mireille appela deux fois son nom, mais, n'obtenant pas de réponse, elle pénétra dans la pièce qui baignait dans la pénombre. Très vite, elle constata qu'il n'y avait personne. Après avoir vérifié chaque pouce carré du deuxième étage, un vent de panique la propulsa dans l'escalier, dont elle descendit quatre à quatre les marches en hurlant le nom de son fils.

— Jacob ! Jacob ! Où es-tu ?

— Pourquoi cries-tu comme ça ? s'inquiéta Luc, qui venait d'entrer dans la cuisine, suivi de Lucie et de Truffe.

— Jacob n'est pas dans sa chambre, et nulle part dans la maison ! Un de vous deux sait où il est ?

La voix de Mireille vibrait d'inquiétude et son regard alternait de Luc à Lucie, espérant une réponse. L'adolescente informa sa mère, tout en mastiquant un sandwich qu'elle venait de chaparder sur la table.

— La dernière fois que je l'ai vu, il était dans la chaise suspendue près du jardin. Quand je suis entrée, il fixait le vide comme d'habitude. Alors, le père de Jennifer est arrivé...

— Mon Dieu ! s'écria Mireille, lui coupant la parole. Pourvu qu'il n'ait pas entendu toutes les abominations que cet homme a déblatérées !

À son tour, Luc ressentit un malaise qu'il avait du mal à clarifier. Pourquoi, soudain, s'inquiétait-il ainsi de savoir où était son fils ? Quelle était cette menace qu'il n'osait pas identifier ? Il se contentait de se fier au temps qui passe, atténuant peu à peu les grandes douleurs. Le drame était récent, c'était normal que Jacob souffre des conséquences, mais devait-il attendre un autre drame avant de réagir ? Ce constat lui fit réaliser que Mireille avait peut-être raison et qu'il était temps de trouver de l'aide pour leur garçon. S'obligeant à rester calme, il suggéra :

— Je vais aller vérifier dans le garage si son vélo y est. C'est sûr qu'il n'est pas dans la cour, je l'aurais vu en tondant la pelouse. En attendant, tu peux appeler Za...

Le prénom mourut sur ses lèvres. Troublé par son lapsus, Luc comprit en cet instant toute la place que Zack occupait dans leur vie. Contrit, il s'écarta sans ajouter un mot. L'inspection du garage fut de courte durée. La bicyclette n'était pas à sa place habituelle. *C'est la première fois depuis l'accident que Jacob s'éloigne de la maison,* remarqua Luc.

— Il a sûrement entendu la conversation avec le père de Jennifer, marmonna-t-il en éprouvant un douloureux serrement dans la poitrine.

Rapidement, il rebroussa chemin pour revenir vers Mireille et Lucie qui, anxieuses, l'attendaient sur le perron.

— Il est parti ! Je vais patrouiller le secteur ! leur lança-t-il.

— Mais tu n'as aucune idée où il peut être ni depuis combien de temps il s'est enfui ! lui fit remarquer Mireille, la voix tremblante d'angoisse.

— Qu'est-ce que tu veux que je fasse ? Il s'est enfui de quoi ? De qui ? rétorqua-t-il, exaspéré. Je ne peux quand même pas envoyer la police à ses trousses !

Il sentit une main se poser sur son bras.

— Il est là, papa. Jacob est revenu, lui souffla Lucie.

D'un pas fatigué, le garçon marchait à côté de son vélo. Le visage fermé, voire dur, il passa près des membres de sa famille sans même leur jeter un regard. Sa figure barbouillée dévoilait les traces d'un débordement de larmes. Voguant entre l'exaspération et le soulagement, ses parents respectèrent son silence. Ils poseraient les questions plus tard. Seule sa petite sœur, dans un élan fraternel, glissa son bras sous le sien et l'accompagna jusqu'au garage, où il lança sa bicyclette par terre.

— J'ai eu peur que tu ne reviennes jamais ! pleurnicha Lucie.

Jacob posa sur elle un regard attendri, tout en esquissant un sourire qui réconforta l'adolescente. Il se dirigea ensuite vers la maison, passa près de la table, prit une assiette qu'il remplit de sandwichs et monta dans sa chambre.

Un mélange d'émotions s'abattit sur Luc. Rassuré d'avoir retrouvé son fils sain et sauf, il peinait par contre à retrouver son calme. Le comportement apathique du garçon l'irritait. Il éprouvait juste l'irrépressible envie de le secouer pour lui faire voir enfin la chance qu'il avait d'être encore en vie.

Chapitre 14

26 juillet (le lendemain)

Lucie ne supportait pas la tension qui régnait dans la maison. Elle ne reconnaissait plus ses parents, qui, d'habitude joyeux et pleins d'entrain, discutaient entre eux de divers sujets, qui souvent les faisaient éclater de rire. Plus personne ne riait dans la famille, même Truffe affichait un regard triste. Et Zack lui manquait affreusement. Jamais il ne l'avait repoussée quand elle voulait partager leurs jeux, même si Jacob s'y opposait en la traitant de parasite. Combien de fois Zack l'avait-il transportée sur son dos en hennissant comme un cheval au galop ? C'est lui qui lui avait enseigné comment conserver son équilibre sur sa bicyclette. Lorsqu'elle avait enfin réussi à pédaler seule sans tomber, il l'avait qualifiée de championne. Ce souvenir lui fit monter les larmes aux yeux. Pour la première fois de sa courte vie, la question existentielle de la mort la troublait profondément. Personne ne semblait connaître la vérité. Sa grand-mère lui affirmait que l'âme de Zack se trouvait maintenant au paradis avec les anges. Sa mère, quant à elle, n'était pas certaine, et son père réfutait sans l'ombre d'un doute la possibilité d'une autre vie après la mort.

C'est grand-maman qui a raison, choisit l'adolescente, qui, de cette manière, souffrait moins de la mort de Zack. Elle prit son sac à dos et, sans dire au revoir à personne, mais en claquant la porte de toutes ses forces pour que tout le monde entende, elle partit rejoindre une amie pour la journée.

Le déjeuner à peine achevé, Jacob avait regagné son antre afin d'écouter de la musique. Depuis sa course folle en vélo, c'est à peine s'il avait prononcé cinq mots. Les paroles du père de Jennifer l'obsédaient. Elles lui faisaient mal comme si on les lui avait gravées dans la mémoire avec un fer rouge. Même s'il n'avait pas tué ses amis de ses propres mains, il était coupable. Pourquoi est-ce qu'il avait survécu ? C'est lui qui aurait dû mourir, pas Zack ni Jennifer. Même son propre père le pensait, il lui avait presque crié la vérité par la tête. Il augmenta le volume de ses écouteurs à s'en crever les tympans.

* * *

Après avoir déposé les assiettes, les tasses et les ustensiles dans le lave-vaisselle, Mireille se retrouva seule dans la cuisine désertée. Lui revint en mémoire la discussion qu'elle avait eue la veille avec son mari, juste avant d'aller au lit. La fuite désespérée de leur fils les avait mis en face d'une urgence qu'ils ne pouvaient pas gérer eux-mêmes. Ils avaient besoin de l'aide d'une autre personne, quelqu'un qui saurait aider Jacob à accepter les faits et lui procurer des moyens pour y parvenir. Eux arrivaient à peine à le faire sortir de sa chambre.

Luc lui avait tout d'abord suggéré de l'envoyer quelque temps chez Marie.

— Ta mère a toujours eu le tour avec lui. Je suis certain qu'elle arriverait à le faire sortir de sa coquille. Tu le sais toi-même qu'il lui confie des choses qu'il ne nous dit pas à nous. Avant d'appeler n'importe qui pour...

Sèchement, elle lui avait coupé la parole :

— Premièrement, ce n'est pas n'importe qui, mais une personne qualifiée pour ce genre de situation. Avant de rejeter une aide professionnelle, nous allons quand même en discuter avec le principal intéressé. Ce n'est pas à toi ni à moi de décider pour lui. Pour une fois, laisse-lui le choix. S'il refuse, alors nous ferons appel à ma mère. Demain, je vais communiquer avec la clinique médicale à Donnacona pour qu'on me suggère quelqu'un.

La conversation s'était arrêtée sur ces mots. Luc lui avait lancé un regard furibond et avait pris la fuite vers son garage. Deux heures plus tard, il avait regagné le lit conjugal avec une haleine empestant la bière. Ses ronflements avaient perturbé le sommeil de sa femme qui, au lieu d'endurer ces borborygmes, s'était levée aux aurores.

Sa dernière gorgée de café avalée, Mireille posa la tasse vide sur le comptoir, attrapa le combiné du téléphone et alla s'installer confortablement au salon. Ayant eu à plusieurs reprises à consulter un médecin pour les enfants, elle connaissait le numéro de la clinique par cœur. La secrétaire lui répondit :

— Bonjour, que puis-je faire pour vous ?

Un peu embarrassée, Mireille bredouilla :

— Je... j'ai... enfin... nous aurions besoin d'un psychologue pour notre fils de dix-sept ans. Pouvez-vous m'orienter vers quelqu'un de compétent, s'il vous plaît ?

— Avec plaisir, madame, la renseigna son interlocutrice. Tous les mercredis, une psychologue de Québec vient à la clinique. Elle s'appelle Nicole Laberge et elle est très appréciée par la clientèle. Justement, elle est ici en consultation. C'est elle-même qui prend ses rendez-vous. Je vais lui faire part de votre démarche, et elle va vous rappeler.

Estomaquée, la mère de Jacob ne s'attendait pas à une réponse aussi rapide. Durant quelques secondes, elle demeura muette, cherchant ses mots.

— Est-ce que ça vous convient ? insista la dame au bout du fil.

Ayant retrouvé son aplomb, Mireille accepta d'emblée. Son appel terminé, elle soliloqua :

— Une femme psychologue ! Quelle bonne idée ! Je suis certaine que Jacob va se sentir plus à l'aise de raconter ses tourments. Il est tellement sensible, et c'est avec moi surtout qu'il a toujours partagé ses soucis et ses petites misères.

Mireille se préparait à aller rejoindre son mari pour lui faire part de sa démarche lorsque le téléphone sonna. Sans attendre, elle se précipita sur l'appareil. À l'autre bout du fil, une voix veloutée se fit entendre :

— Bonjour, madame, je suis Nicole Laberge, psychologue. Vous avez sollicité une rencontre avec moi ? Je peux vous offrir un rendez-vous mercredi prochain à 14 heures si cela vous convient. Sinon, ça irait dans quinze jours.

— Ce n'est pas pour moi, s'empressa de corriger Mireille, mais pour mon fils de dix-sept ans.

Un court silence s'ensuivit.

— À ce moment-là, votre fils doit prendre son rendez-vous lui-même. Dites-lui de m'appeler. Je serai ici, à la clinique médicale, jusqu'à 17 heures. Je vous donne aussi le numéro de mon bureau à Québec. Si vous voulez bien le prendre en note.

— Oui, oui, merci ! s'exclama Mireille qui, après avoir raccroché, s'empressa de griffonner le renseignement dans l'agenda posé sur la table d'appoint.

Sans attendre, elle courut prévenir Luc du succès de sa requête. Les traits tirés, le regard vague, son mari l'accueillit froidement. Assis sur la terrasse, il buvait son troisième café qui, au lieu de le remettre d'aplomb, lui asséchait la bouche davantage. Un agaçant mal de tête lui rappelait son inconduite de la veille et sapait sa patience. Faisant fi des désagréments bien mérités que subissait Luc, Mireille lui fit part de sa démarche :

— J'ai joint une psychologue ce matin. Elle s'appelle Nicole Laberge et chaque semaine, elle vient à la clinique à Donnacona. Elle est prête à recevoir Jacob. Je suis tellement contente ! Pourvu que ça marche !

— Et c'est toi, j'imagine, qui vas convaincre Jacob d'aller déballer ses problèmes devant une pure étrangère ? Je te souhaite bonne chance ! rétorqua-t-il sur un ton cynique.

— C'est tout ce que tu trouves à faire, te moquer de moi !

— Je ne me moque pas de toi, au contraire, je te trouve très courageuse !

— Tu étais d'accord pour qu'on l'envoie consulter un psychologue et…

— Je n'ai jamais été d'accord, je te fais remarquer ! C'est toi qui as tout décidé, et tu te moquais de mon opinion sur le sujet. Ce que je proposais, moi, c'était de demander l'aide de ta mère, mais tu as préféré faire à ta tête. Sauf que je ne suis pas certain que ça va lui plaire à lui, rectifia Luc. Jacob a quand même son mot à dire!

— J'ai l'impression que tu me laisses tomber pour t'en laver les mains! Les problèmes des autres n'ont jamais eu d'effet chez toi, c'est bien connu! riposta-t-elle sur un ton amer.

— Veux-tu laisser entendre que les difficultés de Jacob à se prendre en main m'indiffèrent? rétorqua son mari en haussant la voix.

Peinée par la tournure que prenait la conversation, Mireille ne renchérit pas. La veille, Luc avait bu et n'était pas dans son état normal. Elle détourna la tête pour camoufler sa déception. Depuis l'accident, leur belle complicité se transformait en affrontements perpétuels. Ils n'arrivaient pas à harmoniser leur attitude face au malheur qu'ils subissaient. Luc souffrait, mais contrairement à elle, il refoulait ses émotions comme s'il craignait de perdre le contrôle en les dévoilant.

Mireille était consciente de son tourment. Cependant, sa priorité n'était pas son mari, mais son fils. Toutes ses énergies, elle les concentrerait sur la guérison de Jacob, peu importait le temps que durerait le processus. Elle regretta quand même ses paroles. Elle avait blessé Luc volontairement et ce n'était pas dans sa nature. *Mais qu'est-ce qui se passe avec moi? Je ne me reconnais plus.*

L'expression affligée de Mireille n'avait pas échappé à son mari, qui lui aussi s'en voulait de s'être emporté. Une désolation jusqu'alors inconnue le submergea. Il regrettait amèrement sa faiblesse de la veille. Boire n'avait jamais rien réglé, et Mireille exécrait les ivrognes.

Il venait de lui fournir une raison de plus pour se ficher de son opinion et prendre elle-même les choses en main.

Depuis l'accident, leurs discussions se terminaient de plus en plus souvent par un affrontement. Une atmosphère nocive flottait partout dans la maison, même Lucie la ressentait. Ils n'avaient pas fait l'amour depuis l'anniversaire de Jacob. Une seule fois, il avait tenté une approche, mais Mireille l'avait repoussé en lui disant qu'elle n'avait pas le cœur à des rapprochements physiques. Sur le coup, il s'était senti rejeté, mais par la suite, il avait compris. Sa femme ne s'était jamais abandonnée à son désir par obligation. Il en avait quand même été blessé.

Le cœur battant, il lui tendit les bras, dans lesquels elle se réfugia après une brève hésitation. Tendrement, il la serra contre sa poitrine, la joue appuyée sur son indomptable chevelure rousse.

— Fais comme bon te semble pour Jacob, moi, je suis dépassé. Il ne me répond même pas quand je lui parle, comme si j'étais responsable de ce qui lui arrive. Qu'est-ce que j'ai fait, ou que je n'ai pas fait pour qu'il me traite ainsi, calvaire ?

— Rien, lui répondit Mireille. Moi aussi, il me repousse quand j'essaie de lui parler afin de l'encourager. Il ne veut rien savoir de personne. S'il refuse l'aide de la psychologue, alors nous l'enverrons chez maman. Ça pourrait peut-être lui changer les idées s'il se retrouvait dans un décor différent. Ici, tout lui rappelle Zack. Je ne vois pas d'autre solution pour le moment. Ce serait temporaire…

— Je suis d'accord ! Je me sens tellement inutile…

— Juste le fait que tu sois là, comme un ange gardien, ça lui fait sûrement du bien.

En levant les yeux vers lui, elle ajouta :

— Mais ce n'est pas en te saoulant que tu vas être utile à qui que ce soit.

— Je te jure que je ne recommencerai plus.

Luc dénoua son étreinte. Mireille lui sourit, tout en se dégageant. Tranquillement, elle s'éloigna de quelques pas, se retourna et, en signe de réconciliation, lui souffla un baiser du bout des doigts. Soulagé, Luc sentit son mal de tête se dissiper lentement.

Un air doux et parfumé enveloppait les lieux. Perchés sur les branches du grand chêne, les oiseaux avivaient l'atmosphère de leurs joyeuses ritournelles. Luc, qui reprenait peu à peu son énergie, décida d'aller relaxer dans son bureau.

Entre-temps, Mireille était montée à l'étage en repassant dans sa tête les mots qu'elle utiliserait pour convaincre Jacob d'accepter de rencontrer la psychologue. Autant c'était facile de communiquer avec l'adolescent avant l'horrible événement, autant c'était devenu ardu. Enfermé dans sa coquille, il n'autorisait personne à en franchir le seuil, pas même elle, à qui, pourtant, il avait l'habitude de confier tous ses états d'âme et ses secrets.

Comment vais-je m'y prendre pour le persuader d'ouvrir son cœur à une parfaite étrangère ? Luc a raison, ce n'est pas une mission facile. Sa rectitude m'agace parfois, surtout maintenant. Je voudrais tellement qu'il fasse fausse route, réfléchissait-elle, immobile devant la porte de la chambre de son fils.

Elle ferma les yeux et croisa les doigts en invoquant l'aide du Ciel.

— C'est le moment de me prouver que Tu existes !

Après plusieurs coups frappés sans réponse, elle ouvrit la porte avec précaution afin de ne pas surprendre Jacob.

Mireille franchit le seuil de la pièce, qui se trouvait dans un état lamentable, ce que la veille, dans la pénombre, elle n'avait pas remarqué en entrebâillant la porte. Des vêtements traînaient par terre, des restes de nourriture croupissaient sur la table de chevet et une odeur de renfermé lui sauta aux narines. Son fils était étendu sur son lit, vêtu d'un simple boxer, ses écouteurs sur la tête.

Comment fait-il pour écouter de la musique si fort ? Il va se défoncer les tympans, pensa-t-elle, en observant Jacob, qui ne semblait pas du tout incommodé.

Sur la porte de la penderie, le regard sombre de Che Guevara semblait vouloir lui interdire l'entrée. Estomaquée par l'état des lieux, la mère de l'adolescent eut un mouvement de recul. La tâche d'entretenir sa chambre appartenait à Jacob depuis l'âge de quatorze ans, tâche qu'il accomplissait avec plus ou moins de diligence. Toutefois, jamais il n'avait négligé l'endroit comme maintenant. Le premier réflexe de Mireille fut de le semoncer, mais très vite, elle se reprit. Les remontrances n'avaient pas leur place dans la conversation qu'elle projetait d'avoir avec son fils. Elle lui fit signe d'arrêter la musique.

— J'aimerais te parler, dit-elle, d'une voix amicale.

— Pourquoi tu ne l'as pas fait au déjeuner ?

Jacob prit le verre d'eau sur la table de nuit et le porta à ses lèvres.

Son ton et son visage étaient rébarbatifs. Mireille s'arma de courage, car la rencontre s'annonçait houleuse. Son enfant s'emmurait dans sa détresse davantage de jour en jour. Elle commençait vraiment à craindre pour sa santé mentale. Une aide psychologique s'imposait, et le plus vite serait le mieux. Les cours au cégep débutaient dans moins d'un mois ; comment l'adolescent allait-il réussir à se concentrer sur ses études dans un tel état ? *Une chose à la fois,* songea-t-elle en s'assoyant au pied du lit. Elle n'allait pas tergiverser, elle irait droit au but.

C'est d'une voix ferme que la mère s'adressa à son fils.

— Nous sommes conscients que tu vis un énorme chagrin et que tu te sens coupable de ce qui est arrivé. Ton père et moi aimerions que tu rencontres un professionnel qui pourrait t'aider à surmonter cette terrible épreuve. J'ai trouvé une psychologue qui est prête à te recevoir et à te fournir des outils pour te permettre de soulager ta peine. Cependant, il faut que tu sois d'accord. On ne peut pas prendre la décision pour toi.

Mireille se tut et attendit patiemment la réplique de Jacob, qui n'avait eu aucune réaction, ni bonne ni mauvaise. Il s'était contenté de la fixer de son doux regard triste. Finalement, l'adolescent déposa son verre sur la table de nuit en repoussant l'assiette du souper de la veille, dans laquelle il restait des croûtes de pain séché. D'une voix hésitante, il manifesta son désaccord :

— Je ne veux pas raconter ma vie à une psy, je ne suis pas fou ! Je veux juste que tout ça ne soit jamais arrivé. Personne ne peut ressusciter Zack et Jennifer, qui sont morts par ma faute. Tout ce que je demande, maman, c'est qu'on me fiche la paix !

Les dernières paroles prononcées, le garçon se tourna sur le ventre et enfouit sa tête sous l'oreiller. Désappointée par la tournure que prenait la conversation, Mireille ne pouvait plus accepter que les choses se détériorent ainsi. Un sentiment d'agacement monta en elle devant l'attitude apathique de son fils, qui ne cessait de s'autoflageller, prenant sur ses épaules la responsabilité entière du drame. C'est sur un ton sévère qu'elle l'interpella :

— Écoute-moi bien, Jacob Lamontagne, ce n'est pas en restant enfermé dans ta chambre, qui ressemble à une zone sinistrée, que tu vas ressusciter tes amis toi non plus !

Surpris par le ton inhabituel de sa mère, Jacob se rassit pour lui faire face. Mireille continua sur son envolée.

— Il est temps que tu fasses un effort pour remonter la pente. C'est ce que Zack aurait voulu, tu te rappelles comme il était courageux ? Il ne se laissait jamais abattre, lui.

— Mais, c'est ma faute s'il est mort, maman !

— Arrête de dire ça ! lui intima sa mère. Ce n'est la faute de personne ! C'était un accident ! On ne peut rien faire contre la fatalité, il faut juste apprendre à vivre avec les conséquences.

— Mais j'ai tellement mal, maman, tu ne peux pas savoir !

— Toutes les blessures finissent par guérir, mais elles gravent des cicatrices qui feront que tu n'oublieras jamais Zack et Jennifer. Ils vivront pour toujours dans ton cœur, et un beau jour, tu te souviendras des moments merveilleux que tu as partagés avec eux. La douleur aura cédé la place à la sérénité. C'est à ça que sert la mémoire, lui confia Mireille sur un ton radouci.

— Je préférerais ne pas en avoir, de mémoire, pour que cette douleur disparaisse jusqu'à la fin des temps ! Ne plus me souvenir de rien. Oublier l'accident, les cris de Jennifer, ne plus revoir le visage de Zack écrasé derrière le volant. Maman, je... je voudrais mourir à mon tour !

Comme lorsqu'il était petit, Jacob se réfugia dans les bras maternels. Ébranlée par son discours tragique, Mireille l'étreignit très fort. Les sanglots rauques qui déchiraient sa poitrine n'étaient plus ceux d'un enfant, mais ceux d'un homme brisé par le désespoir. Lorsque enfin se termina la tourmente, un embarrassant silence s'installa, que Mireille rompit en proposant à Jacob ce dont elle et Luc avaient discuté la veille au sujet de Marie.

— Vu que tu n'es pas prêt à rencontrer une psychologue, au lieu de demeurer ici où tout te rappelle Zack et Jennifer, que dirais-tu d'aller chez ma mère ?

Une faible lueur d'intérêt fit scintiller les yeux de l'adolescent. Mireille y vit une ouverture à ne pas négliger.

— Nous avons pensé, ton père et moi, que tu aimerais habiter chez elle durant ton année scolaire. Tu pourrais venir ici les week-ends ainsi que pour les journées pédagogiques. Qu'en dis-tu ? Les cours au cégep débutent bientôt, ça va t'aider à surmonter ton épreuve et à te faire de nouveaux amis.

Devant le regard offensé de Jacob, Mireille regretta sa dernière phrase. Elle tenta de se racheter en modulant :

— Je sais que jamais personne ne remplacera Zack, mais avoir des compagnons de ton âge, c'est important, tu sais. Au collège, tu pourrais t'inscrire dans une équipe de basket. Tu adores ce sport et de plus, tu es excellent !

Les paroles de sa mère rebondissaient sur un mur de silence. Jacob l'écoutait sans manifester d'intérêt. Son attitude démontrait même un certain agacement. Ne sachant plus trop quoi inventer pour intéresser son auditeur, Mireille termina en précisant :

— Je vais aller voir ta grand-mère aujourd'hui pour lui faire part de notre projet et savoir si elle est d'accord.

Avant de se retirer, Mireille se tourna vers son fils. Sur un ton autoritaire, elle le somma de faire le ménage de sa chambre, et lorsque ce serait terminé, de descendre prendre l'air. Malgré toute sa bonne volonté, elle supportait de plus en plus difficilement l'abattement de l'adolescent. La mère de Jacob referma la porte derrière elle et partit à la recherche de Luc pour lui faire part des résultats de sa rencontre avec leur fils. Agacée de ne pas l'avoir trouvé sur la terrasse, indisposée par son échec concernant la psychologue, c'est d'une voix brusque qu'elle s'adressa à lui en pénétrant dans son bureau :

— Qu'est-ce que tu fais ici, tu n'es pas censé être en vacances ?

Interloqué, son mari, qui rêvassait plus qu'il ne travaillait, riposta :

— Depuis quand le fait d'être en vacances m'empêche de venir me reposer dans mon bureau ?

Encore une fois, un nuage de discorde alourdit l'ambiance. Luc le dissipa en s'adressant à sa femme sur un ton attentionné :

— Tu n'as pas réussi à convaincre Jacob pour la psy ?

Mireille se contenta de remuer la tête en signe de dénégation. Luc approcha une chaise et lui signifia de s'asseoir. À son tour, il s'installa devant elle et emprisonna ses mains dans les siennes.

— As-tu remarqué que depuis l'accident, nous élevons souvent la voix l'un envers l'autre ? On dirait qu'on ne peut plus s'entendre sur aucun sujet... C'est vrai que c'est toujours le même qui prend toute la place ! Je comprends que la situation est difficile, je dirais même catastrophique. Toutefois, on pourrait faire un effort, toi comme moi, pour éviter de se crier après. Je regrette sincèrement ma conduite d'hier. Si tu me pardonnes, je ne recommencerai plus. Croix sur le cœur !

Gentiment, il déposa un baiser sur le bout de ses doigts. Mireille lui répondit par un profond soupir. Elle aussi, elle en avait assez de leurs différends, qui écorchaient de plus en plus la stabilité de la famille. La tristesse de Lucie la préoccupait aussi. Au déjeuner ce matin, l'adolescente ressemblait à une brebis égarée avec son regard abattu qui allait d'une personne à l'autre, comme si elle cherchait une réponse qui ne venait pas. La dernière bouchée avalée, elle s'était enfuie sans même un au revoir, ce qui ne lui ressemblait pas. Mireille offrit à son mari un sourire las, puis en soupirant, lui fit part de sa rencontre avec Jacob.

— Il refuse de voir la psy, alléguant que c'est inutile, qu'elle ne pourra pas ressusciter ses amis.

— Ce n'est pas ce qu'on lui demande ! C'est une psy, pas une sorcière ! s'écria Luc, en bondissant de sa chaise.

— Ne t'emporte pas, s'il te plaît ! le supplia Mireille.

Penaud, son mari se rassit en maugréant. Elle poursuivit son compte rendu et termina en lui révélant son intention de se rendre chez Marie la journée même pour solliciter son aide.

— C'est notre seule avenue pour le moment. Ton idée était excellente. Il faut que Jacob retrouve un centre d'intérêt et qu'il parle de ce qu'il ressent à une personne de confiance. Et qui est mieux placé que sa grand-mère pour recevoir ses confidences ? Avec nous, il se replie sur lui-même, comme s'il craignait qu'on le juge. J'en ai discuté avec lui et il m'a donné son aval. Qu'en penses-tu ? Es-tu toujours d'accord ?

— Sur toute la ligne ! s'exclama Luc. L'atmosphère ici est devenue invivable, autant pour nous que pour sa sœur, qui passe son temps en dehors de la maison, incapable de supporter le désœuvrement de son frère.

Attristée, mais approuvant le discours de son mari, Mireille renchérit, d'une voix tremblante :

— Tout à l'heure, il a encore manifesté le désir de mourir. Je suis terrifiée par ce langage. Et si c'était vraiment ce qu'il mijote ?

La même crainte sournoise avait déjà effleuré Luc, mais très vite, il l'avait chassée de son esprit. Pour lui, c'était impossible que l'on veuille mourir à l'âge de dix-sept ans.

— Tu vas voir, notre fils va surmonter son épreuve. C'est juste une question de temps. Son entrée au collège va lui ouvrir d'autres horizons et de nouveaux intérêts. À son âge, ça ne sera pas long qu'il va reprendre le dessus. Il va rencontrer une autre jolie fille, d'autres amis, s'imposer de nouveaux défis, et il va devenir un brillant avocat.

Luc cherchait à tranquilliser la mère de Jacob en lui révélant ce qu'il pensait.

Mireille ne se sentait pourtant pas rassurée pour autant. Elle aurait bien aimé posséder la confiance qui habitait son mari, mais une toute petite voix, au tréfonds de son cœur, l'exhortait à la méfiance.

— Je vais me rendre à Sainte-Foy cet après-midi pour voir ma mère et lui demander son aide. Si elle accepte, Jacob est prêt à s'installer chez elle. Il semblait même content de l'arrangement.

— Moi, je vais en profiter pour rendre visite à Étienne. Nous avons à discuter d'un projet, tous les deux, l'avisa Luc, qui, considérant que le cas de Jacob était en voie d'être réglé, pouvait passer à autre chose.

— Quel projet ?

— Je t'expliquerai une autre fois. Pour le moment, il n'y a encore rien de concret, et tu as quelque chose de plus urgent à régler.

Obnubilée par les tracas que lui causait le comportement de Jacob, elle prêta peu d'attention au discours de son mari.

Quelques heures plus tard, Luc partit rejoindre son ami Étienne. La table du dîner desservie, Mireille sortit dans la cour retrouver Jacob. Aussitôt son assiettée avalée, l'adolescent s'était esquivé pour aller se réfugier dans la chaise suspendue près du jardin. Pendant le repas, Mireille avait cogité sur la tâche qu'elle s'était imposée, celle de délivrer son fils de sa léthargie afin qu'il retrouve le goût de vivre. Elle ne le laisserait pas s'enfoncer davantage dans sa culpabilité, peu importait les efforts et le temps qu'elle devrait y consacrer. Elle s'arrêta quelques instants pour reprendre contenance, car une avalanche de souvenirs lui déboulait dessus.

Accrochée à l'énorme branche du grand chêne, la chaise oscillait légèrement sous le poids de son fardeau. L'éclatante lumière de ce début d'après-midi se faufilait parmi les feuilles qui jetaient de l'ombre sur le charmant tableau. Comme dans un miroir surgit devant elle le reflet de deux jeunes garçons se tenant par les épaules en riant à gorge déployée. La musique cristalline de leurs voix d'enfants résonnait de nouveau à ses oreilles. Elle prit le temps de savourer cet ineffable rappel de jours meilleurs avant de s'approcher de son fils.

— J'aimerais que tu m'accompagnes chez ta grand-mère. Elle va être ravie de te voir, et tu pourras toi-même lui demander si elle veut bien héberger un étudiant sage et studieux, lui dit-elle sur un ton enjoué.

La réponse tarda à venir. Les yeux mi-clos, l'adolescent vagabondait dans son monde intérieur. La nitescence du soleil caressant son visage donnait à ses traits une douceur puérile. L'envie de le prendre sur ses genoux pour le bercer tendrement effleura Mireille qui, envahie par l'amour maternel, voyait devant elle le petit garçon d'avant. Celui qui se précipitait dans ses bras pour se faire consoler en quémandant le baiser qui guérit tous les bobos.

— C'est correct, je vais y aller avec toi.

Mireille, qui s'était préparé tout un scénario pour convaincre son fils, demeura bouche bée. Elle ne put résister à la tentation de l'enlacer en lui plaquant un baiser sonore sur la joue. L'ombre d'un sourire illumina pour un instant le visage mélancolique de Jacob.

— Quand tu es prêt ! l'invita sa mère sur un ton joyeux.

— Je monte chercher mon Walkman, la prévint-il en s'extirpant de la chaise suspendue, qui, ayant retrouvé sa légèreté, continuait de se balancer dans le vide.

Croyant profiter de ces quelques moments seule avec son fils pour l'encourager à reprendre sa vie en main, Mireille soupira :

— Ce n'est pas avec des écouteurs sur les oreilles qu'il va s'intéresser à ce que je veux lui dire !

En suivant l'adolescent vers la maison, elle s'encouragea. *Un petit pas à la fois ! Il a quand même accepté de venir avec moi, ça tient presque du miracle !*

* * *

Assise à l'ombre, bien calée dans une chaise en rotin, sur la terrasse de son condo, Marie Beaudet tricotait des pantoufles en Phentex pour son gendre, qui en raffolait.

Situé sur une rue boisée adjacente au chemin Sainte-Foy, tout près du cégep, son appartement comptait deux grandes chambres à coucher, ce qui lui permettait d'accueillir son petit-fils pour quelque temps. Courir les antiquaires était la passion de Marie, qui pouvait passer des heures à fureter dans une brocante pour y dénicher l'objet rare. Dans chaque pièce de son logis, une trouvaille unique avait sa place. Sa découverte préférée se révélait être un précieux cœur de Marie dans un splendide cadre en bois sculpté, qui parementait le mur à la tête de son lit. Chaque soir, avant de s'endormir, elle *piquait une jasette* à la Vierge, comme elle se plaisait à dire. Gratifiée du même prénom, elle avait toujours eu une grande confiance en la sainte mère de Jésus. Malgré la Révolution tranquille, qui avait relégué aux oubliettes les symboles religieux, Marie n'avait jamais perdu la foi en sa patronne. Chaque soir, depuis l'accident, elle la suppliait de veiller sur son petit-fils, qui traversait une dure épreuve.

Le drame qui bouleversait la famille de sa fille unique occupait les pensées de Marie du matin au soir, et même la nuit, durant ses longues heures d'insomnie. Depuis l'événement, presque quotidiennement, Mireille l'appelait pour la tenir au courant de l'attitude de Jacob, qui, au lieu de s'améliorer, se dégradait de jour en jour. Dernièrement, sa fille lui avait révélé les difficultés que son couple vivait à travers cette tragédie. Marie en avait été très secouée, car malgré les problèmes inhérents à chaque famille, le mariage de sa fille avait toujours tenu bon. Chacun avait ses qualités et ses défauts, que Mireille et Luc avaient apprivoisés au cours des années vécues ensemble. Son gendre était un homme charmant auquel elle s'était très vite attachée, et c'était réciproque. Ayant été privé de sa maman dès sa tendre enfance, Luc vivait avec un vide profond dans le cœur. Très tôt, Marie avait su reconnaître cette lacune qui le rendait possessif envers sa femme et ses enfants. Sans s'en rendre compte, il brimait parfois leur liberté. Mireille, avec son tempérament conciliant, ne s'en formalisait pas trop, sauf s'il dépassait les bornes. Pour Jacob, qui approchait de l'âge adulte, c'était une autre histoire.

Peu de temps avant l'accident, après avoir exigé une totale discrétion de sa part, son petit-fils lui avait confié le grand projet qu'il comptait concrétiser en compagnie de Zack. Le regard brillant d'excitation, il lui avait expliqué, sur un ton exalté :

— Dans deux ans, grand-maman, Zack et moi, on va partir en voyage pour se rendre jusqu'en Patagonie. Mais ne t'inquiète pas, je ne vais pas abandonner mes études, je vais juste les repousser à plus tard. Je sais que papa va se mettre en colère et qu'il va essayer par tous les moyens de m'en empêcher, mais je ne changerai pas d'idée ! J'ai besoin de liberté avant de m'embarquer dans de longues études, car je sais qu'une fois devenu avocat, je n'aurai plus le temps. Qu'en penses-tu ?

Surprise, Marie avait tout d'abord pensé que Jacob lui jouait un tour, tellement cette idée lui paraissait démesurée, mais très vite, elle s'était rendu compte qu'il était sérieux. Ne sachant pas trop quoi dire et ne voulant pas le décevoir, elle avait simplement exprimé son étonnement :

— C'est un rêve merveilleux...

— Ce n'est plus un rêve, mais la réalité ! avait-il corrigé sur un ton sans réplique. Rien ni personne ne va nous faire changer d'idée !

Abandonnée dans ses souvenirs, la tricoteuse échappait maille après maille. Depuis vingt minutes qu'elle y travaillait, son ouvrage était demeuré au même point.

— Je suis mieux de renoncer, je ne fais rien de bon. Si je continue ainsi, Luc va se retrouver avec des pantoufles pleines de trous ! marmonna-t-elle en se levant pour aller remiser son tricot.

Au même moment, un bruit de moteur lui indiqua l'arrivée d'une voiture dans le stationnement. D'un signe de la main, elle signala à ses visiteurs de monter la rejoindre. Marie remarqua les traits tirés et empreints d'inquiétude de sa fille. Vêtue d'un jean, d'un débardeur rayé bleu et blanc, les cheveux retenus tant bien que mal par un élastique, Mireille lui rappelait la mignonne fillette qu'elle avait été. Toujours de bonne humeur, prête à rendre service, elle était le soleil qui avait illuminé sa vie depuis le jour de sa naissance. La voir ainsi, triste et accablée, lui brisait le cœur.

Exige de moi tout ce que tu veux, je vais te l'accorder. Ensemble, nous allons surmonter cette épreuve. Tu peux compter sur moi, ma chérie, pensait-elle en observant sa fille, qui avançait dans l'allée, suivie par Jacob, qui tirait de la patte.

— Bonjour, maman, salua Mireille en entrant dans l'appartement.

Marie la serra dans ses bras tout en jetant un regard vers son petit-fils, qui stagnait sur le seuil. Le comportement inusité du jeune homme la déconcerta. Elle peinait à le reconnaître tellement il avait changé en quelques jours. D'habitude, dès qu'il arrivait, en riant, il se jetait à son cou comme un gamin. Débordant d'énergie, bavard comme une pie, le garçon lui racontait tout ce qui lui était arrivé depuis la dernière fois qu'ils s'étaient vus. Elle connaissait tout des péripéties des deux inséparables amis. *Comme Zack doit lui manquer!* songea-t-elle intérieurement.

— Tu ne viens pas m'embrasser, l'invita-t-elle en lui tendant les bras.

Jacob s'approcha lentement de sa grand-mère, qui l'enlaça avec tendresse. Marie ressentit une certaine résistance, comme s'il avait hâte de se libérer de son étreinte. Pour chasser ce léger malaise, elle les pria de passer au salon, tout en leur offrant une boisson rafraîchissante.

— Installez-vous pendant que je vais chercher la limonade.

À son retour, sa fille feuilletait une revue de mode, tandis que Jacob s'évadait de nouveau en écoutant de la musique. Les yeux mi-clos, battant la mesure avec son pied, l'adolescent semblait tout à fait indifférent à son entourage. Il prit le verre que sa grand-mère lui tendait en baragouinant un merci du bout des lèvres. Mireille jeta un regard désolé à sa mère comme pour lui confirmer: « Tu vois, ce que je te disais, ce n'est pas le Jacob d'avant. » Un léger haussement d'épaules de la part de Marie lui certifia qu'elle ne lui en tenait pas rigueur.

La grand-mère s'assit près de son petit-fils et, délicatement, elle lui retira ses écouteurs. Jacob posa sur elle un regard dans lequel se confondaient la surprise et la contrariété. Marie ne lui donna pas le temps de s'offusquer. Avec diplomatie, elle l'avisa:

— Si tu es venu me rendre visite aujourd'hui, ce n'est sûrement pas pour écouter de la musique enfermé dans ta bulle, n'est-ce pas ? Alors, pourrais-tu déposer ton Walkman sur la table près du sofa et me dire ce que tu attends de moi ?

Avant de parler, Jacob tourna la tête vers sa mère, comme s'il cherchait son approbation. Finalement, d'une voix mal assurée, il exposa la raison de sa visite:

— Les cours au cégep commencent bientôt, et vu que je n'ai plus d'auto pour voyager...

Sa phrase resta en suspens, le temps qu'il évacue la triste image qui s'imposait à sa mémoire. Il s'enhardit et continua :

— J'aimerais ça vivre avec toi, si tu veux bien. Je retournerais à Cap-Santé les week-ends et durant les journées pédagogiques.

— Mais bien sûr ! s'écria Marie. Tu es le bienvenu ! Je vais aménager la chambre d'ami en chambre d'étudiant. Tu peux venir t'installer quand tu voudras.

— Je vais aller chercher mes affaires à la maison...

Il hésita avant d'ajouter :

— Est-ce que je peux revenir demain ?

Étonnée, Marie consulta sa fille du regard afin d'avoir son opinion. D'un léger hochement de tête, Mireille lui signifia son accord.

— Certain ! Je vais t'attendre avec grand plaisir.

L'ébauche de sourire qu'il lui renvoya suffit à lui seul à la conforter dans sa décision. Elle allait faire tout ce qui lui était possible pour l'aider à reprendre sa vie en main.

Tellement de belles choses t'attendent encore, mon garçon. Tu verras, furtivement, les souvenirs tristes vont s'estomper et l'absence de tes amis se fera plus douce. Ta jeunesse sera ta meilleure alliée, car elle ouvrira devant toi un chemin rempli de découvertes et de plaisirs encore inconnus. Nous serons à tes côtés pour te soutenir, tout le temps que durera ce pénible voyage vers la guérison, songea Marie.

Chapitre 15

La visite du chalet convoité par le nouveau Club sélect de la Jacques-Cartier venait de s'achever. En compagnie de son acolyte, maître Étienne Labrie, le notaire Luc Lamontagne ne tarissait pas d'éloges sur l'emplacement exceptionnel où se situait le pavillon. Érigée sur un terrain en pente douce conduisant à la rivière, dont le grondement perpétuel résonnait telle une musique à son oreille de pêcheur, l'imposante habitation dominait le paysage. Fenestré sur trois côtés, ceinturé par une galerie en bois de cèdre rouge et muni d'un long escalier descendant jusqu'à la grève, le magnifique chalet se révélait être exactement ce qu'ils cherchaient. Ébloui, Luc s'imaginait déjà caressant la truite en compagnie de son fils, devenu avocat et jeune membre de leur guilde. Impatient de connaître son opinion, Étienne le tira de sa rêverie.

— Alors ! Qu'est-ce que tu en penses ?

— Je suis sidéré ! C'est exactement ce qu'il nous faut. Le terrain est immense, nous allons pouvoir y ajouter plusieurs aménagements. Peut-être même un *mini-putt* !

Étienne éclata de rire devant l'enthousiasme de son ami. Le voir heureux lui réchauffait le cœur. Ce nouveau projet allait l'aider à traverser la pénible passe que vivait sa famille. Sur un ton chaleureux, il lui proposa :

— Si on allait fêter ça ?

Luc hésita un court instant, mais, se rappelant qu'il n'y avait personne à la maison, il accepta l'invitation.

— Très bonne idée !

Ça va me faire du bien de voir autre chose que des visages tristes. Ce n'est pas avec une p'tite bière que je vais manquer à ma parole. Au contraire, ça va juste me remettre d'aplomb, se justifia-t-il.

Attablés sur la terrasse de la première brasserie croisée sur le chemin du retour, les deux compères sirotaient une bière fraîche en s'imaginant tout ce qu'ils pourraient faire avec le chalet.

— Pour commencer, expliqua Étienne, on va modifier l'intérieur afin d'y installer un bar et une table de billard. Ensuite, on va revamper les quatre chambres au deuxième étage, qui pourraient se révéler très utiles à l'occasion. Je vais me charger moi-même de faire les démarches auprès de la Régie afin d'obtenir notre permis de vente d'alcool.

— Qu'est-ce que tu penserais de ça si on proposait chaque année un tournoi de pêche, où le participant qui attraperait le plus gros poisson se verrait remettre un trophée ? On pourrait aussi organiser un rallye automobile qui se terminerait par un souper bien arrosé au chalet !

Luc s'emballait comme un enfant le jour de Noël.

— Toutes des super bonnes idées ! répondit Étienne en claquant son verre contre celui de son vis-à-vis.

Leur conversation se poursuivit, ponctuée d'éclats de rires, comme lorsqu'ils étaient étudiants à l'université. Le temps qui s'écoulait passait sans qu'ils s'en rendent compte, les deux lurons s'amusant comme des enfants. Une bière avalée après l'autre augmentait l'euphorie de Luc, qui sentait s'alléger la pression accumulée depuis l'accident. S'étant permis deux consommations alcoolisées, Étienne buvait maintenant de l'eau minérale, car puisque c'était lui qui conduisait sa voiture, l'avocat ne pouvait se permettre aucune infraction à la loi. Il donna le signal du départ :

— On devrait y aller, il est presque l'heure du souper !

Étonné que l'après-midi ait passé si vite, Luc marmonna, d'une voix pâteuse :

— Je t'invite à souper à la maison. Je suis certain que Mireille va être contente de recevoir le grand *chum* de son gentil mari !

— Pas sûr ! le détrompa Étienne, constatant l'état d'ivresse dans lequel se trouvait Luc. Je te ramène chez toi et, ensuite, j'ai un rendez-vous important.

— Tu dis toujours la même chose. C'est ton excuse lorsque tu veux te défiler, bafouilla Luc, cherchant à maintenir son équilibre.

Fermement, Étienne attrapa son compagnon par le coude et l'entraîna avec lui vers le stationnement, où se trouvait sa Lexus de l'année. En rigolant, Luc se faisait guider comme un aveugle. Le retour à la maison se déroula dans une ambiance amicale. Les deux vieux amis se rappelaient en s'esclaffant les coups pendables de leur jeunesse.

— Tu es sûr que tu ne veux pas venir souper avec nous ? insista le notaire éméché qui, une fois descendu de la voiture, était demeuré appuyé sur la portière.

— Certain ! Mais n'oublie pas de saluer Mireille pour moi, et dis à Jacob que je vais passer le voir bientôt.

Après le départ de l'avocat, Luc se dirigea vers la maison en faisant attention de ne pas louvoyer dans l'allée. Conscient de son état déplorable, il bifurqua vers le garage afin d'allonger un peu le temps, histoire de se remettre d'aplomb avant de se présenter devant Mireille. À peine eut-il pénétré à l'intérieur qu'il entendit s'ouvrir la porte coulissante. Pris au piège, n'ayant aucune issue pour se dérober, il respira profondément et afficha un sourire coupable, tout en ouvrant la portière de l'auto à son épouse. L'éclat de ses prunelles ainsi que l'haleine distinctive que dégageait son mari heurtèrent Mireille, dont la patience était à bout. Exaspérée par le comportement de Jacob qui, durant tout le retour à la maison, n'avait pas une seule fois voulu engager la conversation, elle repoussa brusquement son aide.

— Laisse-moi tranquille !

Luc voulut, en la taquinant, désamorcer la dispute qu'il voyait se profiler.

— Ma belle petite roussette est d'humeur désagréable !

Ce sobriquet qu'il utilisait seulement dans leurs moments d'intimité acheva de la mettre en rogne. Sans réfléchir à la présence de son fils, elle qui s'était juré de ne jamais se disputer devant les enfants, transgressa son serment.

— C'est tout ce que tu as trouvé à faire aujourd'hui, te saouler la gueule encore une fois ? Qu'est-ce que tu fais de ta promesse de ce matin ?

— J'ai juste pris une couple de bières avec Étienne en discutant de notre nouveau Club sélect. Je voulais justement te parler de ce projet-là, mais avec tout le bordel des derniers jours, je n'en ai pas eu l'occasion. J'ai hâte que tu voies le chalet que nous avons déniché pour...

Sèchement, Mireille lui coupa la parole.

— Je n'en ai rien à faire de ton Club sélect et de ton chalet ! Pour le moment, il y a des choses bien plus importantes que ça !

Ce disant, elle tourna son regard vers l'adolescent, qui était demeuré assis dans la voiture. Les yeux fermés, la tête appuyée sur la vitre, Jacob semblait totalement absent à son entourage. D'une voix amère, elle s'adressa à son mari :

— Es-tu intéressé au moins par la réponse de ma mère en ce qui concerne Jacob ?

À son tour, Luc monta le ton en reculant vers le fond du garage où se trouvait son jeu de dominos.

— Tu m'es tombée dessus avant même que j'aie eu le temps de te poser la question. C'est rendu qu'on n'a plus le droit de s'amuser. Ce n'est quand même pas un crime de prendre un verre avec son vieux *chum* !

Sur un ton courroucé, il grommela :

— Lui, au moins, il ne fait pas la baboune !

Mireille fulminait, ne comprenant pas pourquoi elle était si en colère. Son mari était là, devant elle, la jaugeant de son regard embrumé par l'alcool, et l'espace d'une seconde, elle le détesta. Qu'est-ce qui lui arrivait ? Les petites incartades de Luc ne l'avaient jamais choquée à ce point. À le voir vaciller devant elle, après sa promesse de sobriété, elle se sentait trahie et abandonnée toute seule dans la tourmente. C'était comme si son univers s'écroulait autour d'elle, lui faisant perdre tous ses repères. Pour ne pas éclater en sanglots, elle préféra se retirer au plus vite de cette atmosphère lourde qui lui sapait son courage. Sans un mot, elle fit volte-face et s'éloigna rapidement vers la maison.

Blessé et humilié, dans un geste rageur, Luc balaya tous les dominos se trouvant sur la table. Les petites pièces volèrent dans les airs et atterrirent un peu partout sur le plancher en ciment. Lorsqu'il retrouva son calme, ses yeux croisèrent ceux de son fils qui, pendant ce temps, était sorti de la voiture de sa mère. L'adolescent le fixait, hagard et tremblant, comme s'il ne le reconnaissait pas. Embarrassé, Luc s'approcha de son fils en tentant de minimiser leur dispute.

— Ne t'en fais pas ! Ta mère et moi, on est un peu fatigués ces temps-ci. Tout va s'arranger.

Il avança un pas de plus vers Jacob en lui ouvrant les bras. Le visage déconcerté par le spectacle auquel il venait d'assister, le jeune homme refusa la main tendue et s'enfuit en courant.

— *Shit!* gémit Luc, maintenant dégrisé et repentant. Qu'est-ce qui m'a pris de m'énerver comme ça ?

Avant d'aller rejoindre sa femme et son fils à la maison, il s'octroya un moment de réflexion. Il s'appuya sur le mur, croisa les bras sur sa poitrine et baissa la tête. Dans son champ de vision apparut un domino qui, sous la force de son élan, avait voltigé jusqu'au milieu du garage. Au lieu de le ramasser, il lui flanqua un coup de pied et l'envoya disparaître sous l'établi. Luc réalisa : *Je n'ai pas su finalement si la belle-mère avait accepté d'héberger Jacob. Si je me fie à l'humeur de ma douce moitié, j'ai des doutes !*

À voix haute, il exprima sa pensée :

— Je souhaite qu'elle ait dit oui, ça va permettre de détendre un peu l'atmosphère qui règne ici.

D'un pas pesant, il quitta le garage pour aller rejoindre les autres, ne sachant pas trop quelle sorte d'accueil l'attendait.

* * *

Jacob avait regagné sa chambre aussitôt le souper terminé. Les seuls mots prononcés au cours du repas avaient été la question de son père :

— Est-ce que Marie a dit oui ?

Pour toute réponse, sa mère avait hoché la tête en signe d'assentiment.

Jamais l'adolescent n'avait vu ses parents se comporter ainsi. Le malaise qui s'était installé dans sa famille depuis l'accident prenait des proportions de plus en plus démesurées. Son père et sa mère se disputaient, ce qui n'était jamais arrivé avant, du moins pas en sa présence. Sa petite sœur passait son temps chez son amie pour fuir cette ambiance lamentable déclenchée par sa faute à lui. Il avait hâte de s'évader de ce milieu qui lui rappelait sans cesse le bonheur perdu.

Fébrilement, il entreprit de faire ses bagages. Ne sachant trop quoi apporter chez sa grand-mère, il enfouit au fond de son sac de voyage des vêtements pigés au hasard et sa collection de disques compacts. Il n'avait besoin de rien d'autre. Une impression bizarre le suivait depuis l'accident, comme s'il n'avait pas d'avenir, que le seul moment qui existait était celui qu'il vivait dans le présent. Son entrée au cégep l'indifférait totalement. Son grand rêve d'aventure était mort lui aussi. Zack l'avait emporté dans sa tombe. Le vide qu'il ressentait était impossible à décrire. Tous les souvenirs de sa brève histoire d'amour avec Jennifer s'y enfonçaient chaque jour davantage. Sa vie ressemblait à un interminable cauchemar dans lequel il se débattait sans jamais arriver à trouver la sortie.

Son mince bagage achevé, Jacob s'étendit sur son lit, attendant simplement que le temps s'écoule. Les objets familiers qui l'entouraient lui semblaient futiles et dénués d'intérêt.

Un nuage noir le suivait partout, obnubilant sa lucidité et son raisonnement. Chaque nuit, ses rêves débutaient par des souvenirs agréables qui se terminaient toujours par des cris d'horreur et des flots de sang jaillissant des corps mutilés de Zack et Jennifer. Il hurlait dans son sommeil jusqu'au moment où, en sueur, les yeux fous, il se réveillait en constatant que ces images n'étaient pas le fruit de son imagination, mais la triste réalité. Pour ne pas déranger ses parents, il enfonçait sa tête sous l'oreiller afin d'étouffer ses sanglots.

La dispute dont il avait été témoin dans le garage l'avait blessé profondément. L'harmonie qui régnait dans sa famille avant l'accident n'existait plus. Un malaise omniprésent flottait autour d'eux, et Jacob savait très bien qu'il en était l'unique responsable. Son choix de s'installer chez sa grand-mère permettrait aux siens de retrouver la paix d'avant. Il ne serait plus là pour les embêter par sa présence.

Un curieux souvenir lui revint en mémoire; celui d'un petit garçon, lui-même, désespéré qui, pour aller rejoindre son copain, avait fait son baluchon dans le but de s'enfuir de la maison.

C'était il y a longtemps, mais il s'en souvenait comme si c'était arrivé la veille. Zack et lui avaient désobéi à une interdiction stricte, celle de jouer avec des allumettes. La soirée venait à peine de commencer lorsque son ami lui avait donné un coup de fil, l'incitant à venir le retrouver dans la minute qui suivait. Les deux compères adoraient ce genre de rencontres clandestines qu'ils organisaient chacun leur tour. La surprise de découvrir ce que l'autre avait inventé les comblait de joie. Cette fois-là était gravée pour toujours dans la mémoire de Jacob.

Son camarade l'attendait dehors, un sourire machiavélique sur les lèvres.

— Ma mère est sortie avec son *chum* pour la veillée. Regarde ce que j'ai déniché!

Dans une main, il tenait un sac de guimauves et dans l'autre, un carton d'allumettes.

— On va se régaler! s'était-il exclamé, sur un ton de conquérant.

Un peu craintif tout d'abord, et conscient qu'il enfreignait un interdit, Jacob ne s'était pas fait prier pour autant. Son copain avait déjà préparé un amoncellement de branches, de brindilles et de vieux journaux, qui allaient servir à enflammer le tout. Le garnement s'était inspiré des manœuvres que le père de Jacob utilisait lors des soirées autour d'un feu de camp. Zack n'avait malheureusement pas tenu compte de la proximité de la clôture de bois séparant leur terrain de celui adjacent, ni du vent qui soufflait en rafales ce soir-là. Leur réjouissance avait été de courte durée. En effet, quelques minutes avaient suffi pour que les flammes grimpent sur la palissade, projetant des étincelles sur la pelouse du voisin. Paniqué et en furie, l'homme s'était emparé du boyau d'arrosage pour éteindre le brasier avant qu'il ne se transforme en catastrophe. Malgré les supplications des jeunes et leurs promesses de ne jamais récidiver, l'individu s'était fait un plaisir d'avertir les parents des coupables, qui les avaient condamnés à demeurer cloîtrés chez eux toute une semaine, sans aucune communication entre eux. Jacob s'était tellement ennuyé qu'il avait cherché à fuguer pour aller rejoindre son copain. Saisi par le collet en voulant s'évader, le délinquant en herbe avait récolté une autre semaine à sa sentence. Tous ces jours sans voir Zack lui avaient paru insupportables. Jacob revivait en lui la même absence, mais cette fois, c'était pour l'éternité.

Un seul moyen existait d'aller retrouver son ami.

En soupirant, il tira l'édredon pour s'en couvrir, posa les écouteurs sur sa tête et augmenta le volume à la limite du supportable. La musique de Nirvana lui défonçait les tympans, mais sans réussir toutefois à déjouer le sommeil qui, sournoisement, s'empara de sa conscience pour l'engouffrer de nouveau dans ses cauchemars.

* * *

Après avoir vainement tenté un rapprochement avec son épouse la veille, Luc venait de se réveiller et fixait le plafond. Mireille ne dormait pas non plus. Un léger malaise flottait autour du lit conjugal, comme si l'un et l'autre s'interrogeait à savoir lequel allait entamer la conversation. Les minutes s'écoulaient dans un silence troublé par le seul mouvement du ventilateur qui tournait inlassablement au-dessus de leurs têtes. Une autre belle journée d'été s'annonçait. S'infiltrant effrontément entre les lattes du store, le soleil matinal étalait déjà ses rayons de lumière sur le pied du lit.

Luc brisa la tranquillité du moment en premier :

— À quelle heure vas-tu reconduire Jacob chez ta mère ?

Perdue dans ses pensées, Mireille sursauta. Laconiquement, elle répondit :

— Je ne sais pas. Quand il sera prêt.

Luc discernait chez sa femme une contrariété persistante en lien avec leur dispute de la veille. La faute lui incombait, il en était conscient. Il devait se racheter afin de rétablir l'harmonie dans leur couple. Il hésitait entre s'excuser ou lui proposer de faire l'amour. Il n'eut pas le temps de se dépêtrer de son dilemme, Mireille le devança :

— Je regrette de m'être emportée hier. Je n'aurais pas dû, mais je ne supporte pas de te voir ivre. Surtout présentement, j'ai la patience à bout !

Soulagé, son mari se tourna vers elle et déposa un baiser aérien sur son épaule.

— C'est à moi de te demander pardon. Je te jure que je serai sobre à l'avenir !

Il voulut la prendre dans ses bras, mais elle se dégagea doucement.

— Je dois me lever, j'ai une grosse journée qui m'attend. J'espère que cette fois, ce n'est pas une promesse en l'air !

Interdit, Luc demeura sur son appétit. C'était la deuxième fois que sa femme refusait de faire l'amour. Le laissé-pour-compte n'insista pas, mais ressentit une étrange sensation d'abandon.

Mireille descendit au rez-de-chaussée, la tête pleine de contradictions. Luc était demeuré au lit et semblait dormir lorsqu'elle était sortie de la salle de bain. Elle s'était refusée à lui non pas par vengeance, mais simplement parce qu'elle n'en avait pas envie. Son but n'était pas de blesser son mari, même si, dans son for intérieur, subsistait un brin de rancune envers son comportement exécrable. Un certain regret la tourmentait pourtant, comme si elle venait de se priver d'une agréable consolation. Et Dieu savait combien elle en avait besoin !

La conduite de Lucie la tracassait aussi : l'adolescente ne cherchait qu'à s'éloigner de la maison. Hier soir encore, elle n'était pas rentrée, préférant dormir chez son amie. *Pauvre petite ! Je n'ai plus de temps à lui consacrer, je suis trop prise avec les problèmes de son frère. Je vais me reprendre lorsque Jacob sera chez maman*, se promit-elle en pénétrant dans la cuisine.

Mireille n'était même plus certaine que l'idée de laisser Jacob s'installer chez Marie était la bonne solution. La même inquiétude sournoise la taraudait toujours. *S'il fallait qu'il lui arrive quelque chose de grave pendant que je ne suis pas là pour veiller sur lui, jamais je ne me le pardonnerais ! J'ai confiance en maman, mais c'est moi, sa mère. J'ai l'impression de faillir à mon devoir et ça me crève le cœur. Pourvu qu'on ait pris la bonne décision !*

Lorsque Mireille termina son frugal repas matinal, Luc n'était toujours pas venu la rejoindre. Elle jeta un coup d'œil par la fenêtre de la cuisine et constata que les fleurs de son jardinet souffraient cruellement de la soif. Leurs pétales flétris pendaient tristement au bout de leurs tiges desséchées par la chaleur et le manque d'eau. En attendant que Luc et Jacob se lèvent, elle allait prendre le temps d'aller les arroser.

* * *

Tout de suite après le départ de Mireille, Luc avait sauté du lit, enfilé un pantalon de pyjama et était sorti prendre l'air sur le balcon. L'émotion qui l'étreignait était difficile à définir. C'était comme une frustration mêlée de tristesse qui l'oppressait sans cesse, l'empêchant de réfléchir de manière rationnelle. Il s'appuya contre le cadre de la porte et, lentement, se laissa glisser en position assise sur le plancher. Le splendide paysage qui s'étalait devant lui le laissait insensible; même le chant joyeux des mésanges n'avait aucun effet bénéfique sur son humeur. Une brise vaporeuse agitait les feuilles des arbres, produisant un bruissement mélancolique qui intensifiait ses pensées moroses. Au bout de dix minutes, il avait fait le point sur tout ce qui bouleversait sa vie. Il s'exhorta à voix basse :

— Tu vas voir, tout va rentrer dans l'ordre quand Jacob va commencer le cégep. À son âge, il ne restera pas longtemps inactif. Il va s'en remettre, il faut juste que tu sois patient. Mireille, elle, va retrouver son entrain et son gentil caractère. Ce serait une bonne idée de l'emmener visiter le chalet quand elle va revenir de chez Marie. Je suis certain qu'elle va adorer. Je vais offrir aussi à Lucie de nous accompagner. On ne la voit presque plus, elle passe son temps chez sa copine. Je la comprends, pauvre chérie, la maison ressemble à un monastère depuis ce maudit accident ! Et, cette fois, c'est à moi-même que je le jure. À partir d'aujourd'hui, c'est fini la bière !

Soudain, il éclata de rire.

— Voilà que je parle tout seul moi aussi ! Est-ce que ce serait contagieux ?

Son rire sonnait faux. Malgré tout l'enthousiasme qu'il mettait dans ses prévisions, un doute insidieux subsistait. Finalement, Luc se tira de sa position inconfortable et rentra dans la chambre à coucher pour se vêtir. Sans hâte, il enfila un t-shirt rouge à l'effigie de la Ligue nationale, un short beige usé, mais confortable, et chaussa une paire de sandales en cuir. Il ne lui restait qu'une semaine de vacances et il souhaitait pouvoir en profiter. Les deux dernières n'avaient pas été de tout repos. Dans la salle de bain, il se permit un coup de peigne rapide devant le miroir. En passant sa main dans sa barbe de plus en plus drue, il se dit qu'il se raserait une autre fois. Rien ne pressait.

Devant la porte de la chambre de son fils, il eut envie de frapper pour le réveiller et lui dire que tout allait bien aller, que papa était là pour chasser les monstres qui se cachaient sous son lit. L'espace de quelques secondes porteuses d'un chagrin infini, Luc s'attarda, hésitant entre respecter le choix de Jacob d'être seul et celui de forcer sa porte pour le prendre dans ses bras. Le cœur lourd, il opta pour continuer son chemin, souhaitant avoir pris la bonne décision.

* * *

Jacob avait décelé le bruit bien reconnaissable des pas de son père sur le parquet. Lorsqu'il s'était immobilisé devant sa porte, l'adolescent s'était mis à trembler, non pas de peur, mais de fébrilité, comme quand il était enfant et qu'ensemble, ils jouaient à cache-cache. L'espace d'une pensée fugitive, il aurait voulu que Luc pénètre dans sa chambre et le soulève à bout de bras en criant: *Je t'ai trouvé, petit coquin!*

Un bruissement sur les lattes du plancher allant en s'atténuant lui indiqua que son visiteur fantôme s'était envolé. Le vide qu'il ressentait au fond de lui-même se creusa davantage. Les gens autour de lui le délaissaient tour à tour: d'abord son père, ensuite, sa petite sœur, pour qui toutes les raisons étaient bonnes pour déserter la maison.

D'un bond, l'adolescent sauta du lit, remit les mêmes vêtements qu'il portait la veille et ramassa son bagage qui l'attendait près de la sortie. Il le hissa sur son épaule et, sans un regard pour son royaume qu'il désertait dans un état déplorable, il ferma la porte derrière lui. En entrant dans la cuisine, il posa son barda sur le sol avant de s'adresser à Mireille, qui, assise au bout de la table, s'adonnait à sa passion de cruciverbiste.

— À quelle heure est-ce qu'on part pour Québec?

— Prends au moins le temps de t'asseoir pour manger un peu. Je vais te préparer des crêpes, ça te tente?

Pour toute réponse, l'adolescent esquissa un sourire de contentement qui réchauffa le cœur de sa mère. En un tournemain, la pâte était prête et l'odeur alléchante qu'elle dégageait en cuisant attira Luc, qui lisait son journal dans le salon.

— Ça sent donc ben bon ici ! Est-ce qu'il y en a pour moi ? implora-t-il en s'assoyant en face de son fils.

— Bien sûr ! le rassura sa femme d'une voix douce. Il y en aura autant que vous en voudrez.

Même si Jacob n'était pas très volubile, le repas se déroula dans une ambiance agréable. Luc et Mireille maintenaient la conversation en parlant de tout et de rien. La bonne entente était revenue entre eux, ce qui semblait plaire à leur fils, qui, de temps à autre, grognait quelques mots.

La dernière bouchée avalée, l'adolescent se dit prêt à partir. Mireille proposa à Luc de les accompagner chez Marie, mais il refusa, prétextant qu'il préférait être là lorsque Lucie reviendrait. Seul à la maison, il en profiterait pour faire des recherches sur la propriété que le Club sélect de la Jacques-Cartier convoitait. L'excitation qu'il ressentait face à ce projet lui donnait des ailes, permettant ainsi d'évincer pour un moment les préoccupations qui l'obsédaient au sujet de Jacob.

Après le départ de sa femme et son fils, il se servit un autre café, qu'il emporta avec lui dans son bureau. À peine installé dans son fauteuil, il entendit une porte de voiture se fermer, puis des claquements de pas dans l'allée. Il jeta un coup d'œil par la fenêtre et aperçut sa fille qui montait les marches du perron en courant. Un souffle d'amour lui effleura le cœur pour cette adorable enfant qu'il voyait se métamorphoser en femme sous ses yeux.

La porte s'ouvrit et Lucie entra en fredonnant un air à la mode. Luc se détendit et l'accueillit avec un sourire. Sa fille ressemblait de plus en plus à sa mère, toujours la chansonnette sur les lèvres.

— Bonjour, ma luciole ! Tu t'es bien amusée chez Caroline ?

— Je n'étais pas chez Caroline, papa, mais chez Josée, le reprit l'adolescente.

— Je m'excuse, tu as tellement d'amies que j'en oublie les noms.

Si Jacob avait eu lui aussi une bande de copains au lieu de se limiter à Zack, il y aurait du monde autour de lui pour le soutenir. Il ne passerait pas son temps enfermé dans son antre à ruminer, songea-t-il.

— Est-ce que Jacob est dans sa chambre ? s'informa Lucie.

Enfoncé dans ses pensées, Luc ne réagit pas immédiatement. Sa fille réitéra sa question.

— Papa ! Jacob est-il dans sa chambre ?

— Non, il est parti avec ta mère, chez ta grand-mère.

— Est-ce qu'il va mieux ? insista-t-elle, le regard plein d'espoir.

— Pas vraiment, mais nous avons pensé qu'il guérirait plus vite s'il vivait loin de ce qui lui rappelle sans cesse Zack et Jennifer. Tu comprends ? Ta mère lui en a parlé et il a accepté.

— Tu veux dire qu'il est parti sans même me dire au revoir ?

La voix de la jeune fille tremblait, et ses yeux se remplissaient de larmes qu'elle tentait vainement de réprimer.

— C'est juste un sans-cœur ! cria-t-elle, en s'enfuyant pour camoufler son chagrin.

— Lucie ! Attends ! la supplia Luc, qui aurait voulu lui expliquer ce qu'il peinait à comprendre lui-même.

Il allait attendre qu'elle se calme, et alors, il monterait la consoler. C'était tout ce qu'il pouvait faire. Luc retourna s'asseoir derrière son bureau, mais l'intérêt s'était évanoui. Il prit une revue qu'il feuilleta distraitement en attendant que le temps passe.

Une demi-heure s'écoula avant que sonne le téléphone. Au bout du fil, d'une voix pressée, Étienne l'incitait à venir le rejoindre.

— Quelqu'un a fait une offre sur le chalet. Si on ne se grouille pas, il va nous filer entre les doigts. J'ai besoin de ta signature en tant que membre du conseil pour présenter la nôtre au courtier immobilier. Peux-tu venir me retrouver au bureau immédiatement ?

Luc ne se fit pas prier.

— Donne-moi une quinzaine de minutes et j'arrive !

Puis il cria depuis le pied de l'escalier, à l'intention de sa fille :

— Je m'en vais voir Étienne ! Je ne serai pas longtemps parti !

* * *

À son retour à la fin de l'avant-midi, Mireille remarqua que la mini-fourgonnette n'était pas à sa place habituelle. Une profonde déception l'envahit, la poussant au bord des larmes, en même temps que s'infiltrait en elle un douloureux soupçon. Où était Luc ? Encore en train de se saouler quelque part ? Depuis l'instant où elle avait confié Jacob à sa mère, elle ressentait le besoin de se réfugier dans les bras de son mari pour partager sa peine avec lui. Elle aspirait à sa force tranquille qui, tout au cours de leur vie commune, avait su la réconforter. Luc était le seul qui pouvait comprendre le déchirement qu'elle avait éprouvé en abandonnant leur fils à Marie. Car c'était vraiment ainsi qu'elle s'était sentie lorsque la porte s'était refermée derrière elle : une mère indigne abandonnant son enfant qui souffre.

— Je divague, murmura-t-elle. Je suis épuisée et j'ai l'impression d'être seule à me battre contre un ennemi sournois, qui peut frapper n'importe quand.

Mireille appuya son front contre le volant, attendant que l'émotion se dissipe. Lucie était sûrement revenue et elle ne voulait pas que sa fille la voie dans cet état. La sensibilité de l'adolescente risquait d'être écorchée encore davantage qu'elle ne l'était déjà. Au bout de quelques minutes, se sentant plus solide, elle entra sa voiture dans le garage, referma la porte coulissante et se dirigea vers la maison, où elle fut accueillie par un concert de jappements.

Un pied à peine posé sur le seuil, Lucie se précipita vers elle, l'air contrarié. D'une voix vibrante, sa fille l'aborda :

— Pourquoi tu as voulu te débarrasser de Jacob ?

Troublée par la question de l'adolescente, Mireille se défendit :

— Je n'ai jamais voulu me débarrasser de ton frère ! Où es-tu allée chercher une idée pareille ?

— Pourquoi, d'abord, l'as-tu emmené chez grand-maman ? Il est parti sans même attendre que je revienne de chez Josée !

Ses lèvres tremblaient de chagrin.

— On dirait que depuis l'accident, il ne m'aime plus ! C'est devenu tellement plate ici ! Tu ne chantes plus jamais et on ne se réunit plus le vendredi pour jouer au Monopoly. Même papa n'est plus comme avant !

— Ma pauvre chérie ! murmura Mireille en l'entourant de ses bras, tu te trompes ! Ton frère t'aime autant qu'avant. C'est que sa peine est tellement grande qu'elle prend toute la place dans son cœur. Avec le temps, les cours au cégep qui vont commencer bientôt et la présence de nouvelles personnes autour de lui, il va retrouver sa joie de vivre. Et à ce moment-là, tout le monde va redevenir heureux.

— Tu es certaine ?

Afin de réconforter sa fille, Mireille la rassura en affirmant :

— Je n'ai aucun doute ! Et tu sais que ta mère ne se trompe jamais ! Maintenant, viens, nous allons préparer le dîner. Sais-tu où est ton père ?

— Oui, il est parti voir Étienne. Il m'a crié qu'il reviendrait bientôt.

Mireille haussa les épaules en se disant intérieurement : *Ce projet de chalet l'occupe vraiment beaucoup. Pourvu qu'il redevienne sobre ! Je ne supporterais pas une autre beuverie.*

Chapitre 16

26 août (un mois plus tard)

Un temps gris et humide couvrait la Vieille Capitale. La météo annonçait des orages dispersés dans la matinée, mais on prévoyait du soleil quelque part au début ou à la fin de l'après-midi.

— Toujours les mêmes prévisions imprévisibles ! blagua Marie en se tournant vers Mireille.

Encore en pyjama, les pieds nus appuyés sur le pouf, les deux femmes étaient assises côte à côte sur le divan du salon et regardaient la télévision. Avec impatience, elles attendaient Jacob, qui commençait ses cours au cégep ce matin-là. Mireille était arrivée la veille, car elle tenait à être présente pour la rentrée de son fils. Les vacances de Luc étant terminées, celui-ci n'avait pas pu accompagner son épouse, surchargé qu'il était sous une pile de paperasse en retard. Depuis son dernier écart de conduite, Luc n'avait pas bu d'alcool. Afin de calmer ses angoisses, dans ses temps libres, il s'investissait dans son nouveau projet de club social. Mireille acceptait ces absences, car pour elle, l'important était que son mari recouvre sa stabilité émotionnelle. Lorsqu'ils se retrouvaient, en fin de journée, ils pouvaient discuter d'autre chose que du drame qui avait chaviré leur existence. Peu à peu, ils regagnaient leur complicité d'avant, mais le sujet de Jacob demeurait très sensible. Luc était convaincu que son fils était en voie de guérison, tandis que Mireille aurait voulu être aussi optimiste, mais y arrivait difficilement.

À maintes reprises, la mère avait fait l'aller-retour entre Cap-Santé et Sainte-Foy, espérant chaque fois voir réapparaître l'éclatante lumière d'avant dans les prunelles de son fils, celle qui l'avait habité depuis le premier jour où il avait ouvert grand ses yeux sur le monde. Jacob mangeait, dormait, accomplissait tous les actes de la vie quotidienne, mais son âme errait dans un autre univers. Il refusait toujours une aide psychologique, prétextant que c'était inutile, car personne ne pouvait savoir ce qu'il endurait. Le seul espoir qu'il restait à Mireille était que sa nouvelle vie d'étudiant au collégial lui ouvre au plus vite de nouveaux horizons pour lui redonner le goût de se battre.

La mère de famille avait finalement renoncé à son emploi à temps partiel à la bibliothèque de l'école du Bon-Pasteur. Elle n'avait même pas eu à mettre Luc au courant de son projet, ce qui avait probablement évité une discussion inutile. Trop préoccupée qu'elle était par les difficultés que vivait son fils, elle n'avait plus du tout la tête à retourner sur le marché du travail. Pour couronner le tout, Lucie se transformait de jour en jour en adolescente rétive, voire arrogante. Sa dernière lubie avait mis son père dans un état frôlant l'apoplexie. Un sourire candide sur les lèvres, sans préambule, elle avait annoncé :

— J'ai décidé de me faire faire un piercing au nombril.

Luc, qui feuilletait tranquillement la revue *Protégez-vous,* bien calé dans une chaise de jardin, à l'abri sous le grand chêne, avait bondi sur ses pieds en hurlant :

— Quoi ? Répète-moi ça !

— Je veux me faire...

— Pas besoin de continuer, j'avais compris. Et c'est NON !

Lucie avait tourné les talons en marmonnant :

— Je ferai bien ce que je veux ! Ce n'est pas toi qui vas m'en empêcher !

Mireille avait dû intervenir avant que son mari ne laisse éclater son courroux. La patience de Luc, fortement écorchée depuis l'accident de Jacob, se voyait de nouveau confrontée à un autre problème inévitable : la crise d'adolescence de sa fille. L'harmonie familiale en avait pris un coup depuis le drame, et ce n'était pas terminé.

Le séjour de Jacob chez Marie se déroulait sans amélioration notable. Chaque matin, peu importait la température, l'adolescent partait très tôt pour de longues randonnées à vélo, qui se terminaient lorsqu'il était trop épuisé pour continuer. Alors, il rentrait chez sa grand-mère, qui lui avait préparé un copieux repas, que, souvent, il grignotait à peine. Il avait perdu du poids et son visage exposé au soleil, fouetté par le vent, avait pris une teinte cuivrée qui durcissait ses traits. Le garçon insouciant et affable s'était transformé en un jeune homme taciturne et solitaire. Sa grand-mère avait tenté à plusieurs reprises de lui changer les idées en l'emmenant soit voir un spectacle d'humour à la salle Albert-Rousseau ou un film au cinéma, ou encore au Colisée, pour assister à un concert rock. Avec gentillesse, Jacob l'avait remerciée, mais tous ces divertissements n'avaient pas permis d'obtenir l'effet escompté. L'adolescent demeurait prisonnier de sa souffrance, un mal-être dont il semblait incapable de se libérer. Par contre, lorsque Marie s'informait de comment il allait, il lui répondait avec un sourire :

— Ne t'inquiète pas, grand-maman, je vais bien.

Marie savait qu'il mentait. À quelques reprises, lorsqu'il semblait d'humeur plus réceptive, elle avait tenté une approche, mais dès les premiers mots, son visage se crispait et il l'avertissait :

— Je ne veux pas en parler. Je veux juste qu'on me fiche la paix.

Et il s'enfermait dans sa chambre avec sa sempiternelle musique qui lui défonçait les oreilles.

Marie n'insistait pas, mais plus les jours passaient, plus elle s'inquiétait. Le rôle qu'on lui avait confié d'aider l'adolescent à sortir de son *emmurement* ne menait nulle part. Avec tact, elle en avait avisé Mireille, qui, malgré tout, ne voulait pas perdre espoir.

Pendant que sa mère et sa grand-mère discutaient au salon, Jacob attendait patiemment que s'écoule le temps. Comme au cinéma, derrière ses paupières closes, il revoyait les trois dernières semaines passées à Sainte-Foy. À la suite de son départ de la maison paternelle, voulant ainsi libérer ses parents et sa petite sœur de sa présence démoralisante, il s'était retrouvé dans le chaleureux cocon que Marie tissait autour de lui. Ce que personne ne voulait comprendre, c'était qu'il n'avait aucune envie d'oublier ses amis, et encore moins de s'en faire d'autres.

Chaque jour, il enfourchait son vélo pour se rendre sur les Plaines d'Abraham, où il passait de longs moments à vénérer l'endroit où il avait connu l'extase avec Jennifer. Il s'étendait par terre et alors, une grande paix l'envahissait. L'impression qu'elle l'appelait pour venir la rejoindre le troublait profondément. Et si c'était vrai que ceux qu'on avait aimés sur la Terre nous attendaient là-haut ? Cet espoir le poursuivait continuellement. Après ce qu'il appelait son pèlerinage quotidien à son grand amour, il reprenait sa bicyclette et roulait jusqu'à l'épuisement.

Le début des cours ne l'enchantait guère, mais pour avoir la paix, il disait ce que ses parents et sa grand-mère voulaient bien entendre : qu'il avait hâte.

L'abattement et la tristesse que le jeune homme ressentait depuis l'accident se métamorphosaient insidieusement en ressentiment envers cette injustice qui lui avait ravi Zack et Jennifer. Ce qui le mettait hors de lui, c'était la compassion de son entourage, qui rabâchait sans cesse la même rengaine.

Pour chasser de son esprit cette réminiscence de phrases agaçantes, Jacob sauta du lit et commença à s'habiller. La veille, sa mère lui avait apporté des vêtements neufs pour la rentrée, comme s'il avait encore six ans et qu'il devait se présenter devant son professeur vêtu de la tête aux pieds comme une carte de mode.

— Il manque juste la pomme pour la maîtresse ! marmonna-t-il en enfilant son vieux jean et un t-shirt devenu trop grand pour lui.

En le voyant apparaître ainsi attifé, Mireille se retint de passer un commentaire, même si elle était déçue. Son fils avait fait son propre choix, et il avait raison. Ce n'était plus son rôle à elle de s'ingérer dans ses goûts vestimentaires. Il y avait des choses beaucoup plus importantes que ce simple détail. En souriant, elle le salua :

— Bonjour ! En forme pour commencer le cégep ?

Jacob lui rendit son sourire, ce qui lui réchauffa le cœur. *On dirait bien que ça va mieux*, pensa-t-elle, réjouie.

Marie les convia pour le petit-déjeuner.

Vingt minutes plus tard, l'adolescent avait quitté les deux femmes et roulait à vélo en direction du cégep de Sainte-Foy. Sorties sur le balcon pour le regarder partir, Mireille et sa mère étaient demeurées muettes depuis que le cycliste avait disparu au coin de la rue. Marie brisa le silence :

— J'ai trouvé qu'il avait meilleure mine ce matin. Comme s'il était content de reprendre le chemin de l'école. Qu'en penses-tu ?

— Moi aussi, j'ai eu cette impression. Souhaitons que ce soit le chemin qui le conduise vers la guérison ! Je suis tellement inquiète depuis cette soirée d'enfer qui a chambardé toutes nos vies. Je n'ai pas passé une seule nuit depuis sans pâtir d'interminables heures d'insomnie.

— Ma pauvre chérie, la réconforta Marie en la prenant dans ses bras, je comprends ton tourment. Sache que je serai toujours disponible pour toi et ta famille. Vous êtes ce que j'ai de plus cher au monde. Je suis contente d'accueillir Jacob sous mon toit, aussi longtemps qu'il voudra bien y demeurer.

— Merci, maman, murmura Mireille en reniflant.

— Et comment va Luc avec son projet de chalet ? Il est toujours aussi emballé ? se renseigna Marie, bifurquant vers un sujet moins douloureux.

— L'acquisition de ce chalet tombe vraiment à point, répondit Mireille. Luc est continuellement occupé, ce qui lui permet de s'évader un peu de ce cauchemar. Je sais qu'il se tracasse beaucoup lui aussi pour son fils et ça le rend parfois intolérant pour des vétilles.

— Que dirais-tu d'aller courir les magasins cet avant-midi ? On pourrait dîner entre filles au restaurant. C'est une bonne idée, non ?

— Excellente idée, maman ! Et on va jaser de tout, excepté de Jacob.

D'une petite voix embarrassée, elle se critiqua :

— Tu dois me trouver sans-cœur, hein ?

— Pas du tout ! Au contraire, je comprends parfaitement ton besoin de t'évader de tous ces soucis. Allez, viens ! On s'habille et on part !

* * *

Debout devant la porte d'entrée, Jacob hésitait avant de pénétrer à l'intérieur de l'immense édifice dans lequel se donnait la formation qu'il avait choisie. Il s'était inscrit en sciences humaines, dans le profil relation d'aide et intervention sociale, son but étant de se dédier au droit de la famille lorsqu'il aurait été admis au Barreau du Québec. Cela n'avait plus aucune importance maintenant, n'importe quelle discipline ferait l'affaire.

Plus tôt, il avait rangé son vélo dans l'espace réservé. Sur ses épaules, le collégien transportait son sac à dos dans lequel il avait pris soin de glisser son Walkman, car il n'avait pas l'intention d'engager la conversation avec quiconque.

Un groupe d'étudiants gesticulant et bavardant à tue-tête le bouscula sans lui porter attention. Le brouhaha des conversations et des cris joyeux que se lançaient les gais lurons en se retrouvant après le congé estival accaparait tout l'espace. Jacob s'écarta pour leur ouvrir le passage. Ne reconnaissant personne parmi eux, le poids de sa solitude s'appesantit davantage sur ses épaules. D'un geste résigné, il posa ses écouteurs sur ses oreilles. La tête basse, il emboîta le pas à l'exubérante meute.

La journée achevée, Jacob avait déjà oublié le nom des professeurs qu'il avait rencontrés. Les documents contenant l'horaire des cours ainsi que les consignes à respecter dans l'environnement du cégep séchaient au fond de son sac à dos. C'était à peine s'il leur avait jeté un coup d'œil. L'étudiant ne s'était inscrit à aucun sport, malgré le choix qui se présentait à lui. Il n'avait qu'une hâte : enfourcher sa bicyclette et retourner sur les Plaines d'Abraham.

* * *

Dans les jours et les semaines qui suivirent, Jacob mystifia tout le monde en faisant croire que tout allait bien dans ses études et que, peu à peu, il reprenait goût à la vie. C'était faux, il souhaitait simplement qu'on le laisse vivre son deuil en paix. Le regard apitoyé que son entourage posait sur lui l'exaspérait. Dès qu'il rentrait chez Marie, il s'enfermait dans sa chambre en lui laissant entendre qu'il étudiait. À l'heure des repas, il répondait à toutes ses questions ; il l'aidait même à faire la vaisselle. Ses tâches domestiques achevées, l'adolescent regagnait ensuite sa chambre, prétextant qu'il avait encore des travaux à finir. Le menteur s'enfouissait alors dans ses souvenirs, ceux d'avant l'accident, car, après cette nuit infernale, il n'en avait pas. Étendu sur son lit, les yeux fermés, Jacob glissait dans les abysses de sa mémoire à la recherche de chaque parcelle de bonheur qu'il avait connu avec Zack et Jennifer. Il pouvait demeurer ainsi, immobile, durant des heures, à ressasser les mêmes images dans sa tête. Cette indolence l'enfonçait d'une fois à l'autre plus profondément dans un abattement avoisinant le désespoir. En même temps, une paix indicible, proche de l'extase, s'emparait de tous ses sens lorsqu'il se projetait dans cet univers inconnu où évoluaient dorénavant ses deux amis. Le désir d'aller les rejoindre s'était fait de jour en jour plus pressant. Les gens autour avaient continué d'avancer, tandis que lui n'avait pas bougé depuis trois mois. Leur vie avait été désorganisée par sa faute, même si aucun d'entre eux ne le laissait voir. Il devinait dans le regard qu'ils posaient sur lui un ressentiment inavoué.

Une semaine auparavant, à la sortie des cours, deux étudiants l'avaient abordé brusquement. Immédiatement, il les avait reconnus.

— Je te replace, toi, avait dit le plus costaud des deux, t'es le fin finaud qui faisait de l'œil à la belle Jennifer Leblond !

— Ouais ! avait enchaîné le deuxième sur un ton rogue. On pensait que t'étais mort toi aussi dans l'accident !

— On peut t'arranger ça ! avait craché le premier sur un ton menaçant.

Les poings serrés et le regard méchant, le tourmenteur s'était approché de Jacob, qui, tout au long de l'altercation, était demeuré silencieux. L'arrivée près d'eux d'un couple de professeurs bavardant ensemble l'avait libéré de sa fâcheuse position. Les assaillants avaient tourné les talons en lui faisant un doigt d'honneur. Profondément troublé par cet épisode, il avait réalisé qu'il n'était pas le seul à croire que sa place aurait dû être au cimetière avec ses amis.

Chaque jour depuis, le même duo l'attendait dans la cour du cégep pour lui proférer des insultes et des menaces voilées. L'un des deux intimidateurs lui avait même ordonné de se pendre. Car sinon, ils allaient s'en charger eux-mêmes.

Jacob n'en pouvait plus. Son choix était fait. Il irait rejoindre Zack et Jennifer.

Depuis une demi-heure, l'adolescent réfléchissait à son plan en attendant l'arrivée de son père. Luc venait le chercher pour le ramener à la maison pour la semaine de relâche. Son bagage était prêt et patientait devant la porte. Sa grand-mère avait dû s'absenter pour un rendez-vous chez le dentiste. Il était seul. Marie s'était montrée d'une grande générosité à son égard, il ne pouvait pas partir sans lui dire au revoir. Rapidement, il arracha une page à un cahier, griffonna un petit mot, la plia en deux et la déposa sur l'oreiller, sachant que sa grand-mère ne venait jamais dans sa chambre lorsqu'il était absent. Elle respectait son intimité, et il lui en savait gré. Elle trouverait le message seulement après son départ, lorsqu'elle aurait appris que jamais plus il ne reviendrait. Le texte était concis:

Je t'aime, grand-maman, merci d'avoir pris soin de moi. Ton petit-fils, Jacob.

* * *

Durant tout le week-end, sans pour autant avoir retrouvé la dynamique d'avant l'accident, les Lamontagne partagèrent de beaux moments ensemble. Sans avertissement, Étienne et sa nouvelle conquête, les bras chargés de victuailles, vinrent divertir la famille lors du souper du samedi soir. Plusieurs sujets surgirent au cours des discussions : l'achat du chalet en priorité, les études des enfants, un voyage en perspective, ainsi qu'une certaine inquiétude concernant l'état de santé de Truffe, qui vivait les prémisses de la vieillesse. La chienne ne quittait plus son jeune maître depuis qu'il était revenu. Couchée sur ses pieds, elle s'assurait ainsi qu'il ne partirait pas sans elle.

Jacob démontra un peu d'intérêt pour les sujets abordés. À deux reprises, il argumenta, ce qui combla de joie ses parents, qui vivaient continuellement dans l'attente d'un signe leur indiquant que son état mental s'améliorait. La soirée se déroula sans anicroche, dans une belle ambiance. L'adolescent demeura avec le groupe jusqu'au moment du départ de l'avocat et de sa compagne. Un sourire énigmatique sur les lèvres, il s'avança vers son parrain et, brièvement, lui fit l'accolade. Surpris, Étienne ressentit un étrange malaise. Ce genre de comportement ne faisait plus partie des habitudes de son filleul. Les effusions entre eux s'étaient arrêtées avec le départ de l'enfance, il y avait déjà quelques années. Son embarras fut bref, car Jacob s'éclipsa aussitôt.

Témoins du comportement inusité de leur fils, Luc et Mireille se consultèrent d'un regard étonné. La porte d'entrée refermée derrière leurs visiteurs, Luc prit sa femme dans ses bras en déposant un baiser sur son front. Discrètement, il lui souffla à l'oreille :

— Je pense que notre fils est en train de remonter la pente. As-tu vu comment il s'est comporté toute la soirée ? Il était souriant et il s'intéressait à ce qu'on disait. Je te l'avais dit qu'il s'en sortirait !

Mireille aussi avait remarqué le changement dans l'attitude du garçon et elle s'en réjouissait.

— C'est vrai qu'il a fait des progrès depuis la semaine dernière. Doucement, il fait le deuil de ses amis. Je suis soulagée d'un poids énorme. J'ai eu vraiment peur un moment donné, tu sais, confessa-t-elle à son mari.

Enlacés, ils s'installèrent au salon pour regarder les infos à la télé.

Le frère et la sœur se retrouvèrent seuls dans la salle à manger, maintenant désertée par les adultes. Durant les derniers mois, ils ne s'étaient vus qu'à deux reprises, lorsque Lucie avait accompagné Mireille chez Marie, et c'est à peine s'ils s'étaient adressé la parole. Ces visites chez sa grand-mère avaient laissé à Lucie un goût amer. L'impression que Jacob ne l'aimait plus avait creusé un douloureux écart entre eux.

Mal à l'aise face au silence de son aîné, l'adolescente se préparait à quitter les lieux, lorsque Jacob lui prit la main en lui demandant, d'une voix douce :

— Veux-tu rester avec moi un peu ?

Lucie posa sur son frère un regard étonné. Un léger sourire aux lèvres, Jacob lui fit signe de s'asseoir. Dans les yeux de l'adolescent, une étrange lueur brillait.

— J'aimerais ça que nous parlions un peu toi et moi, lui suggéra-t-il.

Lucie sentit une boule d'émotions contradictoires s'abattre sur elle. Le Jacob qui s'adressait à elle ainsi était le même qu'elle avait toujours connu, et pourtant, elle avait envie de le planter là, tout seul, tellement son mutisme des derniers mois l'avait chagrinée.

— Viens, lui répéta-t-il en la prenant par la main.

Vaincue, Lucie se rendit à l'invitation de son frère. Jacob savait que sa cadette souffrirait de son départ. Il voulait lui laisser un agréable souvenir de leurs derniers moments ensemble.

En les entendant se taquiner, quelques minutes plus tard, Luc et Mireille croyaient rêver. La journée du lendemain se déroula sous un ciel variable. Elle avait très bien commencé, mais s'acheva dans un climat orageux lorsque Lucie présenta à ses parents, à la toute dernière minute, un message écrit de la main du directeur de la polyvalente, les avisant de se présenter à son bureau. Le rendez-vous était fixé pour 9 heures le lundi matin, en présence de leur fille. Les défiant du regard, l'adolescente leur remit le billet sans prononcer un mot. Elle tournait déjà les talons quand son père la saisit par un bras en la priant de s'expliquer.

— Qu'est-ce que ça veut dire ? Et tu es mieux de ne pas me raconter des sornettes !

— Je n'en sais rien, moi ! répliqua Lucie, en tentant de se dégager de la poigne paternelle.

— Je ne te crois pas. Tu as sûrement une petite idée, non ? On ne convoque pas les parents d'une élève au bureau du directeur juste pour le plaisir. Alors, dis-nous de quoi il s'agit. Ta mère et moi, on attend !

Le ton de sa voix monta d'un cran. Tout en fixant sa fille d'un œil sévère, il croisa les bras sur sa poitrine. Sur un ton qui frisait l'arrogance, la fautive rétorqua :

— J'ai juste cassé la gueule à une fille !

— Tu as quoi ? s'écria Mireille, demeurée muette jusque-là.

— Vous avez très bien compris !

L'adolescente n'ajouta rien. Elle s'enfuit en courant se réfugier dans sa chambre. Abasourdis, Luc et Mireille demeurèrent aphones un long moment. Finalement, le père suggéra sagement :

— Ça ne sert à rien de se torturer l'esprit pour le moment. Demain, nous saurons exactement ce qui est arrivé. Notre gentille luciole ne s'est quand même pas transformée en bagarreuse sous notre nez sans que l'on s'en aperçoive. Elle avait sûrement une raison qui nous échappe.

Mireille trouva les paroles de son mari très sensées. Fatiguée de se tourmenter pour les problèmes de Jacob, elle allait, cette fois-ci, s'appuyer sur Luc. Il y avait sûrement une explication. Lucie était une enfant douce. Jamais elle n'avait démontré une quelconque violence envers les autres, ni même envers les animaux. Ils allaient connaître les tenants et les aboutissants de la querelle le lendemain, lors de leur rencontre avec le directeur. Ils verraient par la suite quel comportement adopter face à la situation. Même si l'adolescence bouleversait la personnalité de leur fille, Mireille était convaincue que Lucie n'avait pas attaqué cette élève par méchanceté.

* * *

Un peu plus tôt, juste avant leur léger conflit avec Lucie, Jacob avait gentiment demandé à sa mère s'il pouvait emprunter sa voiture l'espace d'une heure environ. Sans se faire prier, elle avait accepté avec empressement. Pour ne pas l'incommoder, elle n'avait pas osé s'enquérir de là où il prévoyait aller, même si elle aurait bien aimé le savoir.

Il reprend goût à la vie. Je dois cesser de me comporter en mère poule, mon fils n'est plus un gamin, s'était dit la maman remplie d'espoir.

* * *

Le cimetière derrière l'église baignait dans la pénombre. Seule la faible lueur de la lune permettait à Jacob de se diriger entre les pierres tombales. L'endroit où reposait Zack depuis maintenant trois mois était recouvert de pelouse et d'un tapis de feuilles mortes. Une simple plaque commémorative, sur laquelle étaient gravés ces quelques mots, identifiait l'occupant des lieux.

Zacharie Langlois

1979-1996

Le cœur battant à tout rompre, refoulant sa peur, Jacob s'accroupit face à la tombe où reposait son ami. La fraîcheur de la nuit accentuée par une brise automnale venant du fleuve le faisait frissonner de tous ses membres. Le claquement de ses dents faisait chevroter sa voix, qui peinait à formuler les mots adressés au défunt.

— Je… je ne suis plus… capable de continuer. C'est… c'est ma faute, si… si tu es mort. Je vais venir te… te rejoindre demain. Mais, mais… j'ai peur, j'ai peur de ne pas te retrouver.

Jacob prit une profonde respiration pour se ressaisir et posa une main tremblante sur la pierre froide qui recouvrait la dépouille de son camarade. Il ferma les yeux et ressentit sa présence, comme si Zack l'invitait à aller le rejoindre. Ce contact direct avec la mort qui, auparavant, l'aurait terrorisé, lui parut tout à coup agréable. Sa crainte s'envola et, d'une voix ferme, il s'adressa au disparu :

— Attends-moi ! Demain, on va être réunis !

Un état proche de l'ivresse l'envahit. L'adolescent ne sentait plus ni le froid ni la peur. Le temps semblait s'être arrêté. Plus rien ne subsistait que le désir de rejoindre ses amis dans ce paradis où la souffrance n'existait pas. Un étrange sourire aux lèvres, il quitta les lugubres lieux pour rentrer à la maison.

* * *

Levée à l'aube, Marie avait planifié sa journée la veille. Vu l'absence de son petit-fils pour le long congé scolaire, la grand-mère s'était dit qu'un peu de ménage dans sa chambre rafraîchirait les lieux. Connaissant la pudeur de l'adolescent envers ses objets personnels, elle n'avait nullement l'intention d'être indiscrète. Elle se contenterait de laver le plancher, d'épousseter les meubles et de changer la literie. En même temps, elle en profiterait pour aérer la pièce, car Jacob n'ouvrait jamais la fenêtre. La fraîcheur du dehors imprégnée de l'odeur automnale aurait vite fait d'assainir l'atmosphère.

En poussant la porte, un sentiment bizarre l'assaillit. Malgré la chaleur dans laquelle baignait la chambre de l'adolescent, Marie sentit la chair de poule courir sur ses bras. La pénombre qui enveloppait tout donnait à l'endroit un air sinistre. La grand-mère de Jacob se dirigea vers la fenêtre et s'empressa de tirer les rideaux afin de ramener la lumière. Sans se presser, elle entreprit l'époussetage des lieux. Un sentiment étrange l'envahit lorsqu'elle aperçut, parmi tout le désordre, une feuille de papier pliée en deux sur l'oreiller, comme si elle avait été placée là volontairement pour qu'elle la trouve. Hésitante quelques instants, Marie décida finalement d'y jeter un coup d'œil. En l'ouvrant, ses mains se mirent à trembler, comme si elle avait peur de ce qu'elle pouvait contenir. Son cœur faillit cesser de battre quand elle réalisa la signification possible du message.

En courant, la grand-mère affolée se précipita vers le salon où se trouvait le téléphone. Maladroitement, elle saisit le combiné, qui tomba par terre. Rapidement, elle le ramassa et composa le numéro de sa fille. Marie jeta un regard éperdu vers l'horloge, qui indiquait 9 heures. La sonnerie résonna à son oreille pendant ce qui lui sembla une éternité. Personne ne décrocha.

— Mais où sont-ils tous ? gémit-elle.

Après plusieurs tentatives infructueuses, Marie prit une longue respiration, essayant de calmer l'angoisse qui s'était emparée d'elle en lisant le message de Jacob.

— Je me fais peut-être des idées, tentait-elle de se convaincre.

N'y parvenant pas, elle enfila son manteau en marmonnant :

— Je vais aller voir, et si je me suis trompée, je... Et si j'arrivais trop tard ? Ce message-là est un message d'adieu. Je le ressens au fond de moi. Et si c'était déjà fait ? Personne ne répond au téléphone. Mon Dieu ! Aidez-moi, qu'est-ce que je fais ? J'appelle du secours ou j'y vais ? S'il était arrivé quelque chose de grave durant la fin de semaine, je l'aurais su ! Je pense que je m'énerve pour rien. Je vais quand même me rendre à Cap-Santé pour prévenir Mireille et Luc du billet que j'ai trouvé sur l'oreiller de Jacob.

Le cœur battant, Marie descendit l'escalier presque en courant pour se rendre à sa voiture. Dans une demi-heure, si le trafic n'était pas trop dense, elle serait arrivée chez les Lamontagne.

Tout au long du trajet, elle repassa dans sa tête les trois derniers mois de l'existence de son petit-fils. Jacob n'avait jamais repris les rênes de sa vie. Chaque matin, il partait pour le cégep comme si on l'envoyait à l'abattoir. Le visage triste, le regard vague, il accomplissait tout ce qu'on attendait de lui, mais sans démontrer aucun intérêt. À plusieurs reprises, elle avait manifesté le désir de parler avec lui, mais chaque fois, il s'y était refusé, prétextant qu'il avait autre chose à faire. Elle lui avait offert plusieurs sorties divertissantes qu'il avait acceptées avec un intérêt mitigé. Il se contentait ensuite de la remercier poliment, elle qui espérait tellement davantage. Tous, ses parents comme elle-même, s'étaient persuadés que le temps arrangerait les choses, mais ils s'étaient trompés. Le temps n'avait réussi qu'à l'enfoncer davantage dans sa détresse.

Toutes ces pensées qui se bousculaient dans l'esprit de Marie l'accompagnèrent jusqu'à destination. Lorsqu'elle tourna dans la rue où demeurait la famille Lamontagne, le spectacle qui lui sauta aux yeux faillit lui faire faire une embardée.

Chapitre 17

Les feux clignotants allumés, une ambulance était stationnée devant la porte du garage. Deux ambulanciers transportant un brancard sur lequel gisait un corps qui lui semblait inanimé se dirigeaient d'un pas rapide vers le véhicule d'urgence. Bien qu'il fût couché sur le côté, un masque à oxygène sur le visage, Marie n'eut aucune peine à reconnaître son petit-fils. Le moteur de sa voiture à peine arrêté, elle fonça vers eux en courant.

— Mon Dieu ! ? Comment va-t-il ? Il n'est pas... ? cria-t-elle, d'une voix tremblante, aux secouristes qui s'affairaient à hisser la civière dans l'ambulance.

— Vous êtes de la famille ? s'enquit celui qui s'apprêtait à prendre le volant.

— Je suis sa grand-mère, lui affirma Marie. C'est grave ?

— Il est encore vivant. Nous l'emmenons au CHUL.

En même temps, l'homme activa la sirène et démarra en trombe.

Pétrifiée, la mère de Mireille prit quelques secondes avant de réagir. Ayant retrouvé ses sens, elle se précipita vers la maison. Elle devait écrire un mot aux parents de Jacob pour les avertir de venir la rejoindre à l'hôpital. Possédant une clé de la maison, elle s'apprêtait à ouvrir la porte lorsqu'une voix derrière elle la fit se retourner.

— C'est le chien qui m'a mis la puce à l'oreille.

Monsieur Bruneau, le voisin d'en face, la regardait d'un œil compatissant. Il continua son explication :

— J'ai vu le gamin entrer dans le garage. Il affichait un drôle d'air, mais sur le coup, je n'y ai pas porté attention. Je suis rentré chez moi.

Songeur, il ajouta :

— J'évaluerais à peu près entre une vingtaine de minutes et une demi-heure le temps qui s'est écoulé avant que j'entende hurler le chien. Je suis sorti, et en voyant l'animal gratter la porte du garage avec ses griffes, j'ai réalisé qu'il se passait quelque chose d'anormal. J'entendais le bruit d'un moteur de voiture qui tournait au ralenti. Alors, j'ai ouvert la porte, qui, heureusement, n'était pas barrée. J'ai compris immédiatement l'ampleur du drame. Je me suis empressé d'aérer l'endroit et de vérifier les signes vitaux du jeune homme. Il était vivant. J'ai alors essayé de le sortir de la voiture, mais je n'y parvenais pas tout seul. Vous comprenez, à mon âge, je n'ai plus la vigueur de mes vingt ans. Sans perdre une seconde de plus, j'ai couru appeler les secours. Ils sont arrivés quelques minutes après. J'ai confiance qu'il va s'en sortir.

Suspendue à ses lèvres, Marie n'avait pas perdu un mot du compte rendu du vieux médecin retraité. Les yeux embués par l'émotion, elle articula avec peine :

— Est-ce que vous savez où sont ses parents ?

— Tout ce que je sais, c'est qu'ils sont partis vers 8 heures 30 avec leur fille. J'étais dehors à prendre ma première goulée d'air matinal, comme je le fais tous les jours…

— Merci, monsieur Bruneau, l'interrompit Marie, qui n'avait qu'une hâte: se lancer à la poursuite de l'ambulance. Pourriez-vous les prévenir dès qu'ils arriveront? Dites-leur qu'ils viennent me rejoindre à l'hôpital. L'ambulancier m'a dit qu'ils emmenaient Jacob au CHUL. Essayez d'amortir le choc en leur apprenant qu'il est vivant. Et merci, merci de tout cœur. Sans votre perspicacité… je préfère ne pas y penser!

— Allez! Ne vous inquiétez pas! Tout ira bien, j'en suis convaincu!

Le voisin tourna son regard vers le côté de la rue où Truffe s'était arrêtée après avoir suivi l'ambulance. Comme elle le faisait souvent lorsque Jacob s'éloignait, elle attendait sagement le retour de son maître.

— C'est elle qui lui a sauvé la vie, murmura le vieil homme. Moi, je n'ai fait qu'accourir à son appel de détresse. C'est une brave bête!

Avant de remonter dans sa voiture, Marie prit quelques secondes pour caresser la chienne, qui fixait la route par laquelle on lui avait dérobé son maître.

— Je te promets qu'il va revenir, lui souffla-t-elle à l'oreille.

L'animal lui répondit par un gémissement rempli de tristesse, comme s'il percevait l'importance de la tragédie.

La grand-mère de Jacob refit à l'inverse le trajet qu'elle venait tout juste d'effectuer. Lorsqu'elle arriva à l'urgence, l'équipe de soins s'affairait déjà auprès de son petit-fils. Une infirmière l'entraîna à l'écart pour lui poser des questions au sujet du jeune patient. Une fois la démarche achevée, on la pria de s'asseoir dans la salle d'attente, en lui promettant qu'elle serait avisée le plus rapidement possible de l'état de Jacob. Incapable de demeurer en place, Marie faisait les cent pas dans le passage en se posant une kyrielle de questions. *Comment va-t-il? Il est vivant, mais dans quel état? Gardera-t-il des séquelles? Où sont allés ses parents? Comment vont-ils prendre cette horrible nouvelle?*

Impatientée de tourner en rond, elle se dirigea vers un téléphone public et tenta une autre fois de joindre Luc ou Mireille. La sonnerie obsédante résonnait dans le combiné, comme un cri de douleur dans sa tête. Personne ne répondait. Déçue, Marie s'éloigna en soupirant vers la salle d'attente.

Soudain, un bruit de pas précipités la fit se retourner. Elle aperçut sa fille qui s'élançait dans sa direction, suivie de son mari. Dans les yeux de son enfant, il y avait une telle détresse que Marie sentit son cœur flancher. Elle lui ouvrit les bras et Mireille s'y jeta en criant:

— Où est-il? Maman, dis-moi qu'il n'est pas...

— Non, il est vivant, mais il est encore sous les soins de l'équipe d'urgence. On devrait recevoir des nouvelles bientôt.

Debout près des deux femmes, le teint blême, le regard angoissé, Luc maîtrisait difficilement son affolement. D'une voix enrouée par l'émotion, il balbutia:

— C'est le voisin qui nous a mis au courant. Il nous attendait devant notre porte pour nous prévenir de ce qui s'était passé avec Jacob. Mais toi, que faisais-tu chez nous à cette heure-là?

— J'ai essayé à plusieurs reprises de vous rejoindre, lui apprit Marie, mais il n'y avait jamais de réponse. Je vous expliquerai le reste plus tard.

— Nous avions un rendez-vous avec le directeur de la polyvalente, et ensuite, on avait prévu venir à Québec passer l'après-midi. J'avais un client à rencontrer et Mireille voulait faire des emplettes, continua Luc.

— Heureusement que j'ai changé d'idée, se félicita Mireille d'une voix tremblante. À la dernière minute, j'ai décidé de retourner à la maison pour profiter de la présence de Jacob. On le voit si peu souvent.

Elle bredouilla en s'essuyant les yeux avec un mouchoir :

— On est arrivés trop tard ! Mais qu'est-ce qui lui a pris ? On pensait que ça allait mieux...

La malheureuse s'effondra en larmes dans les bras de son mari, qui, sans aucune gêne, donna à son tour libre cours à son trop-plein d'émotions.

Marie s'éloigna, laissant le couple partager sa peine en toute intimité. Le corridor était désert à cette heure de la matinée, car chacun était occupé à ses tâches.

À peine eurent-ils le temps de retourner à la salle d'attente que déjà, un membre de l'équipe médicale venait les prévenir que Jacob avait été transféré dans une chambre au troisième étage. Le pronostic était excellent : il y avait eu beaucoup plus de peur que de mal.

— Votre fils ne gardera aucune séquelle physique à la suite de sa tentative de suicide, leur annonça le résident, avec un sourire de satisfaction sur les lèvres. Nous allons lui administrer de l'oxygène durant vingt-quatre heures afin de purifier son sang. Il a quand même été intoxiqué au monoxyde de carbone. Il devra demeurer sous observation jusqu'à demain. Vous pouvez aller le voir maintenant et un psychologue viendra le rencontrer dans le courant de la journée. Votre garçon a besoin d'aide.

Sur un ton sévère, il conseilla :

— Avertissez-le bien que les miracles ne se produisent pas deux fois à la même adresse

Sans prolonger la conversation, le médecin les salua d'un signe de tête et retourna vers la salle d'urgence, où deux blessés de la route venaient d'être emmenés.

Fou de joie, le trio se rua vers l'ascenseur. Arrivés devant la chambre où reposait l'adolescent, ils hésitèrent avant d'entrer, chacun vivant à l'intérieur une émotion singulière. Malgré la joie indicible qu'il éprouvait à l'idée de savoir son fils vivant, Luc ressentait un trouble inexplicable. Il lui en voulait de son geste insensé et, en même temps, il brûlait d'envie de le serrer dans ses bras.

Mireille n'arrivait pas à retenir ses larmes. Un intense soulagement s'était emparé d'elle en apprenant que Jacob avait survécu. La peur qui l'avait habitée depuis l'instant où elle avait su que l'adolescent avait attenté à ses jours s'était envolée. Il était vivant et c'était tout ce qui comptait. Elle se promit de veiller sur lui jour et nuit tant qu'il n'aurait pas retrouvé le goût de vivre. Bizarrement, ses craintes s'étaient dissipées. Au fond de son cœur de mère, elle savait que son enfant allait naître une seconde fois.

Marie remerciait intérieurement sa sainte patronne d'avoir épargné son petit-fils. *Merci, bonne Sainte Vierge, d'avoir veillé sur lui. Je vous jure que nous allons tout faire pour le garder en vie.* La joie incommensurable qu'elle voyait luire dans les yeux de sa fille et de son gendre la comblait d'allégresse. La petite famille allait enfin redécouvrir le bonheur, elle en était convaincue.

Délicatement, Luc poussa la porte et pénétra dans la chambre, suivi par sa femme et Marie, qui avançaient sur la pointe des pieds. Dans la pièce, il y avait deux lits, dont un vide. Dans le second se trouvait Jacob. Les yeux fermés, recouvert d'un drap blanc jusqu'au menton, une lunette nasale lui insufflant de l'oxygène, l'adolescent apparaissait si vulnérable que le cœur de Mireille fondit de tendresse. Elle emprisonna sa main dans celle de son mari et ensemble, ils s'approchèrent du lit où reposait leur enfant. La présence de ses parents et de sa grand-mère à son chevet fut vite détectée par le survivant, qui posa sur eux un regard dans lequel se confondaient l'étonnement et le soulagement.

L'instant qui suivit se fit dans un silence teinté d'amour et d'espérance. Le pire avait été évité, le meilleur était devant. C'était ce qu'ils souhaitaient de toutes leurs forces. Avec une tendresse infinie, Luc et Mireille déposèrent ensemble un baiser sur le front de leur fils, pendant que Marie remerciait de nouveau la Vierge, sa sainte patronne.

L'état de bien-être que Jacob ressentait frôlait l'extase. Il avait l'impression de revenir d'un interminable voyage au cours duquel il aurait enfoui derrière lui toute la souffrance qui le déchirait depuis l'accident. Durant le court épisode qu'avait duré son état d'inconscience, il avait ressenti à ses côtés la présence de Zack et Jennifer. Incapable de les voir dans l'éblouissante lumière qui les enveloppait, il avait perçu tout l'amour que ses amis éprouvaient pour lui. Le lourd fardeau qui l'écrasait s'était alors allégé. Jacob avait compris qu'ils lui pardonnaient sa faute. Cette sensation avait été brève, mais d'une intensité que jamais l'adolescent n'oublierait. Très vite, cette lueur s'était effacée pour ne devenir qu'un minuscule point brillant dans l'infini.

Lentement, il ouvrit les yeux et les visages aimés de ses parents penchés sur lui le rassurèrent. Un état intense de paix, comme il n'en avait pas connu depuis des lunes, le submergea. Un sourire se dessina sur ses lèvres et, doucement, épuisé, il s'endormit.

Luc et Mireille demeurèrent à l'hôpital pour veiller sur leur fils et pour être là lorsque le psychologue rencontrerait Jacob. Tranquillisée quant à la santé de l'adolescent, Marie s'offrit gentiment:

— Je vais retourner à Cap-Santé pour être là quand Lucie reviendra de l'école. Je vais lui expliquer ce qui s'est passé.

— Merci, maman, répondit Mireille. Je me demande ce que l'on ferait si tu n'étais pas là à veiller sur nous comme un ange gardien.

Émue, Marie sourit à sa fille et l'embrassa tendrement.

— Tenez-moi au courant s'il y a du nouveau, demanda-t-elle à Luc en lui donnant l'accolade.

— C'est sûr, répondit son gendre.

Sur la pointe des pieds, la grand-mère alla déposer un baiser sur le front de son petit-fils endormi.

Puis, elle reprit une autre fois le chemin vers Cap-Santé, où elle demeurerait tant et aussi longtemps qu'ils auraient besoin d'elle. Lucie reviendrait de l'école aux alentours de 16 heures 30 et elle voulait être à la maison pour l'accueillir. Connaissant tout l'amour que l'adolescente vouait à son frère aîné, elle prendrait le temps de l'éclairer sur le geste insensé qu'il avait posé, et qui, heureusement, avait eu une fin favorable. Dans sa tête, la grand-mère repassait les mots qu'elle utiliserait pour éviter le plus possible d'inquiéter sa petite-fille.

* * *

À plusieurs reprises, une infirmière était venue vérifier les signes vitaux et évaluer l'état de Jacob. L'adolescent se prêtait de bonne grâce à tous les examens, mais répondait laconiquement aux questions qui lui étaient posées. Ses parents étaient demeurés à son chevet tout l'après-midi, calmes et discrets. Personne ne l'avait engueulé ni condamné pour ce qu'il avait fait. Leur présence le réconfortait et lui faisait réaliser l'importance qu'ils avaient dans sa vie. SA VIE ! Ce petit mot symbolisait à lui seul tout ce qu'il avait voulu abandonner pour arrêter de souffrir et qui, de nouveau, s'offrait à lui. Un soulagement étrange envahissait tous ses sens. Il n'arrêtait pas d'y penser, car ce n'était pas un rêve : il avait vraiment vécu des sensations inimaginables dans un autre univers. Dans un environnement d'amour et de paix, il avait ressenti à ses côtés la présence de Zack et Jennifer. Sans qu'aucune parole eut été prononcée, il avait compris que ses amis s'étaient manifestés afin qu'il puisse continuer à vivre pour honorer leur mémoire. Tout ce qu'ils souhaitaient, c'était de le voir heureux. Leur absence serait lourde à porter, il en était conscient. Il aurait besoin d'aide pour retrouver son équilibre, mais il y parviendrait. Cependant, un grand vide subsisterait toujours dans son cœur… il ne se faisait pas d'illusion.

Un coup léger frappé à la porte le ramena dans la réalité.

Le visiteur n'attendit pas qu'on lui donne la permission avant de pénétrer dans la chambre. Pas très grand, il portait une chemise à carreaux trop étroite qui laissait deviner toutes les courbes de son ventre rebondi. Avec une calvitie naissante, ses lunettes sur le bout du nez et une démarche sautillante, Richard Pépin faisait penser à un sympathique personnage de bande dessinée. Dans son regard d'un bleu profond, on pouvait deviner toute la bonté de cet homme, qui consacrait sa vie à remettre en selle ceux qui avaient chuté. L'adolescent qu'on lui avait confié aujourd'hui deviendrait sa principale préoccupation pour les jours à venir.

Dès qu'il était entré dans la chambre, deux personnes assises un peu en retrait au fond de la pièce s'étaient levées instantanément. Juste à voir l'expression soucieuse qu'elles affichaient, il en avait déduit qu'il s'agissait des parents du garçon. Poliment, il avança vers eux en leur tendant la main.

— Bonjour, je suis Richard Pépin, le psychologue qui va rencontrer votre fils. Je suppose que vous êtes le père et la mère de ce jeune homme ?

En même temps, il tourna la tête vers Jacob, qui, immobile, les yeux grands ouverts, fixait la scène.

— En effet, je suis Luc Lamontagne et voici Mireille, mon épouse, répondit le notaire.

— On vous attendait avec impatience, lui signifia cette dernière, la voix enrouée par l'émotion.

— Si vous voulez bien me laisser seul avec votre fils, je vais vous rencontrer dès que j'aurai terminé avec lui, les pria le professionnel en leur indiquant gentiment la sortie. En attendant, allez prendre un café à la cafétéria. Je vous y rejoindrai plus tard.

Mireille pressentit que son mari allait se rebeller. Vivement, elle le saisit par le bras tout en lui jetant un regard implorant. Luc comprit le message, mais ses yeux lançaient des éclairs de frustration. Contre son gré, il suivit sa femme, qui se dirigeait vers la sortie. L'intervenant les gratifia de son sourire irrésistible, ce qui eut peu d'effet sur l'humeur du notaire, mais combla Mireille d'espérance. Cet homme débordant de gentillesse allait épauler Jacob dans son cheminement, elle en était persuadée.

Maintenant seul avec Jacob, le psychologue apporta une chaise près du lit et s'y assit à califourchon, les bras appuyés sur le dossier. D'une voix posée, il s'adressa à son jeune client.

— Je présume que tu as entendu mon nom, lorsque je me suis présenté à tes parents ?

D'un hochement de tête, Jacob acquiesça.

— Tu es conscient que tu reviens de loin ? Es-tu prêt à en parler ou si tu préfères attendre ? Je ne suis pas pressé, j'ai tout mon temps.

Devant le silence de l'adolescent, Richard lui proposa :

— Je sais que ce que tu vis est très difficile. Et je sais aussi que ça fait du bien d'en parler. J'ai jeté un coup d'œil à ton dossier et j'y ai vu les renseignements que ta grand-mère a fournis lors de ton arrivée à l'hôpital. J'ai compris en les lisant que la solitude dans laquelle tu t'es emprisonné depuis des mois a été un facteur déterminant dans le choix qui t'a amené à poser ce geste. Si tu veux me faire confiance, je pense que je peux t'aider.

L'adolescent demeura muet quelques instants, évaluant cet homme qui paraissait si heureux et sûr de lui. Encore sous le choc de ce qu'il venait de vivre, il se sentait incapable d'en discuter maintenant, mais il savait qu'il le ferait. Ce qu'il avait vécu durant ce qu'il considérait comme un miracle ne pouvait être divulgué à n'importe qui, car les gens le croiraient fou. Jacob s'était vraiment senti encerclé d'un amour infini provenant de la présence invisible de ses amis.

Maintenant, il voulait se reposer, il parlerait plus tard.

Comme s'il avait compris son raisonnement, son visiteur lui proposa un autre choix.

— Si je revenais ce soir, ça t'irait ?

— Je vais vous attendre, murmura Jacob.

* * *

Le temps que dura la rencontre de l'intervenant avec leur fils, Luc et Mireille prirent un repas léger à la cafétéria de l'hôpital. Encore sous le choc, les parents du garçon s'efforçaient de comprendre. Mireille finit par éclater en sanglots.

— L'important, c'est qu'il soit encore en vie et qu'il ne gardera aucune séquelle de son aventure, observa Luc sur un ton pragmatique.

— Peut-être physiquement, mais pas psychologiquement ! rétorqua Mireille en reniflant.

— As-tu remarqué tout à l'heure lorsque nous nous sommes penchés sur lui ? J'ai eu l'impression qu'il avait souri, pas toi ?

— Tu as raison, moi aussi, j'ai senti qu'il était heureux de nous voir. Et si c'était la fin de cet horrible cauchemar ? murmura Mireille, remplie d'espoir.

— J'en suis convaincu, la réconforta son mari en enserrant ses mains dans les siennes.

Il laissa passer un court silence, puis il changea de sujet.

— Finalement, la rencontre avec le directeur de la polyvalente s'est bien déroulée. Ce n'était pas la peine d'en faire tout un plat. Lucie n'a fait que défendre une autre fille qui se faisait harceler. Je suis fier d'elle.

— La violence physique sera toujours inacceptable à mon point de vue, rétorqua Mireille, qui n'était pas du tout d'accord avec l'opinion de son mari.

— Est-ce que je peux m'asseoir avec vous ?

Le psychologue se tenait près de la table, avec toujours son ineffable sourire aux lèvres. Absorbés par leur conversation, ils ne l'avaient pas vu arriver. Luc s'empressa de lui désigner une chaise et l'invita courtoisement à se joindre à eux.

— J'aimerais vous détailler mon rôle auprès de votre fils, les informa Richard. Avant tout, je dois vous prévenir que tout ce que me confiera Jacob ne vous sera dévoilé qu'avec son consentement. Mon rôle consiste à l'accompagner dans son cheminement vers la guérison. Une tentative de suicide est un geste d'une extrême gravité. Le retour à la vie n'est pas simple. Il devra pour commencer se libérer des chaînes qui l'emprisonnent et qui l'ont conduit à vouloir mourir. Patiemment, il devra se reconstruire, ce qui peut se révéler difficile, selon son milieu de vie et le soutien sur lequel il pourra compter. En tout temps, il pourra refuser mon aide. Par contre, s'il est d'accord pour cheminer avec moi, je serai disponible pour lui, aussi longtemps qu'il en sentira le besoin. Ce que je suis venu chercher auprès de vous, c'est premièrement votre appui et, ensuite, que vous me racontiez ce qui a conduit votre fils à vouloir s'enlever la vie.

Les parents de Jacob écoutaient avec attention l'analyse de l'intervenant. Son attitude franche et la bonté qui transpirait de sa personne les obligeaient à espérer et à croire en cet homme. Mireille tourna son regard vers Luc pour avoir son approbation. Son mari lui signifia son accord par un sourire discret. Elle prit alors la parole et relata, d'une voix entrecoupée par l'émotion, la triste histoire de leur fils. La cocaïne, l'accident, la mort de son ami d'enfance et celle de Jennifer, son sentiment de culpabilité, son retrait dans la solitude, son refus de consulter une psychologue. Elle n'oublia rien.

Les yeux mi-clos, Richard écoutait Mireille sans l'interrompre. De brefs hochements de tête permettaient d'entrevoir tout l'intérêt qu'il portait au discours de son interlocutrice, dont les dernières paroles le firent réagir.

— Nous avons manqué de vigilance. Nous aurions dû reconnaître son désespoir et voir qu'il n'allait pas mieux.

— Ça ne sert à rien de vous blâmer, vous avez fait tout ce qu'il vous était possible pour votre fils. Malheureusement, son choix était fait, et pour lui, c'était l'unique solution pour arrêter de souffrir, expliqua-t-il aux parents, afin de les libérer de leur sentiment de culpabilité.

D'une voix posée, il enchaîna :

— Un miracle s'est produit, il est toujours vivant. Dans la majorité des cas, quand un être humain survit à une tentative de suicide, il ne récidive pas. C'est comme une seconde naissance, où il voit la vie lui offrir une nouvelle chance. Le parcours est souvent ardu, mais le résultat qui l'attend au bout de la route est étonnant. Tout ce qui existe dans l'univers prend alors de l'importance. La personne apprend à profiter de chaque moment que la vie lui procure. Dans cette vie qui l'avait tant fait souffrir, elle redécouvre tous les trésors qui s'y cachaient et qu'elle n'arrivait plus à apprécier, aveuglée par l'étendue de sa douleur.

Un bref silence suivit, avant qu'il ne rajoute, en les fixant droit dans les yeux :

— La force de votre union sera primordiale pour lui. Il devra ressentir l'intensité de votre amour. Autrement, il se rendra responsable de l'échec de votre couple, si jamais il se brisait.

Cette constatation prit Luc et Mireille par surprise. Comment cet homme avait-il deviné que depuis l'accident, ils se disputaient de plus en plus souvent ?

Comme s'il lisait dans leurs pensées, l'intervenant s'expliqua :

— La sécurité qu'il ressentira en vivant dans une famille aimante et solide lui fournira la force dont il aura besoin pour vaincre ses démons. Votre fils n'exigera rien de votre part, sauf une confiance absolue en sa capacité de réussite.

La sérénité et l'assurance que projetait le psychologue, ainsi que son exposé plein d'espoir, convainquirent Luc et Mireille de s'appuyer sur lui pour la réhabilitation de Jacob. C'est d'un commun accord qu'ils acceptèrent de suivre ses conseils et de faire preuve de patience. L'entretien se termina par une franche poignée de main. Après le départ de l'intervenant, les parents de l'adolescent entrevoyaient enfin une ouverture positive pour l'avenir. Encore ébranlés par les événements de la journée, dans un silence chargé de confiance mutuelle, ils s'étreignirent.

— Je vais demeurer au chevet de Jacob pour la nuit. Retourne à la maison rejoindre Lucie et maman. Dès qu'il recevra son congé, je vais te prévenir. Tu n'auras qu'à venir nous chercher, dit Mireille. Ça te va ?

Luc accepta la proposition de sa femme.

* * *

Jacob ne dormait pas depuis le souper, qu'on lui avait servi vers 17 heures. C'est à peine s'il était parvenu à avaler quelques cuillerées d'un potage fade accompagné de quatre biscuits soda dans un papier cellophane, qu'il ne s'était même pas donné la peine de déballer. Le peu de nourriture qu'il avait réussi à ingurgiter lui avait amené le cœur au bord des lèvres. Dégoûté, il avait repoussé son plateau et s'était recouché sur le dos, les mains croisées sur la poitrine. Actuellement, il contemplait le plafond. Le jeune miraculé peinait à définir comment il se sentait. Ce matin même, il voulait mourir, car plus rien ne lui importait. Cette vie dans laquelle tout était devenu sombre lui avait volé ses repères. Sans cesse, il errait à la recherche d'un endroit où la douleur n'existait pas. La mort lui était apparue comme l'unique choix possible pour se libérer de son tourment. Mais la mort n'avait pas voulu de lui, c'est ainsi qu'il percevait la nouvelle vie qui s'ouvrait devant lui. Lorsque les secouristes l'avaient rescapé dans le garage, dans un état de semi-conscience, il baignait encore dans le cercle d'amour dont ses amis l'avaient entouré. En s'éloignant dans la lumière, Zack et Jennifer avaient emporté avec eux le fardeau qui l'écrasait. Les bras solides des ambulanciers l'avaient extirpé à temps de la voiture, qui s'apprêtait à devenir son tombeau.

Les traits angoissés de ses parents penchés sur son lit d'hôpital l'avaient ramené dans la réalité douillette de son existence d'avant l'accident. Leurs regards inondés de tendresse lui avaient rappelé à quel point il les aimait et qu'il avait besoin d'eux. Porteuses d'un amalgame de soulagement et de joie, mais aussi de crainte devant l'avenir, des larmes impossibles à contenir coulèrent le long de ses joues.

Richard entra dans la chambre avec une boîte de chocolats, qu'il déposa sur le pied du lit.

— J'ai pensé que tu aurais envie de grignoter autre chose que la bouffe insipide offerte par tes hôtes ! Et à ce que je vois, j'avais raison, rigola-t-il en jetant un coup d'œil aux vestiges du souper demeurés sur la table à roulettes que Jacob avait repoussée le long du mur.

Le sympathique personnage fit sourire l'adolescent, qui voulut se justifier :

— Je n'ai pas vraiment faim. J'ai mal au cœur.

— C'est normal après ce que tu as respiré, commenta l'intervenant d'une voix neutre.

Il ajouta en se tapotant le ventre:

— Alors, je vais les manger pour toi. Et, pendant que je m'empiffre, je vais écouter ce que tu as à me raconter.

Le magnétisme qui se dégageait de l'homme devant lui enveloppa Jacob dans un climat de confiance qui lui fit ouvrir les vannes de son âme tourmentée. Durant deux longues heures, il parla, il pleura, il gémit, pour finalement tomber endormi comme un enfant, brisé par l'émotion.

Tout le temps qu'avait duré ce déluge de confidences, Richard n'avait eu à intervenir qu'à deux reprises: pour implorer Jacob de diminuer le débit de son discours, car il n'arrivait pas à suivre, et, à la toute fin, pour définir ce qu'il ressentait face à son suicide manqué. Car il ne fallait pas avoir peur des mots: le garçon avait vraiment voulu mourir. C'était un acte désespéré, un fantôme qui le hanterait pour le reste de son existence, et avec lequel il devrait apprendre à composer. L'impression qu'il avait eue de la présence de ses amis décédés dans l'au-delà et la certitude qu'ils lui avaient pardonné sa faute seraient sa planche de salut, car c'était la culpabilité qui avait conduit l'adolescent à vouloir attenter à ses jours.

Cette croyance de la vie après la vie avait toujours laissé Richard sceptique. Beaucoup de gens y croyaient, et c'était tant mieux pour eux, si ça les aidait à surmonter leur douleur face à la perte d'un être cher. Jacob n'était pas le premier survivant d'une tentative de suicide à lui affirmer avoir croisé une connaissance durant son bref passage dans l'autre monde.

Le psychologue ramassa sa veste sur le dossier de la chaise, jeta à la poubelle la boîte de chocolats maintenant vide et sortit sur la pointe des pieds. Il était satisfait de sa rencontre avec Jacob Lamontagne. Le garçon venait d'une bonne famille, qui le soutiendrait et l'encouragerait à regarder vers l'avenir et non à croupir dans le passé. *Ce gamin a été élevé dans la ouate. Il menait une belle petite vie tranquille dans un monde presque parfait. Ce que j'en conclus, à la suite de mon entretien avec les parents, c'est qu'il n'a jamais eu à faire face à aucun drame. C'était presque prévisible qu'il réagisse aussi fortement! C'est malheureusement trop souvent la seule issue que trouve un adolescent qui souffre, car il ne sait pas encore qu'il en existe tellement d'autres,* pensa-t-il en passant devant le poste des soignants, où une infirmière, l'air grave, écrivait dans un dossier.

Il faillit s'arrêter pour la saluer, mais la soignante était si absorbée par son travail qu'il préféra continuer son chemin. Richard poursuivit sa réflexion en se dirigeant vers la sortie de l'hôpital. *La culpabilité est pour l'être humain le pire des fléaux, pire que la drogue, pire que l'alcool. Comme une bête malfaisante, elle gruge l'âme, sape le courage, détruit tous les rêves, jusqu'au moment où il ne reste que le néant qui engloutit tout espoir.*

Jacob avait accepté de venir le rencontrer tous les mercredis, après ses cours au cégep, tant qu'il éprouverait le besoin de se confier. Ensemble, ils rouvriraient toutes grandes les portes d'un bel avenir. *Tu vas t'en sortir, mon homme! Tu peux compter sur moi pour ça!* se jura Richard en mettant le pied dehors, où il fut assailli par un vent frisquet d'automne.

* * *

Mireille avait passé la nuit au chevet de son fils. Assise dans un fauteuil inconfortable, usé par tous ceux qui l'avaient occupé des heures entières à se tourmenter pour l'être aimé, elle s'en était extirpée toute courbaturée.

De son côté, Jacob avait dormi comme un loir toute la nuit.

Maintes fois, elle s'était approchée pour le contempler, comme elle l'avait fait si souvent lorsqu'il était bébé. Son enfant avait voulu mourir, mais le sort en avait décidé autrement. Il reposait là, bien vivant, à la portée de ses bras. La version des faits que sa mère lui avait rapportée était incroyable. Leur fils avait été sauvé grâce à Truffe et à la diligence du docteur Bruneau. Elle se jura qu'à partir de maintenant, plus jamais elle ne tiendrait rigueur à son voisin de l'heure à laquelle il tondrait sa pelouse.

À partir d'aujourd'hui, ma belle Truffe, tu auras droit à toutes les gâteries que tu quémanderas, sans restriction! se promit-elle en remettant un peu d'ordre dans ses vêtements froissés.

Discrètement, elle quitta la chambre pour aller se dégourdir un peu.

À son retour, le médecin de garde discutait avec Jacob. En l'apercevant, il lui fit signe de s'approcher. Il alla droit au but en lui annonçant brièvement:

— Votre fils peut partir dès qu'il sera prêt. Les derniers tests sanguins sont excellents. Pour la suite, ça dépendra de lui.

Ce disant, il tapota doucement l'épaule de son patient, salua Mireille d'un signe de tête, puis retourna à ses obligations.

Assis dans son lit, le regard humide, Jacob fixait sa mère. Habité par un sentiment dans lequel s'emmêlaient l'amour et la honte, il ne savait pas comment agir. Patiente, Mireille était demeurée là toute la nuit, respectant son silence, sans rien lui demander. L'adolescent devinait à quel point il lui avait fait mal, ainsi qu'à son père. De la voir ainsi devant lui, le teint brouillé par une nuit sans sommeil, sa chevelure tout emmêlée, avec sur les lèvres ce doux sourire qui avait bercé son enfance, Jacob comprit combien il l'aimait. Sans un mot, il lui ouvrit les bras et, dans son étreinte maternelle, il ressentit le plaisir incommensurable d'être encore en vie.

* * *

La veille, Lucie avait réagi très fortement lorsque Marie lui avait révélé avec le plus de tact possible la tentative de suicide de son frère. Refusant de la croire, hurlant que ce n'était que des mensonges, elle avait fini par éclater en sanglots. Avec tendresse, sa grand-mère l'avait consolée en lui jurant que Jacob allait bien et qu'il allait revenir à la maison sous peu, ce que Luc avait confirmé dès son retour de l'hôpital. Toute la soirée, le père et la fille avaient partagé leurs sentiments face à ce qui arrivait à Jacob. Réconfortée par la confiance que lui accordait Luc en la traitant comme une adulte, l'adolescente s'était endormie le cœur apaisé.

Luc n'avait réussi à dormir que quelques heures lorsque la sonnerie du téléphone le fit bondir hors de son lit. Après s'être entretenu avec sa femme, il cria à Marie :

— Mireille vient d'appeler pour me dire qu'ils sont prêts à sortir.

Sa belle-mère offrit de lui préparer un petit-déjeuner substantiel, mais il refusa, préférant avaler un café en vitesse. Sans même l'avoir terminé, le notaire ramassa son veston et disparut.

Une fois son gendre parti, Marie s'empressa de monter à l'étage pour réveiller Lucie, qui dormait à poings fermés. Discrètement, elle entrebâilla la porte et appela :

— Lucie, c'est l'heure de te lever. Si tu ne veux pas manquer ton autobus, tu serais mieux de ne pas t'attarder au lit.

Un grognement lui parvint de dessous les draps et une tête tout ébouriffée surgit dans la pénombre.

— Dépêche-toi, je t'ai préparé un gruau avec des toasts.

— Beurk ! Je n'ai pas faim !

Marie sourit, mais n'insista pas.

— Je t'attends en bas. Nous allons manger ensemble, et si tu veux, j'irai moi-même te reconduire à l'école. Nous allons avoir plus de temps pour jaser. Qu'en dis-tu ?

Comme un clown qui surgit de sa boîte, Lucie jaillit de son lit en criant :

— J'arrive, grand-maman ! Tu mettras du sirop d'érable dans mon gruau !

* * *

Un souvenir agréable, mais bizarre dans les circonstances, revint en tête à Luc au moment où il arrivait au CHUL. Il revivait le jour où, transporté de joie, il était venu chercher une jolie maman et un adorable poupon au même hôpital. Stupéfait par la similitude des deux événements, il ne put s'empêcher de sourire à l'idée qu'il aurait de la difficulté aujourd'hui à porter dans ses bras ce fils devenu un homme.

L'absence de sa femme à ses côtés l'avait empêché de dormir une bonne partie de la nuit. Peu importait la position dans laquelle il se trouvait, la chaleur réconfortante de son corps lui apportait de nombreux bienfaits. Alors, cette nuit, elle lui avait terriblement manqué. Luc avait hâte de serrer Mireille dans ses bras et de lui répéter encore et encore combien il l'aimait. Le suicide manqué de Jacob l'avait fait réfléchir durant toutes ses heures d'insomnie. Ce miracle lui avait rappelé l'importance que sa famille représentait pour lui. Un membre avait souffert et tous les autres s'étaient retrouvés désorganisés, malheureux, impuissants à rétablir l'harmonie. Par son comportement stupide, il avait augmenté la détresse de Mireille, qui aurait mérité tout son soutien. Au lieu de l'appuyer, il avait décuplé son désarroi. À partir d'aujourd'hui, il allait bannir l'alcool de sa vie. Il laisserait aussi le choix à Mireille de retourner travailler hors de la maison, si c'est ce qu'elle souhaitait. *Je vais être moins contrôlant à l'avenir, au moins, je vais essayer,* se motiva-t-il.

C'est en courant qu'il descendit les marches du stationnement le conduisant dans le grand hall de l'hôpital.

* * *

Deux heures plus tard, Luc garait sa mini-fourgonnette devant la maison. Enfoui chacun dans ses pensées, les occupants de la voiture avaient conservé un silence absolu tout au long du trajet. Les yeux fermés, le passager sur le siège arrière semblait dormir, mais ce n'était qu'une illusion. Jacob s'était remémoré toutes les étapes qui l'avaient conduit jusqu'à vouloir mettre fin à ses jours. La souffrance qui le déchirait depuis trois mois existait encore, mais elle s'était atténuée. Furtivement, elle cédait la place à un nouvel avenir, dans lequel Zack et Jennifer seraient absents. L'évocation de ses amis lui faisait toujours mal, et durant toute son existence, ce serait ainsi. Il apprendrait à vivre sans eux.

Il avait hâte de revoir le psychologue rencontré à l'hôpital. Cet homme l'avait écouté pendant des heures sans jamais le juger. Son empathie lui avait permis d'évacuer tout ce qui le torturait depuis l'accident et qu'il n'avait jamais pu dire à personne. Il avait besoin d'aide pour reprendre le cours de sa vie. En quelques mois, il avait l'impression d'avoir vieilli de plusieurs années. Il serra les poings et s'encouragea intérieurement. *Tu vas y arriver, mon vieux ! Comme ton psychologue a dit : un jour à la fois !*

— Nous sommes revenus chez nous ! lança sa mère sur un ton joyeux en se tournant vers lui.

Jacob ouvrit les yeux et savoura un instant le paysage familier qui l'entourait. La grande maison de pierre aux volets peints en jaune dominait l'espace. Sous la lumière du soleil, le tapis de feuilles mortes qui recouvrait la pelouse dévoilait toutes les magnifiques couleurs de l'automne, allant du vert pâle au rouge éclatant, en passant par le jaune et l'orangé. Une brise légère agitait les survivantes qui s'accrochaient encore aux branches des arbres. Toute cette beauté lui sautait aux yeux comme s'il la voyait pour la première fois.

Tout en jetant un regard discret dans leur direction, le voisin ratissait sa pelouse en arborant un large sourire de bienvenue. Jacob ressentit une émotion particulière envers le vieil homme qui lui avait sauvé la vie. Timidement, il agita la main en signe de remerciement.

— As-tu l'intention de passer la journée assis là ? le taquina gentiment son père.

En même temps, il ouvrait la portière pour lui permettre de descendre.

En voyant la porte du garage, oubliée grande ouverte par les ambulanciers, exposant ainsi la voiture de Mireille, un malaise força l'adolescent à prendre appui sur le bras de son père.

Comprenant instantanément la réaction de son fils, Luc l'entraîna vers la maison pour lui éviter de s'apitoyer sur ce douloureux souvenir. À peine furent-ils arrivés au bas des marches que la porte d'entrée s'ouvrit et Truffe fonça vers eux en aboyant. Jacob eut tout juste le temps de s'accroupir que la chienne lui sautait dans les bras.

L'éclat de rire de l'adolescent valait tous les trésors du monde pour ses parents, qui n'avaient pas entendu ce son joyeux depuis trop longtemps. Discrètement, pour ne pas nuire aux exubérantes retrouvailles, le couple se prit par la main et alla rejoindre Marie et Lucie, qui les attendaient sur le pas de la porte.

Épilogue

14 mai 2011

Tendrement enlacés, le jeune avocat et son épouse contemplaient l'ineffable beauté que la nature déployait devant leurs yeux éblouis. Appuyés contre la rambarde de la terrasse du chalet, ils pouvaient admirer la rivière coulant à quelques mètres seulement de leur point d'observation. Le clapotis des vagues caressant les rochers émergeant à la surface de l'eau troublait à peine le silence de cette magnifique matinée printanière. Le soleil avait déjà commencé à réchauffer l'air ambiant, ce qui laissait présager une journée parfaite pour la fête.

Jacob déposa un baiser sur la tempe de Marie-Hélène, sa compagne et la maman de leur enfant qui grandissait dans son sein. Vivant ensemble depuis maintenant quatre ans, les jeunes gens avaient choisi, pour s'épouser, le même jour que les parents de Jacob célébraient leur trente-cinquième anniversaire de mariage.

Arrivés de la Côte-Nord depuis la veille, ils avaient dormi au chalet du Club sélect de la Jacques-Cartier afin de préserver leur secret, car Luc et Mireille n'étaient pas au courant de leur projet. C'était un arrangement qu'ils avaient concocté avec Étienne.

Jacob dévia son regard vers sa compagne, dont la beauté s'harmonisait avec la perfection du décor environnant. Il était fasciné par son ventre rebondi qui semblait vouloir déchirer en deux la mince robe de nuit qui l'habillait. Enceinte de sept mois, Marie-Hélène était resplendissante. Pour lui, elle était la belle parmi les belles. Pourtant, la jeune femme était loin du modèle parfait des magazines. Elle-même se qualifiait de très ordinaire ; trop grande, trop grosse du bas et trop mince du haut, elle pestait contre sa poitrine menue que lui trouvait des plus désirables. Son visage était imparfait, mais dans cette imperfection pétillaient des yeux magnifiques. Bleus comme un ciel sans nuages. Lorsqu'elle les posait sur lui, il était ensorcelé. Plus rien n'existait que cette créature féerique, qui, toutes les nuits, dormait dans ses bras, et qui portait son fils. Depuis l'échographie, le jeune couple connaissait le sexe de l'enfant à naître, et ensemble, ils avaient choisi son prénom. Le petit garçon s'appellerait Zacharie.

Jacob n'avait jamais oublié son ami. Les premières années après sa disparition, il avait connu des moments difficiles, mais, bien épaulé par sa famille et son psychologue, il avait fini par faire son deuil. Jennifer avait aussi hanté ses nuits, mais peu à peu, son souvenir s'était estompé. Le poids de la culpabilité qui l'avait conduit jusqu'au désespoir avait fini par s'alléger, pour disparaître tout à fait. Durant ses études, il avait eu quelques aventures sans lendemain, jusqu'au jour où le grand amour avait surgi dans son univers.

Une fois admis au Barreau du Québec, Jacob avait œuvré dans le même bureau que son parrain Étienne Labrie, qui l'avait fortement recommandé. Un beau jour, une stagiaire portant le doux prénom de Marie-Hélène s'était jointe à l'équipe, pour ensuite retourner pratiquer le droit sur la Côte-Nord, d'où elle était originaire. Jacob était tombé amoureux de la jeune avocate dès le premier regard. Envoûté, il l'avait suivie et, ensemble, ils avaient ouvert un cabinet à Baie-Comeau.

— On devrait peut-être aller s'habiller avant qu'Étienne arrive, tu ne crois pas ? suggéra Marie-Hélène en étouffant un bâillement.

— Nous avons amplement le temps, rien ne presse, lui murmura Jacob en l'embrassant dans le cou. Tu es tellement jolie ainsi, avec notre petit Zacharie dans ton gros ventre.

Au même moment, du fond de son nid douillet, le bébé manifesta sa présence par un léger renflement, qui déforma l'abdomen lisse de sa maman.

— Oups ! Il vient de me donner un coup de pied ! s'écria Marie-Hélène, surprise.

Ensemble, ils éclatèrent de rire.

Jamais je n'aurais cru que l'on puisse être si heureux. Merci, la vie ! songea Jacob.

* * *

L'ébauche matinale d'une magnifique journée s'était transformée en réalité. Le soleil brillait de tous ses feux, obligeant les invités à se réfugier dans un coin d'ombre. Couverte par un auvent qui protégeait les peaux sensibles des rayons brûlants de l'astre du jour, la terrasse du chalet représentait l'endroit idéal. Plusieurs tables se trouvaient occupées par les convives, qui, pour la plupart, sirotaient une bière fraîche ou un verre de vin blanc, tout en attendant l'arrivée de Luc et Mireille.

Le couple ignorait que cette réunion était organisée en l'honneur de son anniversaire de mariage. Étienne avait fait croire à ses amis qu'il s'agissait d'un banquet pour souligner l'entrée en politique d'un membre important de leur guilde. Il avait même réservé le chalet. Toute la famille Lamontagne pourrait y passer la nuit. Il avait fait les choses en grand.

Conduisant toujours une mini-fourgonnette de l'année, Luc arriva au chalet à 14 heures 30 en compagnie de sa femme. Ils furent accueillis par un tonnerre d'applaudissements de la part de leurs amis et collègues qui les laissèrent pantois, se questionnant sur la raison de cette exubérance. Mireille descendit de la voiture la première. Vêtue d'une longue jupe marine cintrée à la taille, elle portait sous une veste de la même couleur une blouse en soie blanche, ornée au collet d'une guipure turquoise. Ses cheveux devenus gris, mais toujours aussi indociles, étaient maintenant coupés très court, presque à la garçonne. *C'est le seul moyen de les faire tenir tranquilles!* s'amusait-elle à répéter. Un minuscule sac à main assorti à ses chaussures complétait son habillement. Elle glissa un bras sous celui de son mari, et de sa main libre, elle salua la foule.

Malgré un léger embonpoint, Luc avait encore fière allure. Presque chauve, il portait, selon ses dires, une barbe poivre et sel pour compenser la perte de ses cheveux. Le même sourire séduisant éclairait son visage, sur lequel de nombreuses rides avaient creusé leurs sillons. Habillé d'un complet gris perle et d'une chemise grenat au col entrouvert qui laissait voir une fine chaîne en or, Luc n'avait rien perdu de l'élégance de sa jeunesse.

Rapidement, Étienne prit la parole:

— On vous souhaite la bienvenue, chers amis! Cette fête a été organisée pour souligner vos trente-cinq ans de mariage. Ce qui, pour moi, représente un tour de force inexplicable !

Cette remarque fit s'esclaffer son auditoire.

Au même moment, au volant de la voiture de Mireille, Lucie arrivait en compagnie de Marie. Le duo offrait un ravissant tableau où se confondaient la beauté de la jeunesse avec la dignité de la vieillesse. Séparées en âges par plus d'un demi-siècle, les deux femmes se ressemblaient étrangement, malgré les différences qui les caractérisaient. Lucie avait beaucoup grandi durant l'adolescence, dépassant maintenant sa grand-mère de presque une tête. La taille mince, les hanches étroites, sa démarche souple ressemblait à celle d'une danseuse de ballet. Devenus brun clair, les cheveux blond roux de son enfance flottaient librement sur ses épaules dénudées. Un jean délavé, un top en coton blanc et des sandales Crocs aux pieds composaient tout son habillement.

Globe-trotteuse depuis l'âge de vingt et un ans, la jeune femme ne s'embêtait pas avec les convenances. Après avoir parcouru le chemin de Compostelle, vécu deux ans en Thaïlande et six mois au Mali en mission humanitaire, Lucie était de passage chez ses parents pour quelques mois. Sa prochaine destination serait Haïti. Elle irait prêter main-forte à ces pauvres gens qui peinaient à se relever du tremblement de terre de l'année précédente. Son choix de vie avait causé beaucoup de discussions au sein de sa famille, surtout de la part de son père, qui avait rêvé d'une toute autre destinée pour sa luciole. Mireille s'ennuyait de sa fille, mais comprenait son besoin d'évasion et son dévouement envers les plus démunis. Ils profitaient au maximum de ses retours à la maison, qui parfois duraient plusieurs mois, le temps qu'elle occupe un emploi et accumule assez d'argent pour se permettre de reprendre la route, avec, en prime, l'aide financière de ses parents, qui craignaient qu'elle n'en ait pas suffisamment. L'héritage de son grand-père, reçu à sa majorité, avait servi à payer tous ses voyages et aussi à aider les plus miséreux de la planète.

Marie dévoilait une légère claudication, résultat d'une malencontreuse chute dans l'escalier. Pour le mariage de son petit-fils, déjà qu'il lui était interdit de conduire durant son rétablissement, elle avait refusé d'utiliser son déambulateur, trop fière pour étaler sa dépendance passagère. Elle était vêtue d'un pantalon noir et d'une tunique bleu violacé, ce qui faisait ressortir la couleur de ses yeux magnifiques. Toute sa personne dégageait une grande distinction. Ses cheveux devenus blancs comme neige étaient retenus sur la nuque par un foulard, dont la couleur s'harmonisait avec son habillement.

Maintenant que les deux derniers membres de la famille étaient arrivés, Étienne reprit son discours :

— J'ai aussi une surprise pour vous deux, Mireille et Luc, qui êtes des parents exceptionnels et, selon l'oracle, des grands-parents très bientôt.

Il se tourna vers l'assemblée et, dans un mouvement théâtral, comme s'il était dans un prétoire, il clama :

— Je vous annonce à tous qu'aujourd'hui, un mariage sera célébré !

Apparurent alors en haut de l'escalier de la terrasse, se tenant par la main, Jacob et Marie-Hélène. Souriant, le jeune couple descendit rejoindre les nouveaux arrivants, qui les reçurent à bras ouverts.

— Comme je suis heureuse ! s'exclama Mireille en étreignant sa future bru. Comme ça, c'est vrai, vous allez vous marier ?

— Oui, ma chère maman ! répondit Jacob, devançant sa promise. Lorsque maître Labrie, mon incomparable parrain, nous a invités pour votre anniversaire de mariage, nous avons pensé que ce serait l'occasion idéale pour légaliser notre union.

Dans sa voix se dégageait une telle fierté que Mireille en fut toute retournée. Son fils était heureux. Elle avait tant souhaité qu'il retrouve le goût du bonheur.

— C'est toute une surprise que vous nous faites là ! s'exclama Luc en donnant l'accolade à son fils.

Avec douceur, prenant garde de ne pas écraser le trésor que Marie-Hélène portait dans son sein, il l'enlaça, en lui exprimant toute sa tendresse :

— Je suis le plus heureux des beaux-pères. Jacob ne pouvait pas choisir meilleure épouse.

Un souvenir triste d'un lointain passé lui remonta à la mémoire. Celui d'un homme brisé par le chagrin qui n'avait plus d'enfants, tous deux arrachés à la vie par des accidents de la route. Il n'avait rien oublié de ce que ce malheureux père avait crié dans sa douleur. *Ma fille n'aura jamais d'avenir, jamais elle ne pourra être mère, et nous, jamais nous ne pourrons serrer dans nos bras nos petits-enfants.* Luc s'empressa de chasser cette pensée pour se tourner plutôt vers l'immense joie qu'ils vivaient présentement. Pas un seul jour depuis la tentative de suicide de Jacob il n'avait cessé de remercier le Ciel d'avoir épargné leur fils.

La voix forte d'Étienne le ramena dans la réalité.

— Venez ! Entrez ! Le célébrant devrait arriver bientôt. Le mariage a lieu à 16 heures. Les futurs mariés ont tout juste le temps d'aller se préparer.

Marie-Hélène s'approcha de Mireille et lui souffla à l'oreille :

— Pourrais-tu venir m'aider à m'habiller ?

— Avec plaisir, acquiesça l'interpellée, enchantée par la requête.

En s'éloignant des autres invités, la jeune femme raconta à sa future belle-mère :

— Ma mère n'a pas pu venir. Sa sclérose en plaques lui cause beaucoup de douleur. Elle aurait bien aimé nous accompagner, mais elle a dû être hospitalisée quelques jours avant notre départ. Elle est revenue chez elle, mais elle souffre encore beaucoup. Elle doit prendre des médicaments très puissants, qui lui enlèvent temporairement le peu de mobilité qu'il lui reste. Maman n'a pas voulu que l'on remette la date de notre mariage.

Mireille percevait une immense tristesse dans la voix de Marie-Hélène, qui avait perdu son père quelques années auparavant. Il ne lui restait que sa mère, dont elle était très proche. Avec tendresse, elle lui prit la main et la gratifia d'un sourire plein de compassion.

— Je lui ai promis que je profiterais de ma journée et que je lui apporterais tout plein de photos. Lucie va filmer la cérémonie avec sa tablette et grâce à Skype, ma mère pourra en suivre le déroulement bien assise dans son salon.

— Vous avez tramé tout ça dans notre dos, vous êtes vraiment très habiles ! la félicita Mireille en riant.

Lorsque vint le moment où la future mariée se présenta devant les invités, une manifestation d'enthousiasme éclata dans la grande salle du banquet. Vêtue d'une longue robe blanche toute simple qui avait été taillée sur mesure afin d'y loger sans contrainte le minuscule invité qui gonflait son corps, Marie-Hélène était d'une beauté saisissante. Une couronne faite de délicates marguerites lui ceignait le front et un fin collier de perles entourait son cou. Un sourire éblouissant sur les lèvres, elle avançait au bras d'Étienne, qui, pour l'occasion, faisait office de père. Ému, l'avocat avait posé sa main sur celle de la jeune femme dans un geste affectueux. Fasciné, beau comme un dieu dans son complet noir Armani, Jacob les regardait avancer vers lui et il ressentait une telle joie que ses yeux s'embuèrent.

La cérémonie nuptiale terminée, ce fut au tour de Luc et Mireille de renouveler leurs vœux de mariage, ce qui n'était pas prévu au départ. Ils furent encouragés à le faire par tous les invités qui scandaient :

— Oui ! Oui ! On le veut ! On le veut !

En riant aux éclats, ils s'étaient rendus à la demande générale.

* * *

Les émotions de la journée tenaient éveillés les membres de la famille Lamontagne, qui, réunis sur la terrasse, savouraient la douce quiétude de la nuit tombée. Emmitouflés dans des couvertures pour se protéger de la fraîcheur printanière, ils sirotaient une boisson chaude après avoir joué au Monopoly, comme dans le temps où les enfants étaient encore des enfants.

Épuisée, Marie-Hélène était allée dormir dès le départ des derniers invités. Après l'avoir bordée amoureusement dans le grand lit conjugal, Jacob était venu retrouver ses parents pour une dernière jasette.

— C'est toute une surprise que vous nous avez faite aujourd'hui ! On ne s'attendait pas à ça, déclara Luc à son fils.

— Étienne nous a bien eus, ajouta Mireille en riant.

Assis près d'elle, son mari l'enveloppa d'un regard tendre, tout en lui saisissant la main.

Gentiment, il la taquina :

— Tu ne savais pas que je redeviendrais ton époux chéri pour les trente-cinq prochaines années, n'est-ce pas ?

Avant de répliquer, Mireille réfléchit.

Après l'accident qui avait tant ébranlé leur vie, ils avaient dû redéfinir leur relation. Luc avait manifesté un réel effort en la laissant libre de ses choix. L'harmonie de leur couple s'était quand même fait écorcher à plusieurs reprises, surtout lorsqu'elle avait refusé de devenir la secrétaire du Club sélect, préférant un retour à l'enseignement après une brève mise à niveau. Cette décision lui avait redonné l'étincelle qui lui manquait pour se sentir comblée en tant que femme. Pendant plus de vingt ans, elle était demeurée à la maison, consacrant sa vie à sa famille. Elle ne regrettait rien, mais la liberté qu'elle avait ressentie dès son retour au travail n'avait pas de prix.

— Je ne sais pas si je vivrai aussi longtemps, mais si c'était le cas, je serais très heureuse de les passer à tes côtés, avoua-t-elle à son mari, qui était demeuré suspendu à ses lèvres en attente de sa réponse.

Ému, Luc la serra très fort dans ses bras. Lucie toussota et leva sa tasse de tisane en proposant :

— Portons un toast à cette belle déclaration d'amour ! Et en même temps, à nos jeunes mariés qui ont toute la vie devant eux !

Un moment lourd d'émotion emprisonna pour un instant le petit groupe dans un silence absolu. La doyenne le brisa en prenant la parole :

— Avant que nous allions tous nous coucher, j'aimerais vous dire à quel point je vous aime. Vous êtes le plus beau cadeau dont la vie m'a gratifiée. Depuis le jour où j'ai tenu dans mes bras ma fille Mireille, j'ai compris ce que le mot amour signifiait. Tout le reste, la richesse, la célébrité, les plaisirs futiles n'étaient rien comparativement à ce merveilleux trésor, qui, à lui seul, comblait mon existence. Je lui ai donné ce qu'il y avait de meilleur en moi, et un jour, elle est arrivée avec, à son bras, un élégant jeune homme qui allait devenir un fils pour moi. Ensuite, les trésors ont continué de s'accumuler. Il y a eu tout d'abord un petit prince nommé Jacob, suivi de quelques années par une jolie princesse, mon adorable Lucie. Et l'arrivée prochaine d'un arrière-petit-fils viendra enrichir encore mon royaume d'amour. Sa maman, la gentille Marie-Hélène qui, présentement, prend un repos bien mérité, fait partie elle aussi de mon coffre aux trésors.

Elle fit une pause, puis s'adressa à Jacob, qui, les yeux dans l'eau, n'avait pas perdu un mot du discours de sa grand-mère.

— N'oublie pas de lui répéter ce que je viens de dire.

D'un léger signe de tête, son petit-fils acquiesça. Marie enchaîna :

— Malgré l'immense joie que nous vivons aujourd'hui, nous devons toujours nous souvenir à quel point le bonheur est fragile, et qu'il est important d'en profiter à plein lorsqu'il est là.

Marie ouvrit ses bras et, d'un même élan, toute la famille s'y réfugia.

MARQUIS

Québec, Canada

Achevé d'imprimer le 23 janvier 2019

RECYCLÉ
Papier fait à partir de matériaux recyclés
FSC® C103567
FSC www.fsc.org

Imprimé sur du Rolland Enviro, contenant 100% de fibres
postconsommation et fabriqué à partir d'énergie biogaz.
Il est certifié FSC®, Procédé sans chlore,
Garant des forêts intactes et ECOLOGO 2771.

PERMANENT 100% BIO GAZ® ÉNERGIE PROCÉDÉ SANS CHLORE • PROCESSED CHLORINE FREE Garant des forêts intactes^{MC}